mtb

Zum Buch:

Superweiches Körbchen, tägliches Wellness-Programm, exquisites Futter – das Hundeleben im Palast ist gar nicht übel. Dabei ist Corgi Henry nur verwechselt worden. Trotzdem freundet er sich nach anfänglichen Schwierigkeiten mit den royalen Artgenossen an. Und die neue Haushälterin Sarah kümmert sich so gut um ihn, dass er ihr helfen will, einen Mann zu finden. Er weiß auch schon wen … Ein royales Abenteuer beginnt. Und danach will Henry einen Weg nach Hause finden. Denn seine Familie braucht ihn doch auch!

»Eins der niedlichsten Bücher, die ich je gelesen habe. Und wie großartig ist es, den Buckingham Palace durch die Augen eines Hundes zu erkunden! … Es hat mich zum Lachen, zum Lächeln und fast zum Weinen gebracht, es ist erstklassig.«

Goodreads

Zur Autorin:

Georgie Crawley lebt mit ihrem Mann und ihren sechs Hunden in Hertfordshire, Großbritannien. Wann immer es ihr möglich ist, verbringt sie ihre Freizeit mit Spaziergängen durch die englische Landschaft und liest über ihr Lieblingsthema – die königliche Familie.

Georgie Crawley

Die Queen und ich – aus dem Leben eines königlichen Corgis

Roman

Aus dem Englischen von
Corinna Wieja

mtb

MIRA® TASCHENBUCH
Band 26156

FSC
MIX
Papier
FSC® C014496

2. Auflage: Dezember 2018
Deutsche Erstausgabe

Originaltitel: »Henry the Queen's Corgi«
erschienen bei: AVON, an imprint of HarperCollins *Publishers*, UK

Published by arrangement with
HarperCollins *Publishers* Ltd., London

Umschlaggestaltung: HarperCollins Germany / Deborah Kuschel, Artwork
www.headdesign.co.uk 2017
Umschlagabbildung: Anastasia Lembrik, Rimantas Abromas, Lumitar,
COLOR Symphony, ImHope / Shutterstock
Lektorat: Anne Schünemann
Satz: GGP Media GmbH, Pößneck
Printed in Germany
Dieses Buch wurde auf FSC®-zertifiziertem Papier gedruckt.
ISBN 978-3-95649-834-3

www.mira-taschenbuch.de

Für alle Familien und ihre Haustiere
zum Weihnachtsfest!

Tag 1

Samstag, 14. Dezember

HENRY

Das Problem mit den Menschen liegt darin, dass man ständig auf sie aufpassen muss. Oh, ich behaupte nicht, dass sie es nicht wert sind. Allerdings weiß ich auch nicht, was sie ohne uns Hunde machen würden.

Nehmen wir zum Beispiel meine Familie. Die Walkers.

Seit ich als Welpe zu ihnen kam, waren wir immer zu fünft. Na gut, zu sechst, wenn man »Die Katze« mitzählt, was ich gewöhnlich nicht mache. Jedenfalls bestand unsere Familie immer aus Jim, Amy, Jack, Claire und mir – Henry. (Und Sookie eben, wenn's denn sein muss.)

Das heißt, bis zum Feuerwerk am Guy-Fawkes-Tag vor fünf Wochen. Ich erinnere mich so genau an das Datum, weil die ganze Sache bei dem Geknalle und Geblitze passiert ist. Wie alle vernünftigen Wesen hatte ich mich während des Feuerwerks versteckt, unter dem Stuhl in Jim und Amys Schlafzimmer. Daher sah ich, wie Jim Kleidung und anderes Zeugs in seinen Koffer stopfte. Und ich hörte Amy schluchzend nach dem Grund fragen.

Manchmal glaube ich, dass sie genauso wenig verstand,

was los war, wie ich. Mit Sicherheit weiß ich nur, dass Jim an diesem Abend aus dem Haus gegangen und bisher nicht wiedergekommen ist. Und das fühlte sich völlig anders an als sonst, wenn er morgens zur Arbeit ging und ich ihn vermisste. Es fühlte sich auch anders an als die Zeit, die ich in der Tierpension verbrachte, wenn die Familie einmal ohne mich in Urlaub fuhr.

Plötzlich hatte sich alles verändert. Und das gefiel mir überhaupt nicht.

Nachdem Jim gegangen war, kuschelte ich mich an Amy, die auf dem Bett lag und sich in den Schlaf weinte. Erst als ihr Schluchzen verebbte und ich mir sicher sein konnte, dass sie schlief, wagte ich es, vom Bett zu springen und nach den anderen zu sehen. Jack und Claire standen immer noch draußen und schauten dem Feuerwerk auf dem Sportplatz an der Schule zu. Tapfer ertrug ich den Krach und die Blitze, um mich zu vergewissern, dass es ihnen gut ging. Danach kehrte ich in mein Körbchen zurück und dachte darüber nach, was da eben passiert war – und wie ich dieses Problem lösen konnte.

Da schlich sich Sookie plötzlich hinter dem Sofa hervor und schenkte mir diesen grässlich überlegenen Blick, den alle Katzen draufhaben.

»Jetzt bist du dran«, sagte sie. Ich begriff nicht, was sie damit meinte, und sie hatte keine Lust, es mir zu erklären. Seitdem suchte ich jedoch nach Hinweisen, die mir Aufschluss darüber gaben, was eigentlich passiert war – und nach Möglichkeiten, wie ich alles wieder besser machen könnte.

Am darauffolgenden Morgen setzte sich Amy mit Jack

und Claire an den Tisch und erklärte ihnen, was geschehen war. Ich hörte natürlich zu, aber ich verstand nur, dass Jim ausgezogen war und wir nun alle zu Hause mit anpacken und zusammenhalten mussten.

Das war einfach! Ich würde der hilfreichste Hund sein, den sie sich überhaupt vorstellen konnten.

Ich fing damit an, dass ich zur Schlafenszeit bei Jack und Claire nach dem Rechten schaute. Manchmal stellte ich dabei fest, dass Claire weinend im Bett lag. Dann sprang ich zu ihr und kuschelte eine Weile mit ihr, bis sie sich besser fühlte oder einschlief. Eigentlich durfte ich nicht aufs Bett, aber schließlich handelte es sich um einen Notfall. Außerdem ist Claires Bett tierisch bequem.

Auch beim Aufräumen half ich mit, indem ich alle Essensreste, die zufällig auf den Boden gefallen waren, auffraß. Das erschien mir jedoch noch nicht hilfreich genug, daher sprang ich auch auf die Küchenstühle, um die Teller abzulecken, die manchmal nach dem Essen auf dem Tisch vergessen wurden. Nach dem Abschlecken waren sie immer alle blitzblank sauber.

Amy wusste meine Bemühungen jedoch nicht so sehr zu schätzen, wie ich dachte. Nach ein paar Tagen stellte Jack das Geschirr immer gleich nach dem Essen in die Spülmaschine. Deshalb suchte ich mir andere Möglichkeiten, wie ich helfen konnte.

Am meisten beunruhigte mich, dass wir viel weniger spazieren gingen als früher. Jack nahm mich zwar manchmal mit in den Park, aber gewöhnlich traf er sich dort mit seinen Freunden, und ich musste angeleint herumsitzen und warten, bis er mit reden fertig war. Claire durfte allein mit mir immer nur bis zu den Einkaufsläden gehen, und die Düfte auf dieser Strecke kannte ich bereits in- und auswendig, weshalb dieser Spaziergang langweilig geworden war. Manchmal folgte Sookie uns auch; ich hatte schon immer den Verdacht, dass sie Claires Liebling war.

Amy schien überhaupt keine Zeit mehr für Spaziergänge zu haben. Ich wusste jedoch, dass es ihr danach immer besser ging. Daher schnappte ich mir jedes Mal, wenn die Haustür offen stand, meine Leine vom Haken im Flur und stürmte hinaus, damit sie mir folgen musste. Bis sie mich eingefangen hatte und wir uns wieder auf den Heimweg machten, hatten wir uns beide ein wenig die Beine an der frischen Luft vertreten. Amy wirkte zwar nie besonders glücklich über meine Bemühungen, aber ich war mir trotzdem sicher, dass sie hilfreich waren.

Dennoch blieb die Stimmung im Haus gedrückt. Von der einstigen Fröhlichkeit war nichts mehr zu spüren, und Jim hatte sich nicht ein einziges Mal blicken lassen. Trotz all meiner Anstrengungen litt meine Familie.

Dann jedoch kam der Morgen, an dem sich erneut alles änderte.

Voller Entschlossenheit sprang Amy die Treppe hinunter, packte Sachen in ihre Tasche und machte bergeweise Sandwiches. Irgendetwas ging da vor, und ich wollte unbedingt wissen, was.

»Jack! Wo ist dein blauer Rucksack?«, rief Amy nach oben. Ich drückte mich eng an den Tisch neben der Haustür und beobachtete alles aufmerksam.

»Darf ich mein Tablet mitnehmen?«, fragte Claire und hielt ihr elektronisches Dingsbums hoch.

»Ganz bestimmt nicht«, antwortete Amy. »Warum nimmst du nicht das neue Buch mit, das Oma dir gekauft hat?«

»Welchen blauen Rucksack?« Jack tauchte am oberen Treppenabsatz auf, er trug immer noch seinen Schlafanzug.

»Jack! Du bist ja immer noch nicht angezogen!« Amys Gesicht rötete sich leicht.

»Weil ich nicht mitkommen will«, erwiderte Jack. »Das hab ich dir doch gesagt.«

»Tja, Pech für dich. Wir fahren alle. Das wird ein Abenteuer.«

Abenteuer. Das Wort gefiel mir.

»Jetzt such deinen Rucksack.«

»Welchen Rucksack?«, fragte Jack erneut. »Und warum muss ich unbedingt mit? Fahr doch mit Claire alleine.«

»Ihr fahrt beide mit«, erwiderte Amy nachdrücklich. »Jetzt hol den Rucksack, den ich dir für den Duke-of-Edinburgh's-Award-Ausflug gekauft hab, und zieh dich endlich an!«

Jack starrte seine Mutter eine ganze Weile an. Ich kannte diesen Blick. Er versuchte abzuschätzen, ob es sich lohnte, weiter mit ihr zu diskutieren, doch er entschied sich dagegen.

»Der Rucksack ist rot«, murrte er, doch er lief zurück in sein Zimmer, um sich fertig zu machen.

Und ich geriet ins Grübeln. Wofür sollte er sich fertig machen? Das hatte Amy nicht erwähnt. Sie hatte nur gesagt, dass wir alle dieses Abenteuer erleben würden. Ob sie mit dem »wir« auch mich gemeint hatte? Ich hoffte es. Falls nicht ... Tja, in dem Fall konnte ich mir immer noch meine Leine schnappen und ihnen nachlaufen. Ganz bestimmt würde ich mir den größten Spaß, der sich seit Wochen bot, nicht entgehen lassen!

»Oha. Das sieht interessant aus.« Sookie rieb sich an mir, ehe sie sich auf ihren Lieblingsplatz neben der Heizung setzte. »Was glaubst du, ist hier los?«

»Wir machen uns bereit für einen Ausflug«, erklärte ich und beobachtete Amy, die zwischen Küche und Flur hin und her lief und Sachen packte.

»Das sehe ich auch.« Sookie schlug mit ihrem flauschigen Schwanz aufs Parkett. »Aber wohin?«

»Zu einem Abenteuer.« Ich konnte die Aufregung in meiner Stimme nicht unterdrücken.

Sookie verdrehte die Augen und machte sich auf den Weg zur Küche. »Laaaangweilig.«

Ts, Katzen. Die haben überhaupt keinen Abenteuersinn.

Amy tauchte wieder im Flur auf, Claire klebte ihr an den Fersen.

»Wenn ich ein Handy hätte, könnte ich mir damit im Zug die Zeit vertreiben«, sagte Claire. »Ich bin schließlich schon zwölf. Alle meine Freundinnen haben Handys.«

»Wir hatten uns doch geeinigt, dass du frühestens mit dreizehn ein Handy bekommst.« Amy drehte sich nicht einmal um, während sie antwortete. Was mich nicht überraschte, denn dieses Gespräch hatten sie schon sehr oft geführt.

»Ich sag ja nur, dass ich fast dreizehn bin.«

»Du bist im Oktober zwölf geworden. Das war vor zwei Monaten.«

»Aber ein Handy wäre ein tolles Weihnachtsgeschenk«, fuhr Claire fort und ignorierte die Antwort ihrer Mutter einfach.

Seufzend drehte sich Amy nun doch um. »Claire, wir haben das doch schon besprochen. Weihnachten wird dieses

Jahr ein wenig … anders werden. Und solche großen Geschenke sind im Moment einfach nicht drin. Tut mir leid.«

Claires Miene bewölkte sich. In letzter Zeit setzte sie diesen Blick häufiger auf, und immer wenn sie mich in dieser Stimmung anleinte, wurde ich in rasend schnellem Tempo zu den Einkaufsläden geschleift. Wie jeder Hund mochte ich Spaziergänge, aber wenn Claire ihren Turboschmollschritt einlegte, blieb der Spaß gewöhnlich auf der Strecke.

»Na schön.« Sie verschränkte die Arme vor der Brust. »Dann frag ich eben Dad.«

Amy wandte den Kopf ab. Plötzlich war ihr Gesicht ganz traurig geworden. Am liebsten hätte ich mich an sie geschmiegt und sie getröstet. »Tu das.«

Die Gewitterstimmung hielt an, während Amy die Tasche packte und Jacks roten Rucksack, nachdem er ihn die Treppe hinuntergeworfen hatte.

Claire setzte sich an den Küchentisch, in Sichtweite des Flurs, und machte ein finsteres Gesicht. Sookie schlängelte sich um ihre Beine, aber Claire bückte sich nicht zu ihr hinunter, um sie zu streicheln.

Ich legte mich in die Nähe meiner Leine. Wir brauchten dieses Abenteuer dringend. Wir alle.

»Gut.« Amy klang entschlossen. »Zieht eure Jacken an. Wir müssen los!«

Jack trampelte die Treppe herunter und riss seine Jacke von der Garderobe. Auch Claire schlüpfte in ihre rote Steppjacke, und Amy knöpfte ihren alten Mantel zu. Dann griff sie sich ihre Tasche, gab Jack seinen Rucksack und …

Hurra! Sie nahm meine Leine vom Haken und klipste sie an mein Halsband.

Ein warmes, friedvolles Gefühl ergriff mich. Wo auch immer meine Menschen hingingen, sie wollten mich dabeihaben. Das allein zählte.

»Du solltest besser hoffen, dass sie dich auch wieder mit zurückbringen«, schnurrte Sookie, während sie sich an uns vorbeifädelte und die Treppe hinauflief.

Ich schenkte ihr gar keine Beachtung. Natürlich würden sie mich wieder mit nach Hause nehmen.

Ich war das Herzstück der Familie. Sehen wir den Tatsachen ins Auge: Ohne mich wären sie alle verloren.

AMY

Die Idee ist gut, beschloss Amy endgültig, als sie in der Ferne das Schild entdeckte, nach dem sie Ausschau gehalten hatte.

Selbst als der Zug schon in den Bahnhof Victoria Station einfuhr, war sie sich noch unschlüssig gewesen. Jack hatte während der Zugfahrt stur geschwiegen. Seit Jims Auszug vor sechs Wochen redete er ohnehin nicht mehr viel. Allerdings schien sein Schweigen eindringlicher zu werden, je mehr Zeit verstrich. Immerhin konnte sie ihm gelegentlich noch ein paar Worte entlocken. Mit Jim hingegen wollte Jack überhaupt nicht mehr sprechen. Wenn er anrief, legte Jack jedes Mal sofort wieder auf.

Auch Claire, ihr kleines fröhliches Mädchen mit dem sonnigen Gemüt, hatte sich verändert. Sie diskutierte ständig mit ihr und beschwerte sich über jede noch so kleine Änderung der Routine. Und davon gab es einige. Selbst Henry hatte seit Jims Auszug unberechenbare Launen. Der arme Corgi schien entschlossen, jeden daran zu erinnern, dass es ihn auch noch gab, und das meist, in dem er Scherereien verursachte. Vor Jims Auszug war Henry ein gut erzogener Hund gewesen, der sich immer perfekt benahm. Neuerdings schien Amy jedoch die Hälfte ihrer Zeit damit zu verbringen, ihn von Betten zu verscheuchen. Und die andere Hälfte damit, ihm nachzuhetzen, wenn er wieder mal aus dem Haus entwischt war. Sie hatte Jack sogar Spülmaschinendienst auferlegen müssen, damit Henry die Reste nicht direkt von den Tellern fraß.

Dennoch konnte sie dem kleinen Hund keine Vorwürfe machen, dass ihn die neue Situation im Haus verunsicherte, ihm womöglich sogar Angst einjagte. Wie ihnen allen. Ihr ganzes Leben stand im Moment kopf.

Jim hatte sein Gehalt mit sich genommen, als er gegangen war. Zwar bezahlte er immer noch die Hälfte der Hypothek und hatte ihr mehr Unterhalt für die Kinder angeboten, aber Amy wollte sein Geld nicht annehmen. Aus Prinzip. Sie wollte nicht, dass er sich von seinen Pflichten gegenüber der Familie freikaufte, nur damit er sich besser fühlte und sich einreden konnte, dass er genug für seine Familie tat.

Denn das tat er nicht. Ganz und gar nicht.

Seine Kinder brauchten ihn. Nicht sein Geld.

Und wenn er eben nicht für sie da sein wollte – nun, dann würde sie ihnen eben Mutter und Vater zugleich sein. Sie würde auch allein zurechtkommen. Mit allem.

Sie wollte Jim beweisen, dass es ihnen allen ohne ihn besser ging. Das würde sich viel befriedigender anfühlen, als dem Mistkerl eine Ohrfeige zu geben.

Glaubte sie jedenfalls.

Ihre Freunde hatten sich natürlich ausgiebig über Jims unrühmlichen Abgang ausgelassen. Ihr beißendes Urteil lautete zumeist, dass er ein Klischee lebte und das Gute, was er gehabt hatte, nicht zu schätzen wusste. Sie meinten es alle nur gut, das wusste Amy, und es half ihr auch, dass ihre Freunde Partei für sie ergriffen und hinter ihr standen. Der nützlichste Rat war jedoch von gänzlich unerwarteter Seite gekommen – von dem neuen Arzt in der Praxis, in der sie als Krankenschwester arbeitete. Dr. Fitzgerald war erst vor Kurzem in die Stadt gezogen, und der Flurfunk berichtete, dass er selbst frisch geschieden war. Amy hatte ihn ein paar Mal im Park in der Nähe der Praxis getroffen, wo er seinen Dalmatiner spazieren führte, aber sie hatten kaum ein Wort miteinander gewechselt. Bis zum vergangenen Monat.

Eine Woche nach Jims Auszug hatte Dr. Fitzgerald den Kopf in das Behandlungszimmer gesteckt, in dem sie beschäftigt war, und sie gefragt, ob es ihr gut ging.

Amy hatte ein Lächeln aufgesetzt und so getan, als sei alles in Ordnung, aber er hatte sie sofort durchschaut.

»Sie werden jetzt wahrscheinlich von allen Seiten mit guten Ratschlägen überschüttet«, sagte er mit sanftem Lächeln. »Und manche davon sind sicherlich gut, aber andere ganz bestimmt auch absolut furchtbar. Vergessen Sie jedoch nicht, dass es nur darauf ankommt, was Sie für richtig halten. Denn Sie sind diejenige, die ihr Leben weiterleben muss, wenn sich der Sturm gelegt hat und alle sich wieder anderen Dingen widmen. Und egal, was er getan hat, er bleibt der Vater Ihrer Kinder. Und auch Sie werden immer noch Sie selbst sein, obwohl es sich im Moment nicht so anfühlen mag. Also seien Sie ruhig wütend, und betrauern Sie das, was Sie verloren haben, aber letztendlich müssen Sie sich auf die Zukunft konzentrieren.«

Auf die Zukunft. Ein neues Leben schien ihr immer noch in unerreichbarer Ferne, aber Amy gab sich Mühe. Sie versuchte, sich eine Zukunft vorzustellen, in der die Traurigkeit nicht mehr überwog, in der sie glücklich war – und ihre Kinder auch.

Und darum ging es ihr an diesem Tag. Es sollte der erste Schritt auf dem Weg in das neue, glücklichere Leben werden, das sie sich für ihre Familie wünschte.

Und welcher Ort wäre dazu besser geeignet als das Winter Wonderland?

»Na, was sagt ihr?«, fragte sie, während sie an diesem knackig kalten Dezembertag zum Hyde Park schlenderten. Henry trottete neben ihr her und benahm sich trotz der vielen Fußgänger auf dem Bürgersteig vorbildlich. Einer seiner Streiche hätte ihr an diesem Tag auch gerade noch gefehlt.

Jack und Claire schlurften hinter ihr her, deshalb hatten sie das Schild noch nicht gesehen. Als sie es jedoch entdeckten …

»Mum! Gehen wir etwa dahin? In echt?«, rief Claire. Amy lächelte. Einen Moment lang klang Claire wieder wie ihr kleines fröhliches Mädchen. Himmel, wie hatte sie das vermisst.

Vor ihnen hatte sich bereits eine Menschentraube gebildet, alle strömten zu dem riesigen bunt beleuchteten Eingang. Selbst bei Tageslicht brannten die Lichter, und Weihnachtsmusik erfüllte die Luft. Dahinter ragte das Riesenrad hoch über dem Park auf. Dieser Anblick allein weckte in Amy ein freudiges Kribbeln, und sogar Henry bellte aufgeregt.

Ja, die Idee war perfekt gewesen.

»Winter Wonderland?« Jack gab sich cool und gleichgültig, aber Amy kannte ihn zu gut. Sie hörte den Funken der Begeisterung in seiner Stimme, auch wenn er versuchte, ihn zu verbergen. »Deshalb sind wir hier?«

»Ja!« Sie schenkte ihren Kindern ein strahlendes Lächeln, und ihr Herz erwärmte sich, als sie es erwiderten. Sie reichte ihnen die Karte mit den Attraktionen des Weihnachtsmarkts, die sie vorher ausgedruckt hatte. »Was wollt ihr zuerst machen?«

Jack und Claire breiteten die Karte zwischen sich aus und übertrumpften sich gegenseitig mit Vorschlägen zu ihren Lieblingsfahrgeschäften. Schon seit zwei Jahren hatten sie den Winter-Wonderland-Weihnachtsmarkt im Hyde Park besuchen wollen, aber Jim war dagegen gewesen, weil dort seiner Meinung nach zu viel Trubel und Kommerz herrsche. Stattdessen wollte er lieber mit ihnen zum Skifahren. Einen Winterurlaub für vier Personen hatten sie sich jedoch nicht leisten können – ganz zu schweigen von den Kosten für die Tierpension für Henry und Sookie.

Der Eintritt für das Winter Wonderland war zum Glück kostenlos. Natürlich konnte man im Park selbst jede Menge Geld bei den verschiedensten Dingen loswerden, aber genau aus diesem Grund hatte Amy vorgesorgt. Sie hatte gespart und für zwei der größeren Attraktionen Karten im Voraus gekauft – das Riesenrad und die Schlittschuhbahn beim Musikpavillon. Henry hatte sie absichtlich mitgenommen, um sagen zu können, dass sie nicht mitfuhr, weil sie auf ihn aufpassen musste. Dadurch benötigte sie nur zwei Tickets für die Fahrgeschäfte. Beide Kinder konnten sich darüber hinaus noch eine weitere Attraktion aussuchen, auch dafür würde ihr Gespartes noch reichen. Und für den Fall, dass Jack und Claire noch mehr unternehmen wollten, hatte sie das Geld mitgebracht, das ihre Mutter den Kindern zu Weihnachten schenkte und das sie extra für diesen Ausflug früher geschickt hatte.

Im Zug hatten sie bereits die vorbereiteten Sandwiches gegessen und waren satt, weshalb die Buden mit ihren überteuerten Leckereien sie nicht in Versuchung führen würden. Und fürs Abendessen hatte Amy ein günstiges italienisches Restaurant ausgesucht, das sie von ihrer ersten Verabredung mit Jim kannte. Sie hatten es damals entdeckt, nachdem sie die Oxford Street entlanggeschlendert waren, um das Lichtermeer zu betrachten. Dazu noch ein Abstecher zum Buckingham-Palast und der Tag würde unvergesslich werden. Und trotzdem würde Amy immer noch genügend Geld übrig bleiben, um die Zutaten fürs Weihnachtsessen zu besorgen.

Kein schlechter Plan, lobte sie sich selbst.

Den Kindern schien zum Glück gar nicht aufzufallen, dass sie die Billig-Variante gewählt hatte. Claire war von den Lichtern und dem Zauber des Weihnachtsmarktes fasziniert, und selbst Jack ließ sich von der Musik mitreißen und freute sich auf die Aussicht, die er im Riesenrad haben würde. Henry hielt sich dicht bei ihren Füßen, weshalb sie ein paar Mal fast über ihn gestolpert wäre, aber er machte keinen Ärger, was als Pluspunkt zu werten war.

Für eine Weile schien es fast so, als wäre ihr Leben nicht völlig aus den Fugen geraten.

Wenn man davon absah, dass Jim fehlte.

Amy beobachtete, wie sich das Riesenrad vor dem sich verdunkelnden Londoner Himmel drehte, und stellte sich einen Moment lang vor, wie anders wohl alles verlaufen wäre, wenn Jim keine Sekretärin gebraucht und Bonnie nicht eingestellt hätte. Wenn er sich nicht in sie verliebt hätte. Und wenn er sich nicht dazu entschlossen hätte, fast zwanzig Jahre Ehe von einem Moment auf den anderen wegzuwerfen.

Sie schüttelte den Kopf. Es war sinnlos, in der Vergangenheit zu verweilen. Sie musste nach vorne schauen – und dafür sorgen, dass ihre Kinder ein schönes Leben hatten, auch ohne Jim an ihrer Seite.

Sie wollte nicht, dass Jack und Claire ihren Vater hassten, denn die Situation war ohnehin schon schwierig genug, und Verbitterung nutzte niemandem. Außerdem hatte Dr. Fitzgerald recht – Jim blieb der Vater ihrer Kinder, selbst wenn sie als Paar geschieden waren. Dennoch – trotz all ihrer Bemühungen, zivilisiert und höflich zu bleiben, wurde Amy das Gefühl nicht los, dass sie in allem den Kürzeren gezogen hatte und das zerbrochene Geschirr allein aufsammeln durfte. Weil Jim eine Affäre hatte und sich, zur Wahl gezwungen, für Bonnie entschieden hatte, redete Jack nicht mehr mit seinem Vater. Und bei Claire war sich Amy nicht sicher, ob sie überhaupt so ganz verstand, was passiert war. Jim hatte den Kindern seine neue Freundin noch nicht vorgestellt.

Das würde jedoch nicht ewig so bleiben. Jack und Claire würden sich an die neue Situation gewöhnen und mit dem neuen Menschen in ihrem Leben zurechtkommen müssen. Sie würden Feiertage, Ferien und Feste gemeinsam mit Bonnie verbringen. Schon im nächsten Jahr würden sie sich absprechen müssen, welchen Weihnachtstag die Kinder mit ihrer Mutter und welchen bei ihrem Vater verbrachten und wer für das Strümpfefüllen am Heiligabend zuständig war …

In diesem Jahr gehörten die Kinder Amy jedoch noch ganz allein. Und sie wollte das Beste daraus machen. Jack war fast achtzehn, womöglich war das sein letztes Weihnachtsfest im Kreis der Familie. Auch deshalb wollte Amy dieses Weihnachtsfest für ihn und Claire zum magischen Erlebnis machen. Ein letztes Weihnachten, in denen sie noch einmal ganz Kind sein durften.

Auch wenn sie das ganz allein stemmen musste.

Henry schmiegte sich an ihre Beine, als das Riesenrad anhielt, und sie streichelte ihn.

»Wir schaffen das, nicht wahr, mein Junge?«, murmelte sie, während sie nach Jack und Claire Ausschau hielt.

Henry legte zur Antwort den Kopf auf seine Pfoten, die er auf ihren Füßen platziert hatte. Zumindest er würde sie nicht verlassen.

Wie schön, dass sie wenigstens auf ein männliches Wesen in ihrem Leben zählen konnte.

Selbst wenn es ein Corgi war.

HENRY

Ich musste zugeben, dass es in diesem Winter Wonderland viel interessantere Gerüche gab als bei uns zu Hause in Redhill. Dort roch es meist nur nach anderen Hunden, Kindern, Autos, Abfalleimern und im Park auch mal nach Eichhörnchen. Hier duftete es nach gerösteten Kastanien, wenn man dem Mann glauben konnte, der uns das im Vorübergehen zubrüllte, und nach allen möglichen süßen Sachen. Darunter mischte sich der beißende Geruch der Eiseskälte, und über all dem hing der Duft nach Aufregung und Begeisterung. Selbst an Jack, Claire und Amy nahm ich ihn wahr.

Claire murrte zwar, als es Zeit wurde zu gehen, aber sie machte nicht so ein Theater wie so oft in letzter Zeit. Amy schlang einen Arm um ihre schmalen Schultern und versprach, dass sie noch viel mehr Spaß haben würden, was Claire augenblicklich aufheiterte.

»Und was machen wir jetzt, Mum?«, fragte Jack. Auch seine Stimme klang nicht mehr so mürrisch wie sonst. Ich setzte mich vor seine Füße und wackelte anerkennend mit dem Stummelschwanz. Mir gefiel es, wenn meine Familie glücklich war, und zum ersten Mal seit Monaten kamen alle mir wieder glücklich vor.

Vielleicht wurde jetzt ja alles wieder gut.

»Ich dachte, wir schauen beim Buckingham-Palast vorbei.« Amy faltete die Karte vom Winter Wonderland zusammen und steckte sie in ihre Tasche. »Wir könnten durch den St. James's Park gehen und vorher noch einen Blick auf die Pelikane werfen. Später, wenn es dunkel wird, können wir mit der U-Bahn zur Oxford Street fahren und uns vor dem Abendessen die Weihnachtsbeleuchtung dort anschauen. Was haltet ihr davon?«

Claire legte den Kopf an den Arm ihrer Mutter. »Das klingt wunderbar.«

»Großartig!« Amy strahlte.

Zufrieden schlenderte ich neben ihr her, während wir uns den Weg vorbei an Holzbuden und Schlittschuh laufenden

Kindern bahnten. Gelächter und Freude erfüllte die Luft. Es war wirklich ein schöner Tag, und St. James's Park klang auch gut in meinen Ohren!

Parks waren meiner Erfahrung nach Orte, an denen man herumtollen und neuen Gerüchen und Eichhörnchen nachjagen konnte. Bei uns zu Hause im Park war Amy immer sehr locker. Sie wusste, dass ich mich auskannte, weshalb sie mich nicht so streng beaufsichtigte. Außerdem trafen wir dort immer auf interessante Leute, wie zum Beispiel den Nachbarn mit dem Yorkshire Terrier oder den neuen Arzt, der einen wirklich lustigen Dalmatinerwelpen hatte. Sogar Claires Freundinnen aus der Schule oder Jacks Kumpel trieben sich oft im Park herum. Wir blieben immer stehen, um ein Schwätzchen mit ihnen zu halten, und die Gespräche mit diesen Menschen schienen meine Familie immer aufzuheitern, vor allem in den vergangenen Monaten.

Ich war zwar ein ausgezeichneter Zuhörer und Tröster, im Gegensatz zu Sookie, die beim kleinsten Schniefen das Weite suchte, aber manchmal brauchen Menschen das Gespräch mit anderen Menschen.

Ich behielt recht – der St. James's Park war paradiesisch. Amy ließ mich von der Leine, und ich konnte nach Lust und Laune herumspringen. Die kalte gefrorene Erde fühlte sich auch viel besser unter meinen Pfoten an als der harte Beton der Bürgersteige, daher genoss ich meine Freiheit und rannte los.

»Jag bloß nicht die Pelikane!«, rief mir Amy nach, die mir mit den Kindern folgte. Ich bellte eine rasche Antwort über die Schulter. Was waren Pelikane überhaupt? Ich konnte keineswegs versprechen, sie nicht zu jagen, bis ich es herausgefunden hatte. Womöglich waren sie ja so was Ähnliches wie Eichhörnchen. Die jagte ich am liebsten. Tauben kamen dicht dahinter an zweiter Stelle. Ich war jedoch gern bereit, meine Liste neu zu ordnen, wenn Pelikane noch mehr Spaß brachten.

Meine Menschen blieben auf den harten Wegen, während ich im Zickzack durch den Park rannte, meist auf dem Gras und immer so, dass ich sie im Auge behalten konnte. Jack warf Stöcke, denen ich nachjagen konnte, was mir großes Vergnügen bereitete. Schließlich erreichten wir einen See, und während ich noch darüber nachdachte, ob das Wasser wohl zu kalt für ein kurzes Bad war, deutete Claire auf eine Insel in der Mitte.

»Schau, Mum. Da sind die Pelikane.«

Ruckartig hob ich den Kopf und spitzte die Ohren, den Blick auf den Horizont gerichtet. Der Park war grün, selbst im tiefsten Winter, und der See war nicht zugefroren, daher trieben sich hier immer noch viele Wildtiere herum. Ich blickte auf die Stelle, auf die Claire deutete, und betrachtete die riesigen, albern aussehenden Vögel, die offensichtlich im Park lebten.

Sie hatten ein dreckiges weißes Gefieder und große spitze Schnäbel, an deren unterer Hälfte ein schlaffer Hautsack hing. Und sie waren eindeutig größer als ich.

Ich wich ein paar Schritte vom Ufer zurück. Die Viecher sahen so aus, als könnten sie eine ganze Taube oder ein Eichhörnchen auf einmal verschlucken. Ich wollte auf keinen Fall ausprobieren, ob sie Appetit auf einen Corgi hatten.

»Wem gehören die denn?«, wollte Claire wissen. Plötzlich sehnte ich mich nach den Spatzen und Drosseln in unserem

Garten in Redhill zurück. Das waren anständige Vögel. Die kannten ihren Platz im Tierreich.

»Nun, der St. James's Park ist ein königlicher Park«, antwortete Amy bedächtig. »Daher gehören sie wohl der Queen.«

Die Queen hat einen sehr eigenartigen Haustiergeschmack, dachte ich unwillkürlich.

»Der russische Botschafter hat König Charles II im Jahr 1664 die ersten Pelikane geschenkt.« Wir schauten Jack überrascht an, der sein Handy hochhielt. »Die Magie des Internets. Und jetzt kommt weiter, es ist schweinekalt! Was machen wir jetzt?«

»Wir haben die Pelikane gesehen, schauen wir mal, ob wir einen Blick auf ihre Besitzerin erhaschen«, schlug Amy vor. »Ich habe heute Morgen in der Zeitung gelesen, dass die Queen heute Nachmittag den Palast verlassen wird. Vielleicht haben wir ja Glück.«

Ich war mir nicht sicher, ob man von Glück sprechen konnte, wenn man die Besitzerin dieser Horrorvögel zu Gesicht bekam. Claire hüpfte jedoch aufgeregt herum und klatschte in die Hände, daher irrte ich mich möglicherweise.

Wir wanderten am See entlang auf den Parkausgang zu. Amy leinte mich nicht wieder an, was mir nur recht war. Ich blieb sowieso in ihrer Nähe, zumindest bis ich mir sicher sein konnte, dass die Pelikane uns nicht mehr sahen.

Auf einen zweiten Besuch in diesem Park verspürte ich keine große Lust. Der Park bei uns zu Hause mit all den Menschen und Hunden, die wir kannten, war mir sehr viel lieber. Dort gab es auch ein paar hübsche dicke Eichhörnchen, mit denen ich herumtollen konnte.

Als wir den Park verließen, entdeckten wir vor uns an einem Eisenzaun eine riesige Menschenmasse. Gespräche füllten die frostige Luft, und Amy scheuchte uns alle über eine breite Straße. Auf der anderen Seite angekommen, schaute ich mich um. Allerdings sah ich nur Beine – dünne Beine, dicke Beine, Beine in dunklen Hosen und Stiefeln oder in Jeans und Strumpfhosen. Überall waren Beine und versperrten mir die Sicht.

»Das Tor öffnet sich!«, rief Claire und plötzlich drängten die drei noch dichter auf den Zaun zu. Ich heftete mich an ihre Fersen und fädelte mich zwischen den Beinen hindurch, damit ich sie nicht verlor.

»Komm schon, Henry.« Jack schaute zu mir herunter. Ich war immer noch nicht angeleint, aber die Walkers waren viel zu sehr damit beschäftigt, die Hälse zu recken, um es zu bemerken.

Plötzlich schwoll der Lärm an. Durch den Beinewald hindurch erkannte ich ein Motorrad. Es brauste mit blinkenden Lichtern aus dem Tor heraus. Dahinter folgte ein langes schwarzes Auto, auch mit Blinkelichtern, und als es vorbeifuhr, fing die Menge an auszuflippen. Die Leute riefen und klatschten wie wild. Das war schlimmer als jedes Silvesterfeuerwerk. Ich machte mich ganz klein, aber hinter mir gab es noch mehr Beine, und überall war es laut. Ich konnte dem Krach nicht entkommen.

Aber das musste ich meinen schmerzenden Ohren zuliebe. Am liebsten hätte ich mich unter meinem Kissen in meinem Körbchen zu Hause verkrochen. Ich wollte mit meiner Spielzeugmaus kuscheln. Ich wollte, dass Jack mir den Kopf kraulte und mir versicherte, dass bald wieder Ruhe herrschte.

Ich wusste jedoch, dass das nicht passieren würde. London war schon den ganzen Tag so wahnsinnig laut – erst der Zug, dann das Winter Wonderland und schließlich das Gekreische der Pelikane bei der Fütterung, als sie um ihren Fisch gerangelt hatten.

Diese Menschenmenge hier war jedoch das Schlimmste, und ich wollte nur noch weg.

Leise winselnd kämpfte ich mich rückwärts durch die Beine und den Lärm. Ich beschloss, am Rand der Menge auf die Walkers zu warten – sicher fanden sie mich in null Komma nichts, sobald dieser Trubel vorüber war.

Hinter all den Menschen war es nicht mehr ganz so laut, dennoch hätte ich mir immer noch am liebsten die Pfoten auf die Ohren gelegt. Ich lief ein Stückchen weiter, in der Hoffnung, dass es noch ein wenig leiser werden würde, bis ich ein Gebüsch entdeckte, in dem ich mich verstecken konnte. Als ich mich hineindrückte, entdeckte ich eine große dicke Taube, die auf mich zuhopste. Ich betrachtete sie aufmerksam und stellte mir vor, wie ich sie fangen würde, um mich von dem Krach abzulenken. Der Lärm der Menge dämpfte sich in meinen Ohren, als ich mich auf meine Beute konzentrierte.

Der Vogel merkte nicht, dass ich ihn im Visier hatte, ungerührt hüpfte er näher an das Gebüsch heran. Und noch ein Stück näher. Direkt vor meine Nase …

Genau im richtigen Moment machte ich einen Satz nach vorn. Panisch flatterte die Taube hoch, und ich beobachtete, wie sie über meinen Versteckbusch hinwegflog und auf der anderen Seite landete. Das war ja fast zu einfach.

Der Busch war dichter als der Wald aus Beinen, aber auch

viel leiser. Und er würde mir auch ganz bestimmt nicht auf die Pfoten trampeln. Ich schob mich durch die Äste, bis ich gegen zwei Metallstangen mitten im Gestrüpp stieß, die sich nicht wegdrücken ließen.

Ich steckte den Kopf dazwischen und schlängelte mich erst mit den Schultern, dann mit dem Körper und zum Schluss mit dem Hinterteil hindurch.

Mit einem Ruck kam ich auf der anderen Seite raus und tauchte aus dem Busch gerade noch rechtzeitig auf, um zu sehen, wie die Taube auf einen Grasflecken zustolzierte.

Die Jagd konnte beginnen.

Tauben sind echt dumme Vögel. Ihnen scheint nie einzufallen, dass sie nur hoch oder weit genug wegfliegen müssen, um mir zu entkommen. Stattdessen flattern sie nur kurz auf und setzen sich dann ein paar Schritte vor mir wieder hin.

Wie ich schon sagte: Total dumm. Aber das macht das Spiel umso lustiger.

Fröhlich bellend jagte ich hinter dem Vogel her. Das Geklatsche und Gejohle war hier fast gar nicht mehr zu hören. Wo war ich überhaupt? Die Umgebung wirkte wie ein weiterer Park, wie der mit den Pelikanen, mit vielen Bäumen und Sträuchern. Das fand ich in Ordnung. Parks waren gute Plätze für Hunde, und die Walkers würden mich schon finden, wenn sie erst mal mit dem fertig waren, was auch immer sie da am Zaun taten. Ich war ja auch gar nicht so weit weg.

Schließlich bewies die Taube genug Verstand, um in einen Baum zu fliegen und dort auf einem Ast hocken zu bleiben, aber das machte mir nichts aus. Das gab mir Zeit, den neuen Park ein wenig zu erkunden – und dabei natürlich Ausschau nach Pelikanen zu halten.

Das Erforschen der Wege und Rabatten, Bäume und Büsche war ein wundervoller Zeitvertreib. Nach einer Weile taten mir jedoch die Pfoten weh. Schlimmer noch, es wurde allmählich dunkel. Hatte Amy nicht etwas von Abendessen gesagt? Ja, wenn es dunkel würde, wollten wir uns alle die Weihnachtsbeleuchtung anschauen und an einem Ort, den sie Oxford Street nannte, zu Abend essen.

Das wollte ich auf keinen Fall verpassen.

Gähnend trottete ich in der Abenddämmerung zurück in Richtung des großen Gebäudes, vor dem die Walkers gestanden hatten. Wie hatte Amy es gleich noch genannt? Den Buckingham-Palast. Aus diesem Winkel sah er jedoch ein wenig anders aus. Zum einen sah ich kein großes Tor und keinen Zaun. Dennoch war es derselbe Ort, also mussten die Walkers auch irgendwo hier sein.

Zum anderen gab es auf dieser Seite des Palastes keine Menschenmenge. Und auch keine Wachen mit komischen Hüten. Tatsächlich entdeckte ich keinen einzigen Menschen.

Ich blieb stehen. Seltsam, mir kam es so vor, als sei ich jetzt näher am Palast, als es auf der anderen Seite der Fall gewesen war. Aber egal, ich musste ja nur um das Gebäude herumgehen und den Rückweg zu den Walkers finden. Vorhin hatte ich mich durch einen Busch gequetscht. Das würde ich jetzt auch wieder machen.

Wenn ich mich nur erinnern könnte, welcher Busch es gewesen war.

»Was tust du denn hier draußen?«, hörte ich eine brummige Stimme hinter mir. Erschrocken hopste ich auf. Ich drehte mich so schnell um, dass ich fast meinen eigenen

Stummelschwanz gefangen hätte, und entdeckte einen Mann in dunklem Anzug und weißem Hemd, der mich finster anschaute. »Du musst wohl der Neue sein. Ich habe gedacht, Ihre Majestät hätte dich mitgenommen. Nun, offenbar doch nicht. Nein, du rennst hier draußen rum, kommst jedem zwischen die Füße und hast kleine Unfälle, die wir beseitigen dürfen, und dabei müssen wir so tun, als ob wir dich mögen. So wie die anderen drei. Ehrlich. Ich habe gedacht, sie wollte sich keine neuen Haustiere mehr anschaffen. Aber einem Corgi in Not konnte sie natürlich nicht widerstehen, was?« Der Mann seufzte und öffnete eine Tür zum Palast. »Na ja, du kannst ja nichts dafür. Komm mit. Bringen wir dich dahin zurück, wo du hingehörst.«

Ich spitzte die Ohren. Der Satz mit »Ihrer Majestät« und den »Unfällen« ergab überhaupt keinen Sinn, aber dorthin gebracht zu werden, wo ich hingehörte – zu den Walkers –, war genau das, was ich wollte. Daher folgte ich dem brummigen Mann im Anzug durch die Tür, hinter der die Walkers ganz sicher schon auf mich warteten.

Kaum war ich drinnen, riss ich erstaunt die Augen auf. Mir war ja nicht klar gewesen, was »Palast« bedeutete – außer, dass es ganz eindeutig ein sehr großes Haus war. Aber das, was ich hinter dem Eingang vorfand, ähnelte kein bisschen unserer Eingangsdiele zu Hause. Zum einen gab es keine gerade Treppe mit Sachen auf jeder Stufe, die nach oben gebracht werden sollten. Es gab auch keinen Telefontisch mit Adressbuch, auf dem man gut herumkauen konnte. Keine Garderobe mit Körben darunter, in denen sich ein Sammelsurium an Schuhen fand.

Und auch keinen Haken für eine Leine.

Stattdessen erstreckte sich vor meinen Augen ein riesiger Raum mit einem dunkelroten Teppich und vielen roten Stühlen und Sofas, auf die ich vermutlich nicht drauf durfte. Hohe Säulen aus weißem Stein ragten vor mir auf, und an den Wänden hingen große Bilder von Menschen in komischer Kleidung. In der Mitte stand ein gigantischer Weihnachtsbaum, der mit roten Plüschkronen dekoriert war.

Der Raum wirkte so imposant, dass ich mich am liebsten hinter den schweren rot-goldenen Vorhängen versteckt hätte. Aber dann würde ich meine Familie nie wiedersehen.

»Jetzt komm schon«, sagte der brummige Mann und scheuchte mich weiter. »Wenn du dich nicht beeilst, verpasst du dein Abendessen, und dann ist die Hölle los.«

Der Mann hatte recht. Amy wäre sicher sauer, wenn sie wegen mir zu spät zum Abendessen kamen. Und ich fand es auch nicht toll, eine Mahlzeit zu verpassen. Ich hatte die Taube ja schließlich nicht gefressen. Und ich war heute ganz schön viel herumgerannt. Danach wäre jeder Corgi ausgehungert.

Das einzige Problem war nur, dass ich keine Ahnung hatte, wohin ich gehen sollte.

Der Mann seufzte schwer. »Stimmt. Du bist ja noch neu. Natürlich findest du dich noch nicht zurecht. Komm mit, ich zeig's dir.«

Ich hatte erwartet, dass er mich geradewegs zu einer anderen Tür führen würde und wieder nach draußen. Zu meinem Erstaunen gingen wir jedoch durch weitere beeindruckende Räume zu einer breiten Treppe mit goldenem Geländer und noch mehr Gold an den Wänden. Am Fuß der Treppe stand eine weiße Statue, direkt neben einer gigantischen verzierten Uhr. Lange grüne Girlanden mit glänzenden Kugeln schlangen sich um das Geländer nach oben.

Hier war alles ganz anders als im Haus der Walkers.

»Gut, hinauf mit dir.« Der brummige Mann zeigte mit dem Finger zur Treppe. Ich setzte mich hin und schaute von ihm zu den Stufen. Da oben warteten die Walkers doch bestimmt nicht auf mich, oder? »Na los, hoch mit dir!«, forderte der Mann mich auf.

Die ganzen Welpenschulstunden, zu denen mich Jim geschleift hatte, zeigten ihre Wirkung, und ich hopste gehorsam die Stufen hinauf.

Der Mann folgte mir. Ich fragte mich, was ich oben wohl vorfinden würde.

Hoffentlich meine Familie.

Der obere Flur war genauso schick und weihnachtlich geschmückt. Mir fiel auf, dass Amy bisher noch nicht mal den Weihnachtsbaum aufgestellt hatte. Vielleicht, weil Jim das sonst immer machte.

Ich war froh, dass ich dem brummigen Mann folgen konnte, denn ohne ihn hätte ich mich hoffnungslos verirrt.

»Hier geht's lang.« Er fasste nach dem Griff der schweren roten Tür, vor der wir stehen geblieben waren. Ein Schild war daran angebracht.

Ich konnte nicht besonders gut lesen. Ich kannte nur wenige Wörter: *Henry*, *Hund*, *Futter* und *Corgi*.

Auf dem Schild stand eindeutig irgendetwas mit *Corgi*.

Die Tür öffnete sich, und drei andere Hunde starrten mich an.

Ich starrte zurück.

Vermutlich bedeutete das andere Wort auf dem Schild »Zimmer«.

Ein Zimmer für Corgis.

Was um alles in der Welt hatte ich mir denn da bloß eingebrockt?

AMY

»Wir haben die Queen gesehen!« Gut, sie hatten nur einen kurzen Blick auf einen Hut erhascht und womöglich auf das Ohr eines Corgis, als die große schwarze Limousine aus dem Tor gefahren war. Dennoch hüpfte Claire immer noch so aufgeregt auf und ab, als sei ihr eine persönliche Audienz gewährt worden.

»Und ich hab das Ganze aufgenommen«, fügte Jack hinzu und stoppte die Videoaufnahme seines Handys. »Oma wird es lieben.«

»Oh ja«, stimmte Amy zu. Oma Freida, ihre Mutter, war ein großer Fan der königlichen Familie. Jack hatte sich im Grunde genommen gerade das beste Weihnachtsgeschenk seines Lebens gesichert, wenn er ihr diesen Neunzig-Sekunden-Film zeigte, auf der Ihre Majestät höchstens eine halbe Sekunde zu sehen war.

Amy war hochzufrieden. Sie hätte diesen Tag gar nicht besser planen können. Die Kinder waren glücklich, und sie fühlte sich zum ersten Mal seit Monaten völlig entspannt. Und nun würden sie den Lichterschmuck in der Oxford Street betrachten und danach etwas essen. Ein wunderbarer

Abschluss dieses Tages. Und auch das Weihnachtsfest würde so magisch werden, wie sie es sich erhoffte.

Dr. Fitzgerald hatte recht. Sie musste sich auf die Zukunft konzentrieren, das war der richtige Weg.

»Wo ist Henry?«, fragte Jack und runzelte die Stirn. Amy spürte, wie ihre Ruhe und Gelassenheit wie eine Seifenblase zerplatzte und die Gegenwart sie mit aller Macht einholte und sich plötzlich von ihrer schrecklichsten Seite zeigte.

»Was meinst du? Er war doch eben noch hier …« Amy blickte hinunter zu ihren Füßen, wo Henry ganz still und friedlich gesessen hatte. Trotz der Kälte fühlten sich ihre Hände schwitzig an, als sie die Leine in ihrer Hand überprüfte. Sie war einziehbar und natürlich war sie ganz eingezogen. Aber am anderen Ende befand sich kein Hund. Weil sie die Leine im Park abgenommen hatte, damit Henry herumrennen konnte und dann …

»Ich habe vergessen, ihn wieder anzuleinen.« Amys Herz schlug so heftig in ihrer Brust, als ob es zerspringen wollte. »Aber … Er muss hier noch irgendwo sein. Er würde ganz bestimmt nicht weglaufen.«

Oder etwa doch? Henry hatte die üblichen Kurse in der Hundeschule besucht und war gewöhnlich so vernünftig, sich in ihrer Nähe zu halten, wenn es mal hektisch oder eng wurde. Vor allem, um sicherzustellen, dass er keinen Leckerbissen verpasste. An einem solchen Tag wie heute jedoch, mit all dem Lärm und Gedränge, an einem fremden Ort … Ganz zu schweigen von seiner neuen Angewohnheit, immer aus dem Haus zu rennen, wenn die Tür offenstand. Was, wenn er doch wieder mal davongelaufen war?

Bloß wohin?

»Er könnte überall sein«, meinte Jack. Seine Stimme klang panisch.

Sie hätte aufmerksamer sein sollen. Vorsichtiger. Gewissenhafter. Wie hatte sie nur vergessen können, ihn anzuleinen? Wie hatte sie Henry vergessen können, auch wenn es nur für einen Augenblick gewesen war, als sie der Queen in ihrer Limousine hinterhergesehen hatte?

Sie hatte ihn im Stich gelassen. Ihre ganze Familie. Es war idiotisch von ihr gewesen zu glauben, dass sie alles allein stemmen konnte.

Verzweifelt sah sie sich nach einem flauschigen Fell, einem Stummelschwanz oder einem Hundegrinsen um.

Nichts.

Nein. Amy schüttelte den Kopf. Ihr blieb keine Zeit für kopflose Verzweiflung.

Sie musste wieder die Elternrolle einnehmen. Verantwortung zeigen. Immerhin war sie die Einzige, die diese Aufgabe übernehmen konnte. »Wir müssen ihn suchen. Ruft nach ihm«, sagte sie und versuchte, sich einen Plan zurechtzulegen. »Er kommt immer, wenn er seinen Namen hört. Teilen wir uns auf. Jack, du gehst in dieser Richtung am Zaun entlang, und Claire und ich laufen die andere Seite ab.«

Die Menge hatte sich inzwischen zerstreut, wenn sich auch vor dem Buckingham-Palast immer einige Menschen aufhielten. Zumindest konnte man nun wieder den Bürgersteig zwischen all den Leuten erkennen. Amy hielt Claire an der Hand – schließlich wollte sie nicht auch noch ein Kind verlieren – und eilte nach Henry rufend am Zaun entlang.

»Er kann nicht auf die Straße gelaufen sein, dann hätten

wir ihn gesehen«, meinte Claire. »Er muss also hier irgendwo sein, nicht wahr?«

»Ganz bestimmt«, antwortete Amy mit mehr Zuversicht, als sie verspürte. »Selbst wenn er mir zu Hause ausbüxt und in den Park läuft, bleibt er alle paar Meter stehen und vergewissert sich, dass ich ihm folge. Er ist bestimmt ganz in der Nähe. Sicher haben wir ihn im Handumdrehen gefunden.«

Drei Stunden später saßen sie wieder im Zug, und Amy schlang einen Arm um Claires Schulter. Die Tränen ihrer Tochter brachen ihr das Herz. Jack saß ihnen gegenüber und schmollte, den Kopf zum Fenster gewandt. Seit dem Moment, in dem sie festgestellt hatten, dass Henry fehlte, mied er ihren Blick. Der Polizist, bei dem sie Henry als vermisst gemeldet hatten, hatte sich zwar hilfsbereit, aber wenig hoffnungsvoll gezeigt. London sei eine Großstadt und Henry könne überall sein, hatte er gemeint.

»Er ist gechippt«, erwiderte Amy.

»Nun, falls er irgendwo auftaucht, wird man dann zumindest wissen, wem er gehört«, hatte der Polizist geantwortet und sich sichtlich Mühe gegeben, das »Falls« nicht zu stark zu betonen.

»Vielleicht hat ihn jemand gestohlen«, sagte Jack plötzlich, was bei Claire einen neuen Tränenstrom auslöste. »Corgis sind eine beliebte Rasse. Jemand könnte ihn gekidnappt haben, während wir abgelenkt waren.«

»Das bedeutet, dass wir ihn nie wiedersehen!« Claire warf ihrer Mutter einen vorwurfsvollen Blick zu.

Amy konnte es ihr nicht verübeln. Es war ja auch ihre Schuld. Sie war so sehr damit beschäftigt gewesen, sich dafür zu beglückwünschen, ihren Kindern auch ohne Jim einen tollen Tag bereitet zu haben, dass sie darüber völlig aus den Augen verloren hatte, was wirklich zählte – nämlich, dass sie den Tag gemeinsam verbrachten.

Einschließlich Henry.

Sicher war er total verängstigt, so allein in der Stadt oder bei völlig fremden Menschen. Er würde nicht verstehen, was passiert war und wohin seine Familie verschwunden war. Er würde nur wissen, dass er nicht bei ihnen war und dass sie ihn allein gelassen hatten.

Ganz gleich, ob die Kinder ihr jemals vergeben würden – sie selbst konnte sich das niemals verzeihen.

Jack starrte wieder aus dem Fenster in die bitterkalte Winternacht. Er hatte zwar nicht viel gesagt, aber Amy wusste, dass er genauso traurig und durcheinander war wie Claire. Im Grunde genommen war Henry sein Hund. Seiner und Jims. Jim hatte ihn als Welpen für seinen Sohn mit nach Hause gebracht, damals war Jack gerade zehn Jahre alt. Seitdem hatten sie sich immer gemeinsam um Henry gekümmert, sie hatten ihn trainiert und waren mit ihm spazieren gegangen.

Nun aber war Jim fort und hatte Henry bei ihnen zurückgelassen, und sie alle mussten sich erst an die neue Situation gewöhnen.

Anfangs schien Jack den Auszug seines Vaters gut verarbeitet zu haben, doch im Laufe der Wochen hatte er sich mehr und mehr in sich zurückgezogen. Er hatte immer davon gesprochen, dass er Tierarzt werden wollte, und sich bereits erkundigt, welche Kurse er dafür belegen musste und welche Praktika ihm nutzen konnten, um einen Platz an seiner bevorzugten Uni zu ergattern. Er hatte in den vergangenen zwei Jahren hart auf seinen Traumberuf hingearbeitet. In den letzten Wochen schien er jedoch vergessen zu haben, dass ihm dieses Ziel je wichtig gewesen war.

Aber Henry … Henry war ihnen allen wichtig. Auch wenn er sie manchmal in den Wahnsinn trieb, wusste Amy, dass Henry sie alle mit dieser blinden Zuneigung liebte, zu der Hunde fähig waren. Es mochte ihr zwar nicht gefallen, wenn er aufs Bett kletterte, aber Claire schlief besser ein, wenn Henry mit ihr kuschelte. Und nicht nur Claire – auch sie selbst war in den vergangenen Wochen ein paar Mal neben Henry aufgewacht, der sie in Jims Abwesenheit wärmte.

Und Jack … Jack vertraute ihr zwar seine Gefühle nicht an, aber sie hatte bemerkt, dass er sich manchmal mit Henry unterhielt, wenn er glaubte, dass niemand ihn hören konnte. Mit wem sollte er nun reden?

Amy betrachtete Jack, der den Kopf an die Scheibe gelegt hatte. Das dunkle Haar fiel ihm in die Stirn, und ihr Herz schmerzte vor Mitgefühl. Ihr kleiner Junge war fast erwachsen, aber noch nicht so erwachsen, dass er seine Eltern nicht mehr brauchte.

Seinen Vater. Und seinen Hund.

Amy schloss die Augen und lehnte den Kopf an den Sitz. Nur einen Moment der Trauer wollte sie sich gönnen.

Dann öffnete sie die Augen wieder und konzentrierte sich auf das, was getan werden musste. In Gedanken ging sie durch, was sie bereits erledigt hatte.

Sie hatte Henry als vermisst gemeldet und der Polizei mitgeteilt, dass er gechippt war. Sie hatte die ganze Gegend abgesucht, immer wieder nach ihm gerufen und ihn mit

Leckerlis gelockt. Sie hatte sich bei jedem Einzelnen, der vor dem Buckingham-Palast greifbar gewesen war, nach Henry erkundigt.

Sie hatte alles getan, was sie vor Ort tun konnte. Nun musste sie überlegen, was sie von zu Hause aus noch tun konnte, um Henry zu finden.

Die Walkers hatten in diesem Jahr bereits genug verloren. Amy wollte kein weiteres Familienmitglied kampflos aufgeben.

»Gut, Kinder«, sagte sie und wartete, bis sie ihre volle Aufmerksamkeit hatte. »Wir brauchen jetzt einen Plan.«

Tag 2

Sonntag, 15. Dezember

HENRY

Als ich aufwachte, wusste ich einen Moment lang nicht, wo ich war. Das Körbchen, in dem ich geschlafen hatte, fühlte sich zu weich an, zu bequem, um mein eigenes zu sein, das bereits ziemlich abgenutzt war. Im Raum herrschte außerdem eine verdächtige Stille, kein Radio dröhnte aus der Küche, kein Jack, der die Treppe hinunterstampfte.

Es fühlte sich überhaupt nicht wie zu Hause an.

Dann öffnete ich die Augen und erinnerte mich wieder an alles, was tags zuvor geschehen war.

Nachdem mich der brummige Mann im Corgi-Zimmer abgesetzt hatte, wurde mir gleich klar, dass er einen Fehler gemacht hatte. Er dachte, ich gehöre hierher, in den Palast, daher hatte er mich dorthin gebracht, wo die anderen Hunde lebten, statt mich zu den Walkers zurückzubringen, wie ich gehofft hatte.

Wo war meine Familie jetzt? Waren sie ohne mich weggegangen? Oder warteten sie immer noch auf mich oder suchten nach mir?

Was, wenn sie dachten, dass ich absichtlich weggelaufen

war und sie verlassen hatte wie Jim? Ich hoffte, sie wussten, dass ich sie viel zu sehr liebte, um ihnen so etwas anzutun.

Die Nacht in einem Palast zu verbringen mochte ein großes Abenteuer für einen eher kleinen Hund sein, aber ich vermisste mein echtes Leben und meine Familie. Wer wusste schon, in welche Schwierigkeiten sie womöglich gerieten, jetzt, da ich nicht mehr auf sie aufpassen konnte?

Wer würde darauf achten, dass Amy täglich spazieren ging? Oder sich zu ihr kuscheln, um mit ihr freitagabends romantische Filme anzuschauen? Wer würde Claires Reste essen, die sie unter den Tisch schmuggelte, wenn Amy nicht hinschaute? Wer würde Claire nachts Gesellschaft leisten, wenn sie traurig war und einen kuscheligen Fellfreund zum Trost brauchte? Sie war zu alt für Teddybären, meistens jedenfalls, aber sie war ganz gewiss nicht zu alt für mich. Und am wichtigsten, wer würde Jack zuhören, wenn er darüber redete, wie sehr er seinen Dad vermisste? Ich wusste, dass er niemanden wissen lassen wollte, dass er traurig war. Aber er brauchte jemanden zum Reden. Er brauchte mich.

Sie alle brauchten mich.

Wie es aussah, mussten die Walkers jedoch lernen, ohne mich auszukommen. Zumindest für eine Weile. Bis ich diesen Irrtum korrigiert und den Weg nach Hause gefunden hatte. In der Zwischenzeit konnte ich genauso gut das Beste aus meinem Aufenthalt im Palast machen, wo ich schon mal da war. Gewiss würde es nicht lange dauern, bis irgendjemandem auffiel, was passiert war, und Amy kam, um mich nach Hause zu holen. Ja, ich musste mir keine Sorgen machen.

Im Moment jedenfalls nicht.

Ich streckte mich in meinem superweichen Körbchen aus und sah mich um.

Da der Palast so prachtvoll war, hätte ich eigentlich nicht überrascht sein sollen, dass das Corgi-Zimmer eine ebenso luxuriöse Ausstattung besaß, doch ich war es dennoch. Jeder der Hunde besaß ein eigenes Weidenkörbchen. Alle standen aus rätselhaften Gründen ein Stück erhöht. Unwillkürlich fragte ich mich, welchem Hund das Körbchen gehörte, das ich mir ausgeliehen hatte, und wann dieser Hund wohl zurückkehren würde, um es für sich zu beanspruchen.

Natürlich! Sobald das passierte, würden die Menschen im Palast merken, dass sie einen Fehler begangen hatten, und mich zu den Walkers bringen. Es war nur eine Frage der Zeit.

Ich rechnete jedoch fest damit, dass die Hunde sehr viel schlauer sein würden als die Menschen. Gewiss würden sie sofort feststellen, dass ich der falsche Hund war.

Soweit ich sehen konnte, gab es drei andere Hunde im Palast – ein Corgi wie ich und zwei weitere, die aussahen wie Corgis, aber nicht wirklich welche waren. Sie hatten längere Gesichter und Körper und ihre Beine waren kürzer. Ich überlegte, ob ich sie nach ihrer Rasse fragen sollte. Dann fiel mir jedoch der misstrauische Blick ein, den die anderen mir beim gestrigen Abendessen zugeworfen hatten, und ich beschloss, mich damit lieber zurückzuhalten, bis wir uns besser kannten.

Die Palasthunde waren weniger zurückhaltend.

Als ich mich aufrichtete, stellte ich fest, dass die drei mich anstarrten. In ihren Mienen lag keine Freundlichkeit.

»Du bist also der neue Hund«, sagte der Corgi und spuckte das Wort »neu« aus wie einen verschimmelten Hundekeks.

»Äh, in gewisser Weise«, antworte ich vorsichtig. Ich musste mir erst einmal einen Überblick verschaffen, ehe ich die Wahrheit über meine ungewöhnliche Ankunft ausplauderte.

»Ich dachte, du solltest mit *Ihr* auf diese Reise fahren«, meinte ein anderer Hund. »Vorzugsbehandlung und so.«

Auch der brummige Mann hatte gestern etwas Ähnliches erwähnt. »Der Plan hat sich geändert«, erwiderte ich und dachte unwillkürlich, dass das sogar der Wahrheit entsprach.

»Dann bist du wohl doch nicht so etwas Besonderes«, meinte der dritte Hund. »Tja, wir gewöhnen uns besser an dich. Ich bin Candy. Das ist Vulcan, und das hier«, sie deutete auf den Corgi in der Mitte, »ist Willow.«

Candy schien nett zu sein, daher versuchte ich, aus ihr ein paar mehr Informationen herauszuholen. »Tolle Namen. Und ich freue mich immer, einen anderen Corgi zu treffen. Welche Rasse bist du denn, Candy?«

»Vulcan und ich sind Dorgis«, antwortete sie. »Halb Dachshund, halb Corgi.«

Das erklärte die kurzen Beine.

»Wenn jemand seinen Namen nennt, erfordert die Etikette, dass man die Höflichkeit erwidert«, sagte Willow mit schriller Stimme. Sie klang fast wie Sookie.

»Die was erfordert was?«, fragte ich ahnungslos.

Vulcan verdrehte die Augen. »Deinen Namen. Es wäre nett, wenn du uns den verraten würdest, jetzt, da du unsere kennst.«

»Oh, tut mir leid. Henry«, sagte ich automatisch. »Erfreut, euch kennenzulernen.«

Willows Kopf ruckte hoch, und sie musterte mich wachsam. »Henry, ja? Uns hat man gesagt, der neue Hund heißt Monty.«

Ah. Jetzt musste ich mir etwas einfallen lassen.

Ich setzte ein breites, treues Lächeln auf. Dasselbe, das ich auch immer Amy schenkte, wenn mal eine Amsel aus Versehen tot im Garten auftauchte, und ich dann versuchte, mich auf charmante Art herauszureden. »Das ist eine lustige Geschichte.«

Ich erzählte die Ereignisse vom Vortag so unterhaltsam, wie ich konnte. Willow, Candy und Vulcan fanden meine Geschichte leider nicht sehr komisch.

»Du bist also ein Betrüger«, stellte Vulcan fest und sah mich über seine lange Nase hinweg missbilligend an.

»Ein Eindringling obendrein«, ergänzte Candy. Sie schien anfangs die Freundlichste zu sein, aber jetzt wirkte sie stocksauer. Sie musterte mich frostig, und ihr Stummelschwanz wackelte kein bisschen.

»Ich würde mich eher als … unerwarteten Gast bezeichnen«, erwiderte ich und versuchte, es wie einen Scherz klingen zu lassen.

»Wir lassen nicht jeden in den Buckingham-Palast, musst du wissen«, sagte Vulcan. Er schien mir der Mürrischste der drei zu sein, er hatte auch die kürzesten Beine. Vielleicht ein Kurzbeinkomplex, sinnierte ich, der mit dem Bedürfnis einherging, sich wichtiger zu fühlen, als man es war.

Andererseits war er ein royales Haustier. Womöglich lag es auch daran.

Candy und Vulcan drehten sich ratsuchend zu Willow. Die Hündin, die der einzige andere Corgi im Zimmer war, galt eindeutig als Anführerin des Rudels. Verständlich. Corgis sind wegen ihrer Klugheit wie dafür geschaffen, die Anführerrolle zu übernehmen und Ratschläge zu erteilen.

Ich konnte nur hoffen, dass Willow sich auf meine Seite schlagen würde.

Sie schien jedoch ebenso wenig erfreut über meine Anwesenheit wie Vulcan.

»Nun, ich nehme an, die Sache klärt sich, wenn *Sie* zurückkommt. Gewiss wird *Sie* dich sofort wieder auf die Straße setzen, wo du hingehörst. Bis dahin scheint es tatsächlich so, als hätten wir einen *unerwünschten* Gast.«

Candy und Vulcan ahmten ihr Schnauben nach und wandten mir das Hinterteil zu. Alle drei watschelten zu ihren Körbchen. Willow hatte ihre Meinung deutlich gemacht, und die anderen folgten ihrem Beispiel.

So viel zum Thema Freundschaft schließen. Die Hunde konnten mich nicht leiden und *Sie*, wer immer sie auch war, würde mich im Handumdrehen wieder rauswerfen.

Wie es schien, war ich unerwünscht, unwillkommen und – was am schlimmsten war – nicht in der Lage, wieder nach Hause zu meiner Familie zurückzukehren.

Gut, die drei glaubten also zu wissen, was für eine Art Hund ich *nicht* war, aber sie hatten eindeutig keine Ahnung, was für ein toller Corgi ich wirklich war.

Denn ich gehörte zu der Art von Corgi, die sich nicht so schnell geschlagen gab. Und das würden sie schon sehr bald erfahren.

»Ich wette, ihr süßen Kleinen habt Hunger, oder?«

Ich hob den Kopf von meinen Pfoten und entdeckte eine

blonde Menschenfrau mit einem Beutel Hundefutter in der Tür vom Corgi-Zimmer.

Meine Rettung!

Wer brauchte schon verwöhnte Palasthunde? Ich brauchte nur einen Menschen mit Verstand. Ich lief zu ihr in der Hoffnung, sie würde erkennen, dass ich nicht hierhergehörte und dringend wieder nach Hause musste.

Lächelnd streichelte sie mich. »Du bist wohl unser neuer Junge! Ich habe gehört, du hast beschlossen, doch lieber bei uns im Palast zu bleiben. Gute Entscheidung. Wie heißt du noch mal?«

Sie hob die Marke an meinem Halsband und las sie vor. »Henry. Ein königlicher Name. Sehr passend. Ich bin Sarah. Sarah Morgan. Erfreut, dich kennenzulernen, Henry.«

Sie streckte die Hand aus, und ich hob eine Pfote, um dagegen zu schlagen, froh, dass mir Jack den Handschlagtrick beigebracht hatte. Jetzt fühlte ich mich nicht mehr ganz so verloren, obwohl alles im Buckingham-Palast neu und fremd für mich war – und Willow komische Vorstellungen davon hatte, wie sich ein Corgi benehmen sollte, die ich offenbar nicht erfüllen konnte.

Sarah nahm vier silberne Näpfe aus dem Regal an der Wand und stellte sie vor uns auf den Boden.

»Ich glaube, es gibt hier sehr strenge Regeln fürs Frühstück«, sagte sie lächelnd. »Aber ich bin leider auch neu, daher müsst ihr mir vergeben, wenn ich einen Fehler mache.«

Sie schüttete das Trockenfutter in die erste Schale. Es sah anders aus als das Futter vom Abendessen. Ehrlich gestanden hatte ich aber zu viel Angst gehabt und fühlte mich viel zu einsam, um überhaupt zu merken, was ich da gegessen hatte.

Das meiste hatte ich sogar übrig gelassen, was bedeutete, dass ich jetzt am Verhungern war.

Zu Hause wäre ich zum Napf gestürmt und hätte den Inhalt ohne zu zögern verschlungen, aber die anderen drei Hunde warteten, also wartete ich mit ihnen. Offenbar war das auch so eine Palastregel, die ich nicht verstand. Ich meine, mal ehrlich, wer wartet denn, wenn er Essen vor der Nase hat?

Nachdem die Schalen gefüllt waren, schaute Sarah uns an. »Muss ich irgendwas sagen? Äh … bitte, esst?«

Ich lief auf den Napf zu, doch Vulcan und Candy bellten mich an. »Nicht du«, sagte Candy schnippisch.

Ich wich zurück, und Willow trat geziert nach vorn. Sie tauchte die Schnauze in die Schüssel vor sich und fing an zu fressen.

Ich betrachtete die Näpfe und stellte fest, dass auf allen ein Name stand, nur auf meinem nicht. Vielleicht hatten sie sich ja noch nicht die Mühe gemacht, Montys Namen einzugravieren. Oder vielleicht hatten sie ihn auch mitgenommen, und das war eine Ersatzschüssel. Ich wusste es nicht.

Ich wusste nur, dass mein Schälchen noch leer war. Und allmählich hegte ich den Verdacht, dass es noch eine ganze Weile dauern würde, bis ich mit Fressen an der Reihe war.

Ich behielt recht. Nach Willow kam Vulcan dran, danach Candy. Beide nahmen sich viel Zeit mit ihrem Frühstück, vermutlich nur, um mich zu ärgern. Schließlich füllte Sarah meine Schüssel und die anderen Hunde machten Platz, damit ich fressen konnte.

Sarah lachte, als ich das Futter verschlang. »Mann, du hast wohl Riesenhunger, was, mein Junge?«

Ich hätte ein Ja gebellt, aber ich war zu beschäftigt damit, mir den Bauch vollzuschlagen. Das Frühstück war fantastisch, obwohl es Trockenfutter war. Fleischig und saftig und sättigend und lecker. Genau das, was ein hungriger, verirrter Corgi brauchte. Schließlich war mein Napf leer. Bittend sah ich Sarah an. Ich bedachte sie mit meinem besten mitleidheischenden Blick. Amy wurde jedes Mal weich, wenn ich sie so ansah, aber Sarah hatte den Futterbeutel schon geschlossen.

»Tut mir leid, Henry«, sagte sie. »Ich bin zwar neu, aber selbst ich kenne diese Regel. Nur eine Schale Futter, und das war's, bis zum Abendessen.« Sie stellte den Futterbeutel ins Regal und sammelte die Näpfe ein. »Bis später, Hundchen, wenn ich Glück habe. Ich hoffe, dass ich euch auch abends füttern darf, solange Ihre Majestät weg ist. Wie ich höre, gibt es heute zum Abendessen Kaninchen für euch.«

Sie verließ das Zimmer, und mein Magen knurrte allein beim Gedanken an das Kaninchen. Ich war so abgelenkt davon, dass es eine Weile dauerte, bis ich merkte, dass sie die Tür offen gelassen hatte und die anderen drei Hunde zuversichtlich aus dem Zimmer spazierten.

Ob sie das durften? Vielleicht wusste Sarah ja nicht, dass die Tür geschlossen sein musste. Oder durften wir wirklich das Zimmer verlassen und den Palast erkunden? Es erschien mir so unwahrscheinlich. Der ganze Palast war so schnörkelig und besonders, da durften doch vier Hunde kaum einfach so ohne Aufsicht herumschlendern, oder?

Willow, Candy und Vulcan teilten meine Sorge jedoch offenbar nicht. Sie waren bereits nach draußen in den Flur gelaufen. Einen Moment überlegte ich noch, dann verließ auch ich das Zimmer.

Weil ich nicht wusste, wohin ich gehen sollte, schloss ich mich den dreien an. An der Treppe, die ich am Tag zuvor hochgeklettert war, blieben sie stehen. Vulcan schaute mich über die Schulter hinweg an. »Wo willst du denn hin?«

»Äh, nach unten?«, riet ich.

»Gut«, sagte Candy, und bevor ich wusste, wie mir geschah, hatten sich alle drei umgedreht und liefen in die entgegengesetzte Richtung davon. Ich beobachtete, wie ein Mann im selben Aufzug wie der Brummige die Tür für die Prozession aus einem Corgi und zwei Dorgis öffnete. Sie trotteten so majestätisch hindurch, als seien sie die Königin höchstpersönlich statt nur ihre Hunde.

Der Mann warf mir einen neugierigen Blick zu, offenbar wartete er darauf, dass ich den anderen folgte. Das konnte ich jedoch nicht. Ich ging nirgendwohin, wo ich nicht erwünscht war.

Was bedeutete, dass ich einen Ort finden musste, wo ich erwünscht war.

Ich kehrte dem Mann das Hinterteil zu und widmete mich der Treppe. Um die breiten hohen Stufen zu meistern, musste ich erst mit den Vorderpfoten, dann mit den Hinterpfoten hinabhopsen. Vielleicht würde ich unten ja mehr Spaß haben.

Ich bog ein paar Mal falsch ab, bevor ich den Weg zu der roten Diele fand, durch die ich am Vortag den Palast betreten hatte. Endlich entdeckte ich auch die Tür, durch die ich hereingekommen war, aber sie war geschlossen. Ich sah mich nach einem hilfreichen Menschen um, der sie für mich öffnen würde, aber es war keiner in Sicht.

Ich drückte die Nase an die Scheibe und starrte sehnsuchtsvoll in den Garten. Am Tag zuvor war er mir so verlockend erschienen, dass ich der Taube einfach hatte folgen müssen. Selbst jetzt noch würde ich sofort hinausrennen und übers Gras toben, wenn mir jemand die Tür öffnen würde. Ich bin eben ein Draußenhund. So luxuriös dieser Palast auch war, der Garten gefiel mir bisher am besten.

Auch wenn er in gewisser Weise die Schuld daran trug, dass ich von meiner Familie getrennt worden war.

Suchten sie nach mir? Ich war ja gar nicht so weit weggelaufen. Ich hatte angenommen, dass sie einfach am Tor klingeln und fragen würden, ob mich jemand gesehen hatte. Dann hätte der brummige Mann bestimmt seinen Fehler bemerkt und mich zurückgegeben.

Sookie würde allerdings froh sein, dass ich weg war.

Überraschend entlockte mir der Gedanke an Sookie ein Lächeln. Sookie, diese alberne Mieze, hätte diesen Palast geliebt. Sie hätte ihn als gebührendes Zuhause erachtet und sofort in Beschlag genommen. Sie konnte sich noch majestätischer aufführen als die königlichen Hunde.

Sookie hätte sich hier gut eingefügt. Ich hingegen würde nie heimisch werden.

Nein, so durfte ich nicht denken. Ich hatte einen Weg in den Palast gefunden, also würde ich auch einen Weg hinaus finden. Einen Weg nach Hause.

Ich wusste, dass der Buckingham-Palast viel größer als mein Zuhause war, aber ich hatte ja keine Ahnung, wie viel größer, bis ich meinen Erkundungsgang begann. Ich blieb im Erdgeschoss, stapfte durch einen luxuriösen Raum nach dem anderen, die allesamt viel größer waren als die Zimmer im Haus der Walkers.

Wohin ich auch schaute, glänzte es golden oder silbern oder leuchteten Lichter. Die Teppiche unter meinen Pfoten waren dick und weich und meist dunkelrot.

Alle Menschen, denen ich begegnete, traten zur Seite, um mir den Vortritt zu lassen, als sei ich wirklich ein royales Haustier. Zwar wünschte ich mir, dass jemand endlich bemerkte, dass ich nicht hierhergehörte, aber da es niemand tat, setzte ich meine Expedition zuversichtlich fort.

Irgendwo musste doch eine Tür offen stehen, durch die ich entwischen konnte, um nach meiner Familie zu suchen. Ich musste sie bloß finden.

Auf meiner Erkundungstour kam ich auch an einem großen dunklen Holztisch in der Mitte eines Zimmers vorbei, auf dem sich glänzende silberne Gegenstände befanden. Ich entdeckte eine Frau in derselben Uniform wie Sarah, die in die andere Richtung lief und irgendetwas von »polieren« murmelte. Neugierig betrat ich das Zimmer.

Der Silberhaufen auf dem Tisch sah aus wie ein Piratenschatz aus den Filmen, die Jack früher so gern geschaut hatte, und glänzte im Sonnenlicht. Ganz obenauf stand eine silberne Schüssel, die mich an den Napf erinnerte, in dem Sarah uns unser Frühstück serviert hatte. Ich legte den Kopf zur Seite und betrachtete sie genauer.

Es war unwahrscheinlich, dass sich noch Futter darin befand, oder? Aber es wäre dumm, das nicht zu überprüfen. Nur, um ganz sicher zu gehen.

Immerhin brauchte ich all meine Kraft, wenn ich erst mal einen Fluchtweg gefunden hatte, um nach Hause zu gelangen. Ein wenig Extrafutter konnte da nicht schaden.

Ich sprang auf einen Stuhl, stützte mich mit den Vorderpfoten auf dem Tisch ab und spähte den Silberberg hinauf. Ich war immer noch zu weit unten, um feststellen zu können, ob sich Futter in der Schüssel befand.

In Jacks Filmen war der Schatz immer das Risiko wert. Dasselbe galt hier auch. Mit einem schnellen Blick vergewisserte ich mich, dass mich niemand beobachtete, und sprang auf den Tisch. Dann kletterte ich vorsichtig über das Silber nach oben, mein Ziel, die Schüssel, fest im Blick. Vorsichtig balancierte ich über die Gegenstände, um das Gleichgewicht nicht zu verlieren. Ich hatte jedoch nicht damit gerechnet, dass Silber so glitschig war. Und so laut.

Kaum war die Schüssel in Schnauzennähe, rutschte ich auf einem Teller aus, und plötzlich geriet der ganze Berg in Bewegung. Ich krallte mich fest, aber ohne Erfolg. Mit einem enormen Scheppern polterte das Silber zu Boden und riss mich mit sich nach unten. Unsanft landete ich auf meinen Pfoten.

Die Schüssel plumpste mir auf den Kopf.

Sie war leer.

»Was in aller Welt ist denn hier los?!« Zwei Angestellte rannten herbei, und daher beschloss ich, dass es an der Zeit war, mich aus dem Staub zu machen. Ich raste zwischen ihren Beinen hindurch, in die Richtung, aus der ich gekommen war.

Vielleicht kannte ja einer der anderen Hunde einen Weg nach draußen. Sie wollten mich offenbar ebenso schnell loswerden, wie ich nach Hause wollte.

Natürlich hatte ich keine Ahnung, wo sie sich aufhielten, daher blieb mir nichts anderes übrig, als ins Corgi-Zimmer zurückzukehren und auf sie zu warten.

Meine Pfoten taten mir weh, als ich die Treppe hinauflief. Ich hatte nicht mal einen Bruchteil des Palastes erkundet, aber ich wusste bereits, dass dieses Gebäude mehr Räume hatte, als ich an einem Tag erforschen konnte.

Die Tür zum Corgi-Zimmer stand offen, ich schlich mich hinein und stellte fest, dass ich allein war. Ich legte mich in mein Körbchen, rollte mich zusammen und wartete auf die anderen.

Während ich dort lag, kam mir aber ein schrecklicher Gedanke.

Willow hatte gesagt, wenn *Sie* zurückkäme – wer immer sie auch war, vermutlich die Queen –, würde man sofort merken, dass ich nicht der echte Monty war, und mich hinauswerfen. Was mir nur recht sein konnte, da ich nach Hause wollte. Es gab nur ein Problem … ich kannte mich in London nicht aus und wusste nicht, wie ich die Walkers ohne Hilfe finden sollte. Wir waren mit dem Zug hergekommen, aber woher sollte ich wissen, welcher der richtige war? Und selbst wenn ich das herausfand, war ich mir sicher, dass man mich ohne einen Menschen bestimmt nicht Zug fahren lassen würde.

Mein großartiger Fluchtplan war zum Scheitern verurteilt, selbst wenn ich eine offene Tür entdecken würde.

Nein, ich musste das Beste daraus machen und hier im Palast bleiben, bis Amy mich abholen kam, falls sie überhaupt nach mir suchte. Und wenn sie das nicht tat … Nun ja, ich war ein charmanter Hund. Wenn ich hier genug Freunde fand, durfte ich vielleicht bleiben. Und das bedeutete, dass ich Willow und die Dorgis für mich gewinnen musste.

Auch wenn die Chancen auf Erfolg verschwindend gering waren.

Bevor ich diesen Gedanken weiterverfolgen konnte, tauchte ein Schatten in der Tür auf. Willow.

»Wo ist dein Gefolge?«, fragte ich und stand auf.

Willow schüttelte den Kopf. »Sie sind nicht mein Gefolge. Sie sind Familie.«

»Und ich nicht. Schon verstanden.«

»Du … bist nicht wie wir«, sagte Willow diplomatischer als bisher. »Aber wie es aussieht, wirst du eine Weile bleiben.«

»Ach, hast du das auch schon herausgefunden?«, fragte ich und rief meine innere Sookie herbei, um möglichst sarkastisch zu klingen.

»Ich habe gehört, wie einer der Hausdiener über dich geredet hat«, erklärte Willow. »Der, der uns die Tür bei der Treppe aufgehalten hat. Er hat gesagt, dass der neue Hund sich nicht so gut einpasst und *Sie* dich wohl besser mitgenommen hätte.«

»Und?«

»Und ich habe angenommen, dass die Menschen auf den ersten Blick erkennen würden, dass dir die nötige Kultiviertheit fehlt und du nicht Monty bist. Offensichtlich habe ich ihnen zu viel zugetraut.«

»Sarah ist es nicht aufgefallen«, stellte ich klar. »Warum sollte es dann ein Hausdiener merken?« Vermutlich war der brummige Mann von gestern auch so ein Hausdiener. Hier schienen ein paar davon herumzulaufen. Ich fragte mich, was wohl ihre Aufgabe war.

»Na ja, sie ist wie du, nicht wahr?«, meinte Willow.

»Soll heißen?«

»Eine Außenseiterin. Sie wurde nicht in diese Stellung hineingeboren. Sie weiß noch nicht, wie alles läuft.« Willow hüpfte in ihr Körbchen und drehte sich ein paar Mal im Kreis, bevor sie sich hinlegte. »Entweder sie lernt, sich einzufügen, oder sie wird wieder gehen.«

Wie ich, wurde mir bewusst. Wenn ich lange genug hierbleiben wollte, bis mich die Walkers fanden, musste ich mich anpassen, damit niemand merkte, dass ich nicht Monty war. Und das bedeutete, dass ich mehr über das Leben im Palast erfahren musste.

Und ich kannte genau die Richtige, die mir alles beibringen konnte.

»Erzähl mir mehr über Monty«, bat ich, sprang aus meinem Körbchen und trabte zu Willow. Ich legte mich auf den Teppich vor ihrem Körbchen. »Und den Palast. Wieso habt ihr euer eigenes Zimmer? Und warum stehen die Körbchen nicht auf dem Boden?«

Alles vernünftige Fragen, fand ich. Und ich hatte noch ein paar mehr.

Willow schenkte mir jedoch einen Blick, als sei ich der dümmste Hund der Welt. Und in ihren Augen war ich das wohl auch.

»Monty ist der letzte Zugang in unserem Rudel«, erklärte sie. »Wir sind uns noch nicht offiziell vorgestellt worden, aber seinem Stammbaum und seinem Vorbesitzer nach zu schließen, wird er gewiss gut zu uns passen. Außerdem kennt er sich mit der Hierarchie aus.«

»Der Hierarchie?« Vielleicht war ich wirklich so unwissend, wie Willow dachte. Ich hatte nicht die leiseste Ahnung, was dieses Wort bedeutete.

»Natürlich. Der Hund, der am längsten hier ist, also ich, ist Anführer. Die Königin sozusagen. Die anderen folgen in der Reihenfolge ihrer Ankunft.«

»Also kam erst Vulcan, dann Candy, dann ich«, riet ich. »Das erklärt die Reihenfolge beim Frühstück. Mir ist das gestern Abend gar nicht aufgefallen.«

»Du kamst ja auch zu spät«, meinte Willow. »Ein weiterer Minuspunkt für dich. Pünktlichkeit ist eine Tugend, vor allem, wenn es ums Abendessen geht.«

In dem Punkt waren wir uns einig. »Also steht Monty auch ganz unten in der Rudelrangfolge?«, vermutete ich. Das ergab Sinn. Sookie lebte ein Jahr länger als ich bei den Walkers, und sie hat mir immer ganz deutlich zu verstehen gegeben, dass sie die Anführerin war. Natürlich hätte Sookie sich auch so aufgespielt, wenn ich schon Jahre vor ihr bei den Walkers eingezogen wäre. Das lag einfach in ihrer Natur.

Seltsamerweise vermisste ich die alte Stubentigerin.

»Natürlich. Allerdings ist Monty eigentlich gar kein royales Haustier.« Willow beugte sich aus ihrem Körbchen zu mir hinunter, als ob sie mir eine topgeheime Information mitteilen wollte, zum Beispiel, wo die Leckerlis aufbewahrt wurden. »Vor ein paar Jahren hat Sie beschlossen, keine Haustiere mehr anzuschaffen. Ich meine, wir waren ja auch genug, um Ihr Gesellschaft zu leisten, warum sollte Sie noch mehr Hunde wollen?«

»Und dann hat Sie Monty aufgenommen.«

»Ja.« Willow zog eine Grimasse. »Aber nur weil Sie so ein gutes Herz hat. Sein früherer Besitzer war ein Freund von Ihr – ein Earl, natürlich, und nach seinem Tod hat Sie angeboten, ihn aufzunehmen. Natürlich hat Sie das zuvor mit uns besprochen.«

»*Sie* klingt nett«, sagte ich. Ich hatte noch nie so recht über die Queen nachgedacht, aber da sie ihren Hunden so ein luxuriöses Leben ermöglichte, konnte sie ja nur nett sein.

»*Sie* ist der netteste Mensch und die tollste Besitzerin, die ein Hund haben kann«, sagte Willow nachdrücklich, als ob ich das angezweifelt hätte.

Was nicht stimmte.

»Ihre Mutter hat unseren Tagesablauf festgelegt.«

»Ihre Mutter?«

»Die Königinmutter«, erklärte Willow, auch wenn mir das immer noch nichts sagte. »Sie hat unsere überlegenen Rassequalitäten erkannt und den Grundstein dafür gelegt, dass die royalen Hunde ein Leben führen, das ihrem Status würdig ist.«

»Wie Körbchen über dem Boden?«

»Um Zugluft zu vermeiden, damit wir uns nicht verkühlen.«

»Und ich nehme an, ihr bekommt auch alle möglichen leckeren Sachen, oder?«, fragte ich hoffnungsvoll. Vielleicht hatte dieses Abenteuer doch etwas Gutes. »Reste vom Tisch der Queen, Hundekekse, Leckerlis?«

Willow blickte mich entsetzt an. »Nein, ganz bestimmt nicht. Wir haben eine sehr strenge Diät, die speziell für uns und unser Wohlergehen entwickelt worden ist. *Sie* würde nicht mal im Traum daran denken, dagegen zu verstoßen.«

Ich setzte mich auf die Hinterpfoten. »Strenge Diät« klang in meinen Ohren nicht besonders spaßig.

»Selbstverständlich bist du derlei Dinge nicht gewohnt«, meinte Willow. »Ich vermute, du musst dein Futter erjagen oder die Mülltonnen durchwühlen, nicht wahr?«

Nun schenkte ich ihr einen entsetzten Blick. »Natürlich nicht!« Andererseits … »Zumindest nicht, wenn ich das nicht will.«

»Du hast also einen Besitzer.«

»Ja, natürlich. Das habe ich doch heute Morgen schon gesagt – die Walkers.«

Willow sah mich fragend an.

»Meine Familie. Jim und Amy und Jack und Claire.«

Willow zuckte mit den Schultern. »Ich habe angenommen, diese Menschen wären wie unsere Spaziergänger. Leute, die uns ausführen, wenn *Sie* keine Zeit hat.«

»Sie sind viel mehr als das«, erwiderte ich. »Sie sind dasselbe für mich wie *Sie* für euch.«

»So weit würde ich jetzt nicht gehen«, meinte Willow.

»Ich schon.«

»Hm.« Sie betrachtete mich aufmerksam. »Vermutlich willst du dann zurück zu ihnen.«

»Sehr gern.« Ich hatte eine ruhelose Nacht mit der Vorstellung verbracht, was meine Familie wohl ohne mich anfing. Und ob mir Sookie schon mein Lieblingsquietschspielzeug geklaut hatte. »Zuletzt habe ich sie direkt vor dem Palast gesehen, bevor wir … getrennt wurden. Ich habe heute nach einer offenen Tür gesucht, aber dann ist mir eingefallen, dass ich nicht weiß, wohin ich gehen soll, wenn ich eine finde. Daher hoffe ich, dass Amy nach mir suchen wird und ihr auffällt, dass ich nur hier sein kann, und dann wird sie mich sicher abholen kommen.«

»Was bedeutet, dass du lange genug hierbleiben musst, damit das passiert«, meinte Willow.

»Ganz genau.«

Sie seufzte. »Nun, in diesem Fall erkläre ich dir besser, wie du dich hier benehmen musst. Mal sehen, ob es uns gelingt, dass du nicht ganz so heraussstichst.«

»Ist es wirklich so offensichtlich, dass ich nicht hierhergehöre?«, fragte ich. Immerhin war doch im Grunde genommen jeder Hund genauso gut wie der andere.

Willow lachte. »Natürlich! Nur wenige, ganz besondere Hunde dürfen das Leben eines royalen Haustiers führen.«

Mir ging auf, dass ich in Willows Augen nichts Besonderes war.

Was zeigte, wie wenig sie über mich wusste, nicht wahr?

Später beim Abendessen war ich vorbereitet. Und am Verhungern.

Willow hatte mir geduldig, und ziemlich herablassend, den Tagesablauf im Palast erklärt und mir dabei auch eine kleine Geschichtsstunde verpasst. Morgen, versprach sie, würde sie mich mitnehmen, um mich »richtig auszubilden«, ein Satz, der mir sofort missfiel. Schließlich war ich schon von den Walkers ausgebildet worden und ich brauchte ganz bestimmt keinen eingebildeten Corgi, der mir sagte, wie ich mich benehmen musste.

Dann fügte Willow jedoch hinzu: »Wenn du ein royales Haustier sein willst, dann musst du einen völlig neuen Lebensstil lernen, das ist dir ja wohl hoffentlich klar.« Sie betrachtete mich und seufzte. »Ich musste noch nie mit solch ungeschliffenem Rohmaterial arbeiten, aber ich werde mein

Bestes geben. Eine gute Lehrerin kann selbst dem ungebildetsten Hund etwas beibringen, und du bist immerhin ein Corgi.«

Das Einzige, was wir gemeinsam hatten. Unsere Rasse. Aber auch das schien Willow nicht zufriedenzustellen. Willow war, wie ich schnell merkte, ein Snob. Und ihre Überheblichkeit hatte auch auf die beiden anderen Hunde abgefärbt.

»Das ist so großzügig von dir«, murmelte ich. Oh na ja. Es würde sicherlich lustiger werden, mit den anderen Hunden durch den Palast zu streifen, als von ihnen mit Nichtachtung gestraft zu werden. »Warum fängst du die Ausbildung nicht damit an, dass du mir etwas übers Abendessen erzählst.«

Die Reihenfolge beim Essen kannte ich bereits, aber nun kannte ich auch den Grund dafür.

»Gewöhnlich essen wir in *Ihrem* Wohnzimmer zu Abend, und *Sie* füttert uns selbst«, hatte Willow erklärt. »Aber im Moment ist *Sie* nicht da, weshalb uns die ziemlich unzulängliche Sarah füttert.«

»Ist *Sie* oft weg?«, fragte ich.

»Ja«, antwortete Willow. »Aber meistens nimmt Sie uns mit.«

Ich bemerkte, dass das wohl ein wunder Punkt bei den anderen Hunden war. Sie waren es nicht gewohnt, zurückgelassen zu werden, und allein die Vorstellung, dass der Neue, Monty, mit ihrer geliebten Königin reisen durfte und sie nicht, ging ihnen gegen den Strich.

Das konnte meine Chance sein, mich beliebt zu machen. Ein Weg, um mit diesen Hunden Freundschaft zu schließen. Auch sie waren verlassen worden, wenn auch nicht in solch tragischer Weise wie ich. Aber immerhin hatten wir damit etwas gemeinsam.

Ich konnte nur hoffen, dass es reichen würde.

Zur Abendessenzeit tauchte Sarah lächelnd auf, aber ihre Augen waren leicht gerötet.

»Hast du dich schon eingewöhnt, Henry?«, fragte sie und streichelte mir über den Kopf. Ich drückte mich an ihre Hand, froh über die liebevolle Berührung. Keiner der anderen Hunde hatte mich nah genug an sich herangelassen, und keiner der Hausdiener und anderen Menschen, die mir auf meinem Streifzug begegnet waren, traute sich in meine Nähe. Es war fast so, als fürchteten sie, dass ich sie beißen würde.

Sarah hatte jedoch keine solchen Befürchtungen. Sie kraulte mir die Ohren, und als ich mich auf den Rücken rollte, rieb sie mir den Bauch.

Es war das Schönste, was ich seit meiner Ankunft im Palast erlebt hatte. Auch wenn die anderen mich missbilligend musterten, es war mir ganz egal, ob ich eine Regel gebrochen hatte.

Bald darauf klopfte es an der Tür, und Sarah sagte: »Es wird Zeit.«

Sie führte uns über den Flur bis zu einer Tür, hinter der sich Willows Bericht zufolge das Wohnzimmer der Queen befand. Sarah und ein Mann in Uniform breiteten eine Decke auf dem Teppich aus und stellten vier silberne Näpfe darauf, drei mit Namen, einen ohne.

»Liegt Sie gerade, John?«, fragte Sarah. »Entschuldigung, du heißt doch John, oder?«

»Ja.« Der Mann zog die Decke zurecht, bis sie perfekt auf dem Teppich platziert war, parallel zu der Wand auf beiden

Seiten. Er hatte Sarah nicht nach ihrem Namen gefragt, fiel mir auf. Willow, Candy und Vulcan würden das sicher missbilligen.

Mir war das Protokoll im Moment jedoch angesichts der herrlichen Düfte, die mir in die Nase stiegen, herzlich egal. Es roch fleischiger und saftiger als jedes Hundefutter, das ich zuvor gerochen hatte.

Der Mann, John, füllte unsere Näpfe mit dem leckersten Futter, das ich je gesehen hatte. Schon beim Anblick lief mir das Wasser im Maul zusammen. Ich wusste jedoch vom Frühstück, dass ich mich nicht einfach draufstürzen durfte, sosehr ich mir das auch wünschte.

Was, wenn die anderen mein Futter auffraßen? Oder ihre Mahlzeit derart in die Länge zogen, dass ich keine Zeit mehr hatte, meine zu verspeisen? Ich würde es ihnen zutrauen. Das war genau die Art von Gemeinheit, die Sookie an den Tag gelegt hätte. Und diese Hunde erinnerten mich ganz schrecklich an Amys Katze. Und nein, das war kein Kompliment.

Diese Gedanken schossen mir durch den Kopf, und sosehr ich mich auch zurückhalten wollte, ich konnte nicht anders, als vorzuspringen und mir das köstliche Essen schmecken zu lassen.

»Nein, nein«, wies John mich streng zurecht. »Nach Rangfolge, bitte.«

Gescholten schlich ich mich zurück, der Speichel tropfte mir von der Schnauze. Ich hörte die anderen Hunde unschöne Dinge hinter meinem Rücken tuscheln.

»Mir erscheint es ziemlich gemein, die anderen warten zu lassen«, sagte Sarah, als Willow geziert vortrat und ihr Festmahl genoss. »Sie sehen so hungrig aus.«

John bedachte sie mit einem verächtlichen Blick. »Diese Hunde sind die verwöhntesten Kläffer im ganzen Land. Schau sie dir an, sie bekommen sogar besseres Essen als ich!«

»Isst du gar nicht hier im Palast?«, fragte Sarah unschuldig. »Ich finde, das Essen schmeckt einfach wunderbar.«

»Das ist nicht der Punkt. Der Punkt ist … das sind Hunde, keine Prinzen und Prinzessinnen. Sie haben ihre besonderen erhöhten Körbchen, ihr besonderes für sie entwickeltes Essen, frisch zubereitet mit den feinsten Zutaten. Sie können überall im Palast herumstromern, niemand hält sie auf, nicht mal, wenn sie ihr Geschäft auf dem Teppich erledigen und jemand hinter ihnen herwischen muss. Und sie werden von der Queen höchstpersönlich gebürstet! Vertrau mir. Diese Hunde brauchen kein Mitleid.«

»Vermutlich nicht«, stimmte Sarah zu, doch sie sah nicht überzeugt aus.

Willow hatte den Napf sauber geleckt und trat zurück. Der Mann rief nun Vulcan auf. Ungeduldig tapste ich von einer Pfote auf die andere.

»Du wirst dich daran gewöhnen«, sagte John plötzlich zu Sarah. »An das Leben hier, meine ich.«

»Oder ich werde gehen«, meinte sie. »Diesen Spruch habe ich schon gehört.«

Der Mann zuckte mit den Schultern. »Die Arbeit im Palast ist ganz anders als jede andere Arbeit. Manche Menschen sind dafür geboren. Andere … nicht.« Er musterte sie von der Seite. »Du hattest natürlich Beziehungen, oder?«

»Du meinst meinen Patenonkel.« Sarah seufzte.

»Butler in Windsor Castle, wie ich höre.« John hob eine Augenbraue. »Das hat dir sicher einen Vorteil verschafft.«

»Ich habe mich wie alle anderen auf die Stelle beworben.« Sarah klang beleidigt. »Und ich habe hart dafür gearbeitet, um sie zu bekommen, vielen Dank auch.«

John hob theatralisch die Hände. »Schon gut. Tut mir leid.«

Sarah seufzte erneut. »Nein, mir tut es leid. Es ist nur … einige der anderen Hausmädchen behaupten genau dasselbe. Dass ich keine von ihnen bin, wegen der Stellung meines Patenonkels.«

»An deiner Stelle würde ich mir darüber keine Sorgen machen«, meinte John. »Die werden sich schon noch an dich gewöhnen.«

»Vielleicht.« Sarah klang alles andere als sicher.

Schließlich, nach Vulcan und Candy, war ich endlich an der Reihe. Ich wartete hechelnd, bis John mir das Signal gab, dann stürzte ich mich auf den Napf. Mir waren Manieren oder königliches Benehmen egal. Ich hatte Hunger.

Das Essen war jedoch das Warten wert. Saftig, geschmackvoll und alles in einer Soße angerichtet, wie ich sie noch nie gekostet hatte. Als ich den letzten Happen verschlang, erinnerte ich mich daran, dass Willow erzählt hatte, die Queen habe ein Geheimrezept.

Kein Wunder, dass alle so voller Ehrfurcht für *Sie* waren. Das konnte ich jetzt gut verstehen.

Ich trat von meiner leeren Schüssel zurück und wusste bereits, dass es keinen Nachschlag geben würde. John hielt uns vielleicht für verwöhnt, aber ich hätte ziemlich viel für einen Hundekeks gegeben.

Während John und Sarah die Decke zusammenräumten und die Schüsseln zum Spülen brachten, gingen die anderen Hunde zurück in unser Zimmer, um sich nach der Mahlzeit auszuschlafen. Ich trottete hinter ihnen her, weil ich nicht wusste, was ich sonst tun sollte.

»Bis morgen«, rief Sarah uns zu. Ich sah, wie John die Augen verdrehte, aber Sarah schien es nicht aufzufallen.

In dieser Nacht, als ich mich in meinem bequemen, zugluftfreien Körbchen zusammenrollte und dem Schnarchen und Schnauben der anderen Hunde lauschte, kam mir ein prima Gedanke.

Willow hatte sich zwar die Zeit genommen, mir einige Dinge über den Palast zu erklären, aber ich gab mich nicht der falschen Hoffnung hin, dass sie mir wohlgesinnt war. Und Candy und Vulcan waren noch schlimmer. Aber sie waren nicht meine einzige Hoffnung.

Wenn die Palasthunde nicht meine Freunde werden wollten, dann musste ich eben Freundschaft mit den Menschen schließen. Und mit Sarah wollte ich anfangen.

Vielleicht konnte sie mir dabei helfen, meine Familie wiederzufinden.

AMY

»Nein, verstehe. Danke für Ihre Zeit.« Amy rieb sich über die Stirn und legte auf. Sicher hielt sie der Polizeibeamte am anderen Ende für eine hysterische Idiotin. Natürlich wusste sie, dass London eine Großstadt war, weshalb es beinahe unmöglich war, einen kleinen Hund wiederzufinden. Das hielt sie jedoch nicht davon ab, darauf zu hoffen.

Leider hatte sie dem Polizisten nicht verständlich machen können – und vermutlich wäre es ihm auch egal gewesen –, dass Henry nicht einfach nur ein weiterer Hund in einer Großstadt war, in der Tausende Hunde lebten. Henry war etwas Besonderes. Ein unersetzliches Familienmitglied.

Wie sollte sie auch erklären, wie leer sich das Haus ohne Henry anfühlte? Dass Claire sich vergangene Nacht in den Schlaf geweint hatte, weil ihr Fellfreund nicht da war, um sie zu trösten. Wie Jack verstummt war und damit aufgehört hatte, die Spülmaschine einzuräumen, nun, da Henry nicht mehr da war, um die Reste von den Tellern zu fressen. Wie kalt und einsam Amys Bett sich an diesem Morgen angefühlt hatte, als sich keine kleine feuchte Nase an ihren Nacken gepresst hatte, in der Hoffnung auf Frühstück.

Amy schaute zu dem Haken, an dem Henrys Leine hing, ungebraucht und nutzlos. Warum wurde ihr erst jetzt, als es zu spät war, klar, welch große Lücke Henry in ihrem Leben hinterlassen würde?

Das Telefon in ihrer Hand piepte. Sie setzte sich auf die Treppe und rief die Sprachnachricht auf, die auf der Mailbox hinterlassen worden war, als sie gerade am Telefon mit der Polizei in London gesprochen hatte.

Vielleicht, nur vielleicht, hatte irgendjemand Henry endlich gefunden.

Ihre Miene verdüsterte sich, als Jims Stimme erklang. Es war ziemlich schwierig, sich auf die Zukunft zu konzentrieren, wenn ihr die Vergangenheit ständig in die Quere kam.

»Hallo, Amy. Äh, wegen Weihnachten. Ich weiß, wir hatten eigentlich vereinbart, dass ich den zweiten Feiertag mit den Kindern verbringe. Aber ein Freund von Bonnie hat diese tolle Hütte in den Alpen und er hat uns

eingeladen, Weihnachten mit ihnen dort zu verbringen, zum Skifahren. Ich dachte, dir macht es sicher nichts aus. Ich weiß ja, wie gern du die Kinder Weihnachten bei dir zu Hause haben willst, daher geht das doch in Ordnung, oder? Jedenfalls habe ich mir überlegt, dass ich die Kinder am Dienstagabend besuche, um ihnen die Geschenke zu geben und so. Ja? Okay, bis dann.«

Einfach so waren ihre Pläne unbeachtet vom Tisch gewischt, weil Jim wie selbstverständlich voraussetzte, dass sie sich nach ihm richtete. Daran hatte sich nichts geändert, das war schon in ihrer Ehe so gewesen.

Oh. Wie aus dem Nichts überschwappte sie der Gedanke, dass sie froh über die Scheidung war. Nach Jims Auszug war sie am Boden zerstört gewesen. Sie hatte sich gefragt, wie sie ohne den Mann überleben sollte, mit dem sie, wie sie geglaubt hatte, bis zum Ende ihrer Tage zusammenbleiben würde.

Irgendwann in den vergangenen sechs Wochen war sie jedoch zu der Erkenntnis gelangt, dass ein Leben als Single definitiv einem Leben mit jemandem vorzuziehen war, der seine Zeit gar nicht mit ihr verbringen wollte.

Nun konnte sie ihr Leben nach ihren Wünschen gestalten – ihre Zukunft war ein noch unbeschriebenes Blatt.

Abgesehen von dem Abend, an dem ihr Ex-Mann zu Besuch kommen wollte.

Amy drückte aufs Display und löschte Jims Nachricht. Sie seufzte auf. Die Zukunft musste warten. Zuerst musste sie die Kinder darauf vorbereiten, dass sie ihren Vater an Weihnachten nicht zu Gesicht bekommen würden. Und dass sie ihn stattdessen am Dienstag sehen würden.

Sie wusste nicht, welche Nachricht schlimmer für die beiden war. Seufzend schaute sie auf die Uhr. Immer noch zu früh für ein Glas Wein.

»Kinder?«, rief sie die Treppe hinauf und wartete auf donnernde Schritte oder eine Antwort, die ihr verriet, dass sie gehört worden war. »Könnt ihr bitte mal runterkommen?«

Am besten brachte sie es schnell hinter sich. Wie beim Pflaster abreißen. Oder einem wirklich schmerzhaften Wachsen der Bikinizone.

»Hat man Henry gefunden?«, fragte Claire und rannte die Treppe hinunter. »Kommt er nach Hause?«

Amy zuckte unwillkürlich zusammen. »Nein, Schatz, tut mir leid. Ich habe noch mal bei der Polizei angerufen, aber es gibt noch nichts Neues.«

Claires Gesicht verdüsterte sich, ihre blauen Augen glitzerten feucht. Amy umarmte sie. Wenn Claire auf der zweiten Stufe stand und sie auf dem Boden, waren sie fast gleich groß.

Nicht lange und Claire wird auch ausziehen, dachte Amy. Jack würde im September zur Universität gehen – wenn er es schaffte, sich wieder auf den Hosenboden zu setzen und daran zu arbeiten.

Seit Jim sie verlassen hatte, machte Jack nur noch selten Hausaufgaben, wenn überhaupt.

Noch etwas, worüber sie sich Sorgen machen konnte.

Jack tauchte am Treppenabsatz auf, wie immer mit Gewittermiene. »Gibt's ein Problem?«

»Kein Problem«, antwortete Amy so fröhlich wie möglich. »Nur … Kannst du einen Moment herkommen?«

Jack verdrehte die Augen, kam aber runter. Amy ging in die Küche, den Arm immer noch um Claires Schultern gelegt, und überlegte, ob sie noch Mince Pies hatte. Schwierige Gespräche liefen ihrer Erfahrung nach immer besser, wenn man dabei die süßen, mit getrockneten Früchten und gehackten Nüssen gefüllten Mürbeteigküchlein verdrücken konnte.

Sie kramte im Schrank, während Jack und Claire sich an den Küchentisch setzten. Amy blickte zu ihnen herüber und lächelte. Es war fast wieder so wie damals, als sie noch klein waren. Jack hatte seine Hausaufgaben am Küchentisch gemacht und Claire mit Buntstiften gemalt und gefragt, wie lange es noch dauern würde, bis sie auch Hausaufgaben machen durfte.

Natürlich war der Glanz des Neuen nach ihrer Einschulung bald verblasst. Dennoch vermisste Amy diese gemeinsamen Stunden, in denen die Kinder beschäftigt am Küchentisch saßen, während sie kochte, Henry zu ihren Füßen, der um Leckerlis bettelte, und sie alle darauf warteten, dass Jim von der Arbeit nach Hause kam …

Amy holte die Schachtel mit den Mince Pies heraus und schlug die Schranktür zu.

Die Zeiten hatten sich geändert. Das durfte sie nicht vergessen. Dennoch gab sie die Hoffnung nicht auf, dass Henry bald nach Hause zurückkehren und wieder um Leckerlis betteln würde.

»Euer Vater hat angerufen«, kam Amy gleich zum Punkt. Sie verteilte die Mince Pies auf zwei Teller, sprühte Schlagsahne aus der Flasche im Kühlschrank drauf und reichte die Teller Jack und Claire.

Jack wich ihrem Blick aus. »Und?«, fragte er, den Mund voller Gebäck, dass die Krümel sprühten.

»Und … die Weihnachtspläne haben sich leicht geändert.«

Alarmiert schaute Claire auf. »Was hat sich geändert? Gibt es keine Geschenke?«

Logisch, dass das ihre größte Sorge war. Amy seufzte. »Natürlich gibt es Geschenke. Die von deinem Dad bekommst du sogar schon früher. Er kommt am Dienstag vorbei.«

»Klasse!« Ob Claire sich mehr auf Jim oder die Geschenke freute, wusste Amy nicht genau.

Jack war eindeutig weder über das eine noch das andere erfreut. »Ich will ihn nicht sehen. Wir müssen sowieso am ersten Feiertag zu ihm. Das ist schon schlimm genug.«

Tja, in dem Fall hatte die Nachricht wohl für ihn doch noch etwas Gutes. »Auch da gibt es eine kleine Planänderung. Euer Dad wird über Weihnachten Ski fahren, daher werden wir ein paar Tage länger zusammen sein, bevor ihr Zeit mit ihm verbringt.« Und mit Bonnie, nahm sie an. Auch wenn sie bisher noch nicht über sie gesprochen hatten.

Was sie aber tun sollten, wie Amy wusste. Und das möglichst bald.

»Super. Dann bin ich am Dienstag weg und muss ihn gar nicht sehen. Perfekt.« Jack schob sich den letzten Bissen in den Mund.

»Jack …«, fing Amy an, aber Claire fiel ihr ins Wort.

»Dann sehen wir ihn gar nicht an Weihnachten?«

»Ihr seht ihn am Dienstag«, sagte Amy bemüht heiter. »Wir könnten seine Geschenke heute Abend einpacken, damit ihr sie ihm geben könnt. Wir legen eine Weihnachts-DVD ein und bringen uns in Weihnachtsstimmung …«

»Hast du ihm schon erzählt, das Henry weggelaufen ist?«, fragte Jack.

Amy zog eine Grimasse. »Ich habe noch nicht mit ihm gesprochen. Er hat mir eine Nachricht auf der Mailbox hinterlassen.«

»Was heißt, dass du auch nicht mit ihm sprechen wolltest«, sagte Jack scharfsinnig. »Wieso machst du mir dann ein schlechtes Gewissen, dass ich ihn sehen soll, wenn du selbst nicht einmal mit ihm reden willst?«

Darauf hatte sie kein gutes Gegenargument parat. Nur Tausende Gefühle, die auf ihr Herz einprügelten, aber keines, das sie in Worte fassen konnte.

Daher sprach sie eine andere Wahrheit aus. »Weil ich immer noch darauf hoffe, dass Henry wieder zu Hause ist, bevor euer Dad zu Besuch kommt.«

»Ich auch«, piepste Claire.

Jack senkte den Kopf und Amy sah, wie sein Adamsapfel heftig hüpfte, als er schluckte. »Ja. Mit mir sind wir drei.«

Oh Henry, dachte Amy. *Wo bist du bloß?*

Tag 3

Montag, 16. Dezember

HENRY

Am nächsten Morgen erwachte ich nach einem schönen Traum, in dem ich Kaninchen durch Soßenpfützen gejagt hatte.

Die anderen Hunde waren schon wach, daher hüpfte ich aus meinem Körbchen und gesellte mich zu Willow.

»Und?«, fragte ich und rempelte sie leicht an, damit sie mir ihre Aufmerksamkeit schenkte. Die anderen Hunde waren zwar nicht gerade freundlich zu mir, aber so leicht gab ich nicht auf. Ich hoffte immer noch, Verbündete in diesem Palast zu finden, die mich wenigstens verstanden. »Was machen wir jetzt? Du hast gesagt, du willst mir heute zeigen, wie der Alltag eines Palasthundes aussieht.«

Seufzend drehte sich Willow zu mir um. »Na schön, aber ganz ehrlich ist es ohne *Sie* eine ziemlich fade Kopie dessen, wie es sonst abläuft.«

»Na, ich habe noch nie einen Tag mit Ihrer Majestät verbracht, daher wird mir der Unterschied sicher nicht auffallen.« Ich war so aufgeregt, dass ich dabei sein durfte. Einen Großteil des gestrigen Tages hatte ich damit verbracht, mir vorzustellen, was die anderen Hunde wohl machen würden und welche Abenteuer sie erlebten. Jagten sie Hasen im Garten? Oder durften sie die Soße vorschmecken? Gab es Pflichten für royale Haustiere, von denen ich nichts wusste, wie wichtige Gäste zu begrüßen? Oder spezielle Mahlzeiten, die ich womöglich verpasst hatte wie den Nachmittagstee beim Nikolaus, zu dem Amy früher immer Claire mitgenommen hatte, als sie noch kleiner war?

Ich wollte alles ganz genau wissen.

»Zuerst einmal frühstücken wir«, sagte Willow und wandte sich ab. »Ich nehme an, du weißt noch, wie das abläuft?«

Ja, das wusste ich, und an diesem Morgen, als uns ein neues Hausmädchen fütterte, wartete ich geduldig, bis ich an der Reihe war. Ich wollte Willow keinen Vorwand liefern, mich wieder links liegen zu lassen.

»Und jetzt?«, fragte ich, sobald das Hausmädchen verschwunden war.

Willow, Candy und Vulcan tauschten genervte Blicke.

»Wirst du jetzt den ganzen Tag so sein?«, fragte Vulcan.

»Wie?«

»So vulgär aufgeregt«, antwortete Willow. »Und ja, ich denke, er wird den ganzen Tag so sein.«

Candy verdrehte die Augen. »Es gehört sich nicht, wegen jeder Kleinigkeit so aus dem Häuschen zu geraten, verstehst du? Mal von allem anderen abgesehen, nimmt jeder an, dass du diese Art Leben gewohnt bist. Daran solltest du denken.«

»Oh ja, verstehe.« Vermutlich hatte Candy recht. Ich wollte gern alles tun, damit niemandem auffiel, dass ich nicht hierhergehörte, bis Amy mich abholte. »Und was soll ich machen? Einfach herumlaufen und dabei majestätisch aussehen?«

Vulcan lachte. Völlig unnötig, wie ich fand. Willow setzte meine Einweisung fort. »Bald ist es Zeit für unseren Morgenspaziergang«, sagte sie. »Wenn wir hier warten, wird uns jemand abholen.«

Warten. Darauf hatte ich überhaupt keine Lust. Ein Spaziergang klang jedoch nach Spaß, daher legte ich mich hin, bis ein Hausdiener mit unseren Leinen auftauchte.

»Es ist kalt heute«, meinte er und zog erst Willow und dann Vulcan ein gepolstertes Mäntelchen an. Die Dinger sahen aus wie die albernen Verkleidungen, in die Claire mich oder Sookie gerne steckte, um Videos von uns zu machen, die sie dann online postete. Das gefiel mir gar nicht.

»Müssen wir diese lächerlichen Dinger tragen?«, flüsterte ich Candy zu.

Sie nickte. »Sie halten uns im Winter draußen warm.«

»Ich halte mich lieber durch Herumlaufen warm«, erwiderte ich.

Mein Schicksal war jedoch besiegelt. Bald darauf fand ich mich draußen im Palastgarten wieder, nur dass ich dieses Mal einen bescheuerten Mantel trug.

»Kommt, bringen wir es möglichst schnell hinter uns«, meinte der Hausdiener frierend, während er uns auf dem gepflasterten Weg durch den Garten führte.

Ich hatte gehofft, im Garten frei herumlaufen und meine Nase in jeden interessanten Duft tauchen zu können, den ich erschnüffelte. Die anderen Hunde blieben jedoch einschläfernd langweilig auf dem Weg und gingen nur ins Gras, um ihr Geschäft zu erledigen. Blitzschnell standen wir wieder im Palast.

»Das war's schon?«, fragte ich.

Willow sah mich an, als wäre ich verrückt. »Es ist kalt. Natürlich wollen wir nicht zu lange draußen bleiben.«

Sehnsüchtig schaute ich durchs Fenster in den Garten hinaus. Die ganzen Tauben blieben ungejagt, die ganzen faszinierenden Düfte unerforscht. Was für eine Verschwendung.

Vielleicht war ja der nächste Punkt auf dem Tagesplan der Corgis interessanter.

»Und was machen wir als Nächstes?« Ich hüpfte neben Candy die Treppe hinauf. Sie war mir von den dreien am sympathischsten. Willow wollte mich bloß herumkommandieren, damit ich alles so machte, wie sie es für richtig hielt, und Vulcan hatte nichts anderes im Sinn, als mich so schnell wie möglich wieder loszuwerden. Candy verhielt sich mir gegenüber zwar ebenso distanziert und herablassend wie die anderen, aber sie schien ein wenig freundlicher zu sein. Und ein wenig Freundlichkeit konnte ich gut gebrauchen.

»Als Nächstes?« Candy schaute mich überrascht an. »Na ja, gewöhnlich leisten wir *Ihr* Gesellschaft, während Sie arbeitet, und gehen mit Ihr zu Besprechungen. Derlei Dinge. Am Nachmittag trinken wir Tee mit Ihr, ab und zu bekommen wir sogar Scones. Dann bürstet Sie uns manchmal oder geht noch mal vor dem Abendessen mit uns spazieren, wenn Sie Zeit hat. Solche Sachen eben.«

Candy entging dabei jedoch ein entscheidender Punkt. »Aber *Sie* ist nicht hier.«

»Nein«, stimmte Candy zu und klang verloren. »*Sie* ist nicht hier.«

Ich dachte an Amy, Jack und Claire und verstand sehr gut, wie sich Candy fühlte. Da ich nicht wollte, dass sie traurig war, gab ich ihr einen ermunternden Knuff. »Und was macht ihr so, wenn *Sie* nicht hier ist?«

Willow überholte uns auf der Treppe und antwortete: »Wir benehmen uns so, wie *Sie* es von uns erwarten würde.«

»Und was genau macht ihr nun?«, hakte ich nach und folgte ihr zum Corgi-Zimmer.

Die Antwort lautete offenbar »nicht viel«.

Ohne die Queen wussten die Hunde nichts mit sich anzufangen.

»Ihr könntet mich ja mal durch den Palast führen«, schlug ich vor.

Willow schüttelte den Kopf. »Nach einer Weile sieht alles gleich aus.«

»Wir könnten uns auf die Suche nach der Küche machen und mal schauen, ob wir das Rezept für diese köstliche Soße herausfinden, die sie uns zum Abendessen serviert haben.« Das wäre definitiv ein Andenken, das ich gern vom Palast mit nach Hause nehmen würde.

»Und warum sollten wir das tun?« Vulcan schaute mich über seine lange Nase hinweg an. »Sie bereiten das Essen doch sowieso für uns zu und bringen es uns. Warum um alles in der Welt müssen wir wissen, was drin ist?«

»Na schön.« Seufzend legte ich den Kopf auf die Pfoten und sah zu, wie sich die anderen für ein Nickerchen in ihren Körbchen zusammenrollten.

Ich hatte wirklich geglaubt, dass der heutige Tag unterhaltsamer werden würde.

Wie es aussah, würde ich mir meinen Spaß wohl selbst suchen müssen.

»Wo willst du hin?«, fragte Willow schläfrig, als ich an ihrem Körbchen vorbeimarschierte.

»Der Hausdiener hat gestern gesagt, dass wir uns frei im Palast bewegen dürfen und hingehen können, wo wir wollen, stimmt's?«

Willow nickte. »Das stimmt.«

»Tja dann …« Ich hob meine Nase und schnüffelte. »Ich gehe überall hin. Ich werde jeden Zentimeter dieses Palastes erkunden, alle Geheimnisse entdecken und mir ein Abenteuer suchen!«

Vulcan schnaubte unelegant, doch ich ignorierte ihn.

»Wer kommt mit?«, fragte ich, an Candy gerichtet. Wenn sich überhaupt jemand auf Abenteuersuche mit mir einlassen würde, dann Candy, die Dorgihündin.

Candy schaute zwischen Vulcan und Willow hin und her, die beide die Augen verdrehten, ehe sie den Blick auf mich richtete. Mit entschuldigender Miene neigte sie den Kopf und machte es sich in ihrem Körbchen bequem.

»Auch gut.« Dann erlebte ich mein Abenteuer eben allein. »Wartet nicht auf mich.« Mit diesen Worten stolzierte ich in den Flur hinaus, ein unerschrockener Forscher. Ich würde erst zurückkommen, wenn ich jeden Raum im Palast erkundet hatte – oder wenn es Zeit fürs Abendessen wurde, je nachdem, was zuerst eintrat.

Natürlich war mir, als ich meinen Plan ausbrütete, nicht klar, wie viel Palast es zu erkunden gab. Die Räume, die ich bereits gesehen hatte, waren offenbar nur der Anfang, sozusagen der Eingang zum Kaninchenbau. Kaninchenlöcher sahen immer interessant aus, doch man merkte schnell, dass sie viel tiefer waren, als es von außen den Anschein hatte, und die Kaninchen blieben immer außer Reichweite. Natürlich steckte man dann schon mit der Schnauze ganz tief drin und kam weder vor noch zurück und musste obendrein noch Sookie ertragen, die sich darüber kaputtlachte.

Ich stapfte durch zahlreiche Flure und große Räume, die alle mit riesigen Gemälden in Goldrahmen dekoriert waren. Überall hing Weihnachtsschmuck, der im Licht wie Schneeflocken glitzerte.

Ich entdeckte ein paar Menschen – meistens Männer in derselben Uniform wie John vom Vorabend und der brummige Mann, der mich in den Palast geholt hatte. Ich schlich mich an einige näher heran und versuchte, Freundschaft mit ihnen zu schließen, doch sie wichen meist fluchend vor mir zurück. Zumindest lernte ich dabei ein paar neue Wörter. Ihre Bedeutung erschloss sich mir von selbst!

Das Lustige war, jedes Mal, wenn ich beschimpft worden war, schauten sich die Leute hektisch um, als wollten sie sich vergewissern, dass niemand sie gehört hatte.

In einem endlos langen Raum mit riesigen Gemälden an den roten Wänden begegneten mir andere Menschen – ein kleiner Junge mit blonden Haaren rollte auf einem Holzdreirad über den cremefarbenen Teppich. Seine kleine Schwester watschelte hinter ihm her und versuchte ihn einzuholen. Am anderen Ende des Zimmers stand ihre Mutter und lachte. Ihre braunen Haare umrahmten ihr hübsches Gesicht.

Die Familie machte einen netten Eindruck. Ich fragte

mich, ob die drei wohl ein Haustier brauchten, falls die Walkers mich nicht abholten. Dann steuerte der Junge auf dem Dreirad jedoch direkt auf mich zu, und ich machte einen Satz durch eine Tür in einen anderen Raum, um nicht plattgefahren zu werden.

Das Zimmer, in dem ich mich nun befand, war noch imposanter als die anderen, die ich bereits gesehen hatte. Es war ganz in Rot und Creme gehalten, und alles daran war extravagant – übergroß und eindeutig dazu da zu beeindrucken. Riesige Kronleuchter mit weißen Kerzen hingen zu beiden Seiten entlang des Raumes von der Decke, und in der Mitte strahlte ein gigantischer Kronleuchter.

Am anderen Ende führten drei mit rotem Teppich ausgelegte Stufen zu einem Podest. Darauf standen zwei reich verzierte Stühle mit rotem Polster, goldenen Beinen und goldener Stickerei auf den Rückenlehnen. Hinter den Stühlen hing ein dunkelroter Samtvorhang.

Ich sah mich um. Niemand schien mich zu beobachten, und diese Stühle sahen ziemlich bequem aus.

Willow hatte gesagt, dass wir überall hindurften. Damit waren doch sicher auch Möbel gemeint.

Ich tapste die Stufen hoch. Vom vielen Erkunden taten mir die Pfoten weh. Ich war mir sicher, dass niemand etwas dagegen haben könnte, wenn ich mich auf einem dieser großen Stühle ein wenig ausruhte.

Kurz vorm Einschlummern hörte ich ein amüsiertes Schnauben nahe der Tür. Schläfrig klappte ich ein Auge auf und entdeckte einen rothaarigen Mann am anderen Ende des Raumes. »Granny lässt euch Hunde wirklich diesen Palast regieren, nicht wahr?«

Ich schniefte zustimmend und schlief ein.

Als ich nach meinem Nickerchen aufwachte, knurrte mir der Magen. Ich hüpfte vom Stuhl und folgte meiner Nase, die mich hoffentlich zu etwas Essbarem führen würde. Der Hausdiener John hatte gesagt, dass das Hundefutter in der Küche zubereitet wurde, auch diese fantastische Soße. Der Palast hatte zwar ein paar wirklich ungewöhnliche Zimmer – wie diesen Große-Stühle-Raum, den Gemälderaum und das Corgi-Zimmer, aber natürlich wusste ich, wie eine Küche aussah.

Ich musste sie nur finden.

Zum Glück besaßen Corgis einen ausgezeichneten Geruchssinn. Selbst in einem Palast dieser Größe konnte ich jeden Geruch aufspüren und ihm folgen. Der Kaninchenduft von gestern war zudem sehr einprägsam gewesen.

Meine Nase führte mich zu einer Treppe, die mindestens doppelt so groß war wie die, die ich schon kannte. Sie war ebenso imposant wie der Große-Stühle-Raum.

Voller Ehrfurcht stellte ich fest, dass sich die Treppe in zwei Hälften teilte, die sich sichelförmig nach unten zogen. Das Geländer hatte ein kunstvoll schnörkeliges goldenes Muster, und die Teppiche waren natürlich rot. Und auch hier waren die Wände mit großen Gemälden von Menschen geschmückt. Ich fragte mich, wo all diese Leute wohl waren und ob sie auch hier lebten. Genug Räume gab es ja.

Während ich die Treppe hinunterlief, dem köstlichen Geruch folgend, dachte ich über die Frage nach. Vielleicht hatten all diese Menschen in früheren Jahren mal hier gelebt. Vermutlich gehörten sie zur Familie der Queen. Amy hatte auch an der Wand neben der Treppe Familienfotos aufgehängt.

Ich dachte immer noch an Amy und meine Familie, als ich in einen anderen Raum gelangte. Erstaunt blieb ich stehen.

Dort standen, neben weiteren Stühlen, drei gigantische Weihnachtsbäume, mindestens fünfzehn Hunde hoch, und alle erstrahlten mit Lichtern und winzigen roten und goldenen Kronen.

Ich ging zu dem nächststehenden Baum und legte den Kopf in den Nacken, um ihn zu betrachten.

Gewöhnlich war Jim gemeinsam mit Jack und Claire ein paar Wochen vor Weihnachten losgezogen, um einen Weihnachtsbaum zu holen, in der Zwischenzeit buk Amy Mince Pies. Von ihrem Ausflug brachten sie stets einen großen buschigen Baum mit, der im Wohnzimmer aufgestellt wurde. Ich tanzte um die Füße meiner Familie, während Jim die Lichterketten entwirrte und Claire sich mit Keksen vollstopfte.

Aber selbst der größte unserer Bäume konnte es mit diesen dreien nicht aufnehmen.

Dieses Jahr hatte Amy einen unechten Baum im Supermarkt besorgt, zusammen mit ein paar Schachteln Mince Pies. Jack hatte sich geweigert, beim Dekorieren zu helfen, und Claire hatte verkündet, dass ihr die Mince Pies nicht schmeckten. Daher hatte der Baum immer noch in seiner Schachtel gelegen, als wir den Ausflug nach London unternommen hatten.

Ich ließ den Blick nach oben schweifen und entdeckte ein dickes Bündel grüner Blätter mit weißen Beeren. Mistelzweige. Amy hängte zu Weihnachten immer so ein Bündel über die Eingangstür, und Jim hatte sie jedes Mal darunter geküsst, wenn er das Haus verließ und wenn er wieder nach Hause kam.

Wann hatten sie damit aufgehört? Im vergangenen Jahr? Das Jahr davor? Ich konnte mich nicht mehr erinnern.

Wieder fragte ich mich, wie sie alle ohne mich zurechtkamen.

Ich hoffte, ihnen ging es besser ohne mich als mir ohne sie. Nein! Ich würde nicht jammern. Ich wollte erforschen. Abenteuer erleben.

Außerdem überdeckte der Baumgeruch die Küchendüfte, daher wandte ich mich ab und machte mich wieder auf die Suche nach etwas Essbarem.

Es nutzte ja nichts. Wenn ich mich mit leerem Magen nach meiner Familie sehnte, bekam ich nur Bauchschmerzen.

AMY

Am Montagmorgen holte Amy der Alltag wieder ein, und die Normalität kehrte zurück – soweit man diese Tage ohne Jim und Henry überhaupt als normal bezeichnen konnte. Amy wachte durch das Schrillen des Weckers auf und tastete nach dem Lichtschalter. Dann fiel ihr wieder ein, dass Henry weggelaufen war und damit auch der Morgenspaziergang entfiel.

Sie plumpste zurück ins Bett und versuchte, sich über die zusätzliche halbe Stunde Schlaf zu freuen, was ihr jedoch nicht gelang. Es war einfach nicht dasselbe, wenn ihr kleiner Fellfreund fehlte, der sie am Morgen stets aufgeheitert hatte.

Die letzte Schulwoche hatte begonnen, was bedeutete, dass Weihnachtskonzerte anstanden, sich Termine häuften, freundlich über Geschenke gestritten wurde und ständig

Geld, Essen oder Getränke in die Schule mitgebracht werden mussten. Zwanzig Minuten später stand Amy auf und stolperte auf dem Weg ins Bad über Sookie. Schnell biss sie sich auf die Zunge, um nicht laut zu fluchen.

Wenigstens einer genoss das hundelose Haus. Sookie ging Amy gewöhnlich aus dem Weg, wenn Henry zu Hause war, damit sie ihm nicht begegnete. Nun schien die Katze ständig an ihren Fersen zu kleben.

»Ich glaube, sie vermisst Henry«, sagte Claire und streichelte Sookie, statt sich für die Schule fertig zu machen.

»Ich glaube, sie genießt seine Abwesenheit«, meinte Jack. »Vermutlich ist sie froh, dass sie jetzt das einzige Haustier ist.«

»Ich glaube, sie ist lieber im Haus, weil es draußen kalt ist und es ihr drinnen im Warmen besser gefällt«, erwiderte Amy. »Und wir müssen los, also beeilt euch!«

Endlich waren sie aufbruchbereit, und Amy fädelte sich durch den dichten Verkehr, um ihre Kinder an zwei verschiedenen Schulen abzusetzen.

Während sie darauf hoffte, dass Jack ausnahmsweise mal bis zum Ende des Unterrichts blieb, raste sie zur Arztpraxis, in der sie arbeitete, und machte sich auf einen weiteren anstrengenden Tag gefasst.

Doch je näher ihre Pause rückte, desto schwerer fiel es ihr, sich auf die Patienten und ihre Probleme zu konzentrieren.

Sie musste Jim anrufen. Das wusste sie. Sie musste ihm erzählen, dass Henry vermisst wurde. Und das möglichst, bevor er am nächsten Abend zu Besuch kam und es selbst merkte.

Es gab noch ein paar andere Dinge, die sie Jim gerne gesagt hätte, aber die mussten wohl warten, bis sie diese Krise überstanden hatten.

»Amy? Hast du einen Moment Zeit für mich?« Dr. Fitzgerald erschien zwischen zwei Patiententerminen in der Tür. Er sah immer leicht zerknittert aus, fand Amy, so wie ein zerstreuter Professor. Sie hatte ihm jedoch bei der Behandlung einiger Patienten assistiert und wusste, dass er ein sehr fähiger Arzt war. Die Patienten mochten und vertrauten ihm. Und das war viel wert.

»Natürlich.« Amy schob sich mit dem Stuhl vom Tisch zurück und drehte sich zu ihm um. »Was gibt's, Dr. Fitzgerald?«

»Oh, bitte. Warum so förmlich? Sag doch einfach Luke zu mir.«

»Gerne. Was kann ich für dich tun?«

Er wedelte mit einem Blatt Papier. »Ich habe den Auftrag erhalten, einen Tisch für das Weihnachtsessen der Praxis zu buchen und versuche herauszufinden, für wie viele Personen ich planen soll.«

Amy grinste. »Das Privileg der Neuen.«

»Oh ja, ich fühle mich sehr geehrt«, sagte Luke sarkastisch. »Du kommst doch, oder?«

Amy zog eine Grimasse. »Ich weiß nicht …«

»Ach, komm schon. Bitte? Für mich? Wenn dieses Essen ein Reinfall wird, muss ich mir womöglich eine andere Stelle suchen, um der Schande zu entgehen. Dabei gefällt es mir hier gut. Meine Wohnung ist nur fünf Minuten zu Fuß entfernt, und Daisy liebt den Park gegenüber.«

»Daisy ist dein Dalmatiner?«, fragte Amy. »Ich habe dich

ein paar Mal mit ihr gesehen, als ich mit Henry in der Mittagspause spazieren gegangen bin. Sie ist wunderschön.«

»Danke. Und Henry … er ist ein Corgi, oder?«

»Ja.« Amys Lächeln verblasste. »Allerdings … Er wird vermisst. Wir haben ihn am Samstag mit nach London genommen, und er ist weggelaufen.«

Luke wirkte erschrocken. »Oh, Amy! Das tut mir so leid. Kann ich irgendwie helfen? Plakate aufhängen, Anrufe machen, irgendetwas?«

»Das ist nett, danke.« Amy brannten Tränen in den Augen. Es schien eine Ewigkeit her zu sein, dass jemand so freundlich zu ihr gewesen war.

»Ich weiß, wie schmerzlich es ist, ein geliebtes Tier zu verlieren«, sagte er. »Bei meiner Scheidung hat meine Ex unseren Hund behalten. Deshalb habe ich mir Daisy angeschafft. Aber sosehr ich sie auch liebe, ich vermisse trotzdem noch meinen alten Hund. Also im Ernst, wenn ich etwas tun kann, frag mich einfach.«

»Danke.«

»Und ich setze dich auf die Liste fürs Weihnachtsessen«, sagte Luke und trat zur Seite, um einer Mutter mit einem Baby Platz zu machen. »Du brauchst etwas, auf das du dich freuen kannst und das dich ablenkt!«

Was konnte sie dagegen schon einwenden?

Zehn Minuten später verabschiedete sich Amy von einem heulenden, aber geimpften Baby und seiner Mutter, deren gerötete Augen verrieten, dass sie mitgelitten hatte. Anschließend vergewisserte sich Amy, dass keine Patienten mehr warteten und sie in die Pause gehen konnte. Um Jim anzurufen. Insgeheim hoffte sie auf einen Notfall oder einen vergessenen Patienten, damit sie den Anruf noch ein wenig hinausschieben konnte, aber vergeblich.

Seufzend ging sie zu ihrem Schreibtisch zurück und starrte ihr Handy an.

Sie musste es ihm sagen. Außerdem hatte er ganz gewiss kein Recht, wütend auf sie zu werden. Zwar hatte sie den Familienhund verloren, aber wenn Jim sie nicht verlassen hätte, dann wäre das wohl nie passiert.

Denn dann wäre sie mit den Kindern und Henry gar nicht erst nach London gefahren.

So gesehen war eigentlich Jim schuld an Henrys Verschwinden. Genau wie an allem anderen, das in ihrem Leben im Moment schieflief.

Dieser Gedanke machte es ihr sehr viel leichter, seine Nummer zu wählen.

»Amy?« Jim klang genauso wie immer, wenn sie ihn bei der Arbeit angerufen hatte – ungeduldig und leicht verärgert. »Ist es wichtig? Denn ich hab …«

»Ja«, sagte sie schnell. Wenn sie dieses Gespräch nicht jetzt führten, würde es nur noch schwieriger werden. »Es ist wichtig.«

Jim seufzte. »Worum geht's? Brauchst du Geld? Oder ist was mit den Kindern? Ist …«

»Es geht um Henry. Er ist weggelaufen.« Ihr Herz zog sich schmerzhaft zusammen, als sie es laut aussprach.

»Amy, kannst du dich nicht allein darum kümmern? Ich habe wirklich keine Zeit …«

»Ach ja, aber ich schon? Ich kümmere mich bereits um alles andere, was du im Stich gelassen hast, oder hast du das schon vergessen?«

Jim schwieg einen Moment. Dann sagte er: »Hast du schon bei den Nachbarn nachgefragt? Du weißt doch, wie gern er dort nach Eichhörnchen jagt.«

»Wir haben ihn in London verloren. Am Samstag.«

»In London? Warum zum Teufel hast du ihn denn nach London mitgenommen?«

Weil ich Weihnachten für alle besonders machen wollte. Weil ich alles allein machen muss, und das ist deine Schuld. Weil Henry sich auch einen Ausflug verdient hat. Weil er mehr Teil dieser Familie ist als du.

Amy holte tief Luft und behielt ihre Gedanken für sich. »Ist das jetzt wirklich wichtig? Was zählt, ist doch, dass wir ihn zurückbekommen.«

»Ja. Klar. Okay.« Jim atmete langsam aus. »Was hast du bis jetzt unternommen?«

Froh, das Gespräch wieder auf die sachliche Ebene zurückgelenkt zu haben, erklärte Amy, was sie in die Wege geleitet hatte, um Henry zu finden, und dass nichts davon funktioniert hatte.

»Okay, du hast also das Übliche unternommen«, stellte Jim fest. »Das heißt, wir müssen uns irgendetwas Neues einfallen lassen. Etwas Innovatives.«

»Gut«, sagte sie tonlos und unterdrückte eine bissige Bemerkung über seine kaum verhohlene Andeutung, dass sie sich nicht genügend engagiert hatte und über das Nötigste nicht hinausgekommen war. »Irgendwelche Vorschläge?«

»Noch nicht.« Jim seufzte. »Wie nehmen es die Kinder auf?«

»Nicht gut«, gab Amy zu. »Du weißt, wie sehr sie diesen Hund lieben.«

»Ja.«

Die Tür öffnete sich, und Shireen vom Empfang steckte den Kopf ins Zimmer. »Entschuldige«, flüsterte sie. »Lacey hat gerade angerufen und sich krankgemeldet – Magen-Darm-Infekt. Kannst du morgen Abend die Spätschicht für sie übernehmen?«

Vor drei Monaten noch hätte Amy darauf geantwortet, dass sie schnell ihren Mann anrufen würde, um sich mit ihm abzustimmen, aber dass sie sicher einspringen könne. Jetzt aber war die Spätschicht ein organisatorischer Albtraum, und Shireen wusste das, was vermutlich auch der Grund dafür war, warum sie so zerknirscht dreinblickte.

Amy seufzte. Sie wusste, dass ihre Kollegin sie nur im absoluten Notfall fragen würde. Im Moment waren sie dauernd knapp an Personal, und Shireen musste die Praxis trotzdem am Laufen halten.

Ungefähr so wie Amy alles bei sich zu Hause am Laufen halten musste.

»Ich sag dir was«, meinte Jim, der von Amys Dilemma nichts ahnte. »Ich habe morgen eine Fortbildung, und die geht nur bis nachmittags. Ich komme einfach früher bei euch vorbei als geplant. Ich bin da, wenn Claire und Jack aus der Schule kommen. Vielleicht haben die beiden ja ein paar Ideen, und wir können sie gemeinsam umsetzen.«

»Sicher?«, fragte Amy. »Ich muss aber morgen die Spätschicht übernehmen, und Jack kommt erst abends. Könntest du denn zumindest so lange bei Claire bleiben, bis er zu Hause ist?«

»Kein Problem«, sagte Jim nachdrücklich. Dann etwas leiser. »Ich fänd's schön, ein wenig mehr Zeit mit Jack und Claire zu verbringen.«

Amy lächelte traurig und nickte Shireen zu, die ihr dankbar die gereckten Daumen entgegenstreckte.

»Super, danke«, sagte Amy. »Bis morgen dann.«

»Ja, bis morgen.«

»Tschüss.« Als sie aufgelegt hatte, überlegte Amy, ob sie Jim hätte vorwarnen sollen, dass sein Sohn sich nicht gerade auf seinen Besuch freute.

Ach was. Das würde er schon früh genug selbst merken.

HENRY

Wie sich herausstellte, bereitete der Palastkoch zwar jeden Tag die köstlichsten Gerichte für die Hunde zu, aber er war kein großer Fan von Corgis. Oder zumindest nicht von mir.

Ich hatte nur meine Nase zur Tür reingesteckt und ein wenig die herrlichen Gerüche genossen. Und ja, vielleicht hatte ich auch den Boden nach Resten abgeschnüffelt. Und womöglich hatte ich ein wenig zu angestrengt versucht, auf die Arbeitsfläche zu klettern, um mir einen Happen von dem zu schnappen, was dort so köstlich roch. Und vielleicht, aber nur vielleicht, waren meine Beine zu kurz, weswegen ich abrutschte und einige Küchenutensilien mit mir zu Boden gingen, als ich versuchte, Halt zu finden.

Dennoch gab es keinen Grund für die fiesen Schimpfwörter, die der Koch mir entgegenschleuderte. Und ich war mir sicher, die hätte er sich verkniffen, wenn *Sie* im Palast gewesen wäre.

Als ich hinausgejagt wurde, dröhnte mir das Klappern der auf den Boden scheppernden Bratpfannen noch in den

Ohren, und ich begriff, dass ich vom Koch sicher keine unerlaubten Leckerlis erbetteln konnte.

So schnell, wie mich meine Stummelbeine trugen, rannte ich durch die Flure und die angrenzenden Räume. Dabei achtete ich nicht darauf, wohin ich eigentlich lief. Was bedeutete, dass ich mich im Nu verirrt hatte.

Als ich mir sicher sein konnte, dass ich weit genug entfernt war, um keine verirrte Pfanne mehr an den Kopf zu bekommen, verlangsamte ich mein Tempo. Schwer schnaufend schaute ich mich um. Ich war wieder im Obergeschoss, das wusste ich immerhin, denn ich erinnerte mich daran, eine breite Treppe hinaufgelaufen zu sein, aber diese Treppe kannte ich noch nicht. Was bedeutete, dass ich mich vermutlich in einem Teil des Palastes befand, den ich noch nicht erforscht hatte.

Ich lief durch eine andere riesige Tür, die in einen weiteren langen, hohen Raum mit Gemälden mündete. Der Raum kam mir vertraut vor, obwohl ich ihn noch nie betreten hatte. Weshalb es auch eine Weile dauerte, bis mir auffiel, was hier anders war: Überall sonst hingen Porträts von Menschen, hier jedoch von Hunden!

Ich blieb vor einem Porträt stehen, auf dem ein wirklich majestätisch aussehender King-Charles-Spaniel abgebildet war. Er hielt die Nase in die Luft gereckt, sein Fell glänzte und die typisch Ohren hingen lang herab. Daneben hing ein Gemälde von einem Rudel Jagdhunde, die einem Hasen nachhetzten. Danach kam ein hübscher Corgi wie ich. Ich legte den Kopf zur Seite und betrachtete das Bild. Das war nicht Willow, da war ich mir sicher, aber es gab definitiv Ähnlichkeiten. Vielleicht eine Verwandte von ihr.

Wie es schien, hielt die königliche Familie schon sehr lange Hunde. Deswegen mochte ich sie gleich noch lieber. Zugegeben, vielleicht lag es auch am guten Essen.

Plötzlich hörte ich Gelächter vom anderen Ende des Zimmers. »Na, bewunderst du deine Vorfahren?«, fragte jemand.

Ich wirbelte herum, besorgt, dass der Koch mir jemanden mit einer Bratpfanne nachgeschickt hatte, aber es war Sarah Morgan, die mich, die Hände in die Hüften gestützt, anlächelte.

Sie lächelte mich an! Als ob sie erfreut sei, mich zu sehen. Froh, dass ich im Palast war.

Ich bellte glücklich, als mir bewusst wurde, dass ich die Freundin, die ich so dringend brauchte, bereits gefunden hatte. Sarah war von Anfang an nett zu mir gewesen. Und auch sie war neu, daher verstand sie gut, wie ich mich fühlte. Und was am wichtigsten war, sie kam ans Futter ran.

Sie war perfekt.

Jetzt musste ich sie nur davon überzeugen, mir zu helfen. Ich trottete zu ihr, und sie streichelte mich, aber nur kurz.

»Tut mir leid, im Moment habe ich keine Zeit zum Spielen.« Sie fuchtelte mit einem Staubwedel vor meiner Nase herum. »Zu viel zu tun. Wir wollen ja vermeiden, dass diese hübschen Gemälde verstauben.« Sie ging auf das erste Porträt zu und staubte den Rahmen ab. Ich folgte ihr.

»Wenn ich fertig bin, kann ich dich vielleicht auf einen Nachmittagsspaziergang mitnehmen«, schlug Sarah vor und streckte sich, um eine Rille in dem verzierten Rahmen zu putzen. »Nach all dem Staub brauche ich ein wenig frische Luft.«

Als sie zum nächsten Gemälde ging, heftete ich mich wieder an ihre Fersen und setzte mich dann zu ihren Füßen. Sie schaute mich an und lachte erneut.

»Tja, ich nehme an, es schadet nicht, wenn du mir bei der Arbeit Gesellschaft leistest. Wenn ich das richtig verstehe, regiert ihr Hunde diesen Palast ohnehin. Also sollte ich eigentlich dich um Erlaubnis fragen, ob ich hier herumlaufen darf.«

Sarah schien in Plauderlaune zu sein. Das gefiel mir – es erinnerte mich an Amy. Sie redete auch immer mit mir, wenn wir allein zu Hause waren, und sie ihre Arbeit erledigte. Die Gespräche blieben allerdings ziemlich einseitig.

Manchmal wünschte ich mir, dass ich den Menschen antworten könnte. Andererseits redeten sie vermutlich genau deshalb so offen mit mir, weil ich es nicht konnte. Und es war ja nicht so, dass ich mich gar nicht verständlich machen konnte, wenn es drauf ankam. Wie zu den Mahlzeiten beispielsweise.

»Und wie gefällt es dir im Palast?«, fragte Sarah, als ob ich ihr antworten könnte. »Ich hoffe, die anderen Hunde sind netter zu dir als das Personal zu mir.«

Ich runzelte die Stirn. Das klang nicht gut. Warum sollte jemand nicht nett zu Sarah sein? Sie war toll.

»Oh, das sollte ich nicht sagen.« Sarah fächerte mit dem Staubwedel herum, als ob sie ihre Bemerkung damit wegwischen wollte. »Sie sind nicht wirklich gemein. Die meisten zumindest nicht. Und ich freue mich wirklich sehr darüber, dass ich hier arbeiten darf. Von dieser Stelle habe ich immer geträumt und so hart gearbeitet, um sie zu bekommen. Ich hätte nie gedacht, dass es mir gelingen würde. Daher sollte ich dankbar sein, dass ich es geschafft habe, und mit dem Gejammer aufhören.«

Es klang so, als versuche sie, mehr sich selbst davon zu überzeugen als mich. Genauso wie Amy an dem Abend, als Jim seinen Koffer gepackt und gegangen war. Sie hatte auf dem Bett gesessen und gesagt: »Er kommt ganz sicher wieder. Das ist nur eine Trennung auf Zeit.«

Allerdings hatte sie es insgeheim besser gewusst, und ich war mir sicher, dass auch Sarah es besser wusste. Daher wartete ich geduldig neben ihr, um zu sehen, wie es weiterging.

Sie seufzte tief auf, und ihr aufgesetztes Lächeln gefror, als sie auf einen der vielen Polsterstühle sank, die sich an der Wand entlangreihten.

»Die Sache ist die, Henry, dass ich es mir nicht so vorgestellt habe. Oh, nicht die Arbeit. Da wusste ich genau, was auf mich zukommt und was von mir verlangt werden würde. Und ich habe kein Problem damit, hart zu arbeiten oder ganz unten anzufangen und mich hochzuarbeiten. Daran liegt es nicht.«

Ich stupste mit der Schnauze gegen ihre Beine, und sie legte den Staubwedel zur Seite und kraulte mir den Kopf.

»Die Sache ist die … in meiner Kindheit hat mir mein Patenonkel immer Geschichten über die Arbeit im Palast erzählt. Er ist jetzt Butler in Windsor Castle, aber früher hat er hier gearbeitet. Und bei ihm klang es immer so magisch, nicht nur der Palast, sondern auch die … Palastfamilie. Nicht die königliche Familie, sondern das Personal. Er erzählte, dass sich alle mochten und mehr als nur Kollegen füreinander waren. Dass die Beziehung zueinander tiefer ging. Etwas Besonderes sei.« Sie seufzte wieder. »Und genau das habe ich mir erhofft, als ich hierherzog. Deshalb habe ich so hart dafür gearbeitet.«

Ich sah sie an und machte große Augen vor Mitgefühl. Vielleicht habe ich auch ein klein wenig gewinselt. Sie sah so traurig aus! Ihre blauen Augen glänzten feucht, und es gab keine Spur mehr von dem liebenswerten Lächeln, das mir gesagt hatte, dass wir Freunde werden würden.

Sarah war ein Mensch, der Aufheiterung gebrauchen konnte. Zum Glück hatte ich darin Erfahrung.

»Ich glaube, meine Eltern denken, dass ich einfach davongelaufen bin«, fuhr Sarah fort. »Und vielleicht haben sie ja recht. Aber ist das denn so schlimm? Wenigstens hatte ich ein Ziel. Und ich dachte, dass alles besser sein würde, als das, was ich zu Hause hatte.« Ihr Gesicht spannte sich an, und plötzlich sah sie sehr ernst aus. »Und ich hatte recht. Vielleicht ist es schwierig, und die anderen Mädchen machen sich über meinen Akzent lustig, wenn sie glauben, dass ich es nicht hören kann. Sie behaupten auch, dass ich die Stelle nur wegen meines Patenonkels bekommen hätte. Und trotzdem ist das alles doch eine Million Mal besser, als wenn ich bei David geblieben wäre, stimmt's, Henry?«

Ich hatte keine Ahnung, wer David war, aber Sarah klang so entschlossen, dass ich meine Zustimmung bellte.

»Genau.«

Sie sprang auf und begann mit frischem Schwung weiter abzustauben. Ich folgte ihr durch das Zimmer.

»Ich verdiene etwas Besseres als einen betrügerischen, manipulativen, grausamen, verbal aggressiven, beleidigenden … Idioten wie ihn.« Beim Reden untermalte sie jedes Wort mit einem Strich ihres Staubwedels, bis das Gemälde, das sie reinigte, an seinen Ketten hin und her schwang. »Ups!« Sarah kicherte.

Sie machte einen Schritt zurück und lächelte mich an. »Du bist ein guter Zuhörer, Henry. Und du hast recht, oder besser gesagt, ich. Mir geht es hier sehr viel besser. Ich meine, ich darf mich sogar um euch wundervolle Geschöpfe kümmern, nicht wahr?« Sie kraulte mir die Ohren. »Komm mit. Je eher ich mit diesem Zimmer fertig bin, desto früher können wir die anderen abholen und einen Spaziergang machen.«

Nachdem sie ihre Fröhlichkeit zurückgewonnen hatte, dauerte es nicht mehr lange, bis Sarah mit ihrer Arbeit fertig war. Ich tapste neben ihr her und fragte mich, ob man beim Nachmittagsspaziergang auch ein Leckerli bekam. So oder so war es schön, wieder mal draußen zu sein und dort auf Erkundungstour zu gehen, vor allem wenn Sarah mich begleitete.

Plötzlich kam mir eine Idee. Wenn ich Sarah zu dem Busch führen konnte, durch den ich in den Palastgarten gelangt war, konnte sie mir doch vielleicht helfen, einen Weg hinauszufinden. Zumindest würde sie wohl erkennen, was passiert war. Und dann würde wohl endlich jemand einen Blick auf meine Hundemarke werfen und merken, dass ich nicht Monty war. Obwohl niemand außer Sarah scharf darauf schien, nahe genug an mein Halsband heranzukommen.

Besser noch wäre es, wenn Sarah herausfinden würde, was passiert war. Ich vertraute fest darauf, dass sie mir helfen würde, meine Familie wiederzufinden, statt mich auf die Straße zu setzen. Sie wusste, wie man sich fühlte, wenn man nirgendwo dazugehörte, daher würde sie mir in meiner Not ganz sicher beistehen.

Ich musste ihr mein Problem nur verständlich machen.

Wie der Hausdiener beim Morgenspaziergang führte mich auch Sarah an einer Leine in den Garten.

»Tut mir leid, Henry«, sagte sie, als sie mich anleinte. »Ich glaube zwar, du würdest mir nicht weglaufen, aber da du neu bist, kann ich kein Risiko eingehen. Obwohl es gar nicht so leicht ist, aus diesem Garten zu entwischen. Er ist wahnsinnig groß, finde ich. Wenn du dich erst mal eingewöhnt hast, kann ich dich vielleicht auch mal frei herumlaufen lassen.«

Frei klang gut. Und ich wusste natürlich schon, wie groß der Garten war. Weil ich so beschäftigt damit gewesen war, ihn zu erkunden, hatte ich ja überhaupt erst vergessen, nicht so weit wegzulaufen und rechtzeitig zu den Walkers zurückzukehren.

Mir machte es jedoch nichts aus, bei Sarah zu bleiben. Sie redete beim Laufen mit mir, und es war tröstlich, ihre Stimme zu hören und zu wissen, dass wenigstens ein Mensch froh über meine Anwesenheit war.

Wir hatten den Garten schon halb durchquert, als wir mit einem anderen Menschen zusammenstießen. Wortwörtlich in Sarahs Fall. Wir bogen an einer Ecke um einen dieser immergrünen Sträucher, aber nicht den, durch den ich mich reingequetscht hatte, das hatte ich überprüft, und plötzlich – *rumms*!

»Oh, du liebe Güte, das tut mir leid!«, sagte Sarah errötend.

Der Mann, in den sie hineingerannt war, packte sie am Ellbogen, um ihr Halt zu geben, und lächelte. »Keine Sorge, nichts passiert.«

»Sicher?«, fragte Sarah. »Habe ich Sie nicht verletzt? Oh! Und Henry.« Sie bückte sich zu mir herunter und tastete mich ab. »Alles in Ordnung mit dir, Henry? Du bist nicht verletzt, oder? Ich würde mir nie verzeihen, wenn …«

Der Mann lachte. »Sie sind am richtigen Ort, wenn Sie Hunde mögen«, sagte er. »Im Buckingham-Palast kann man ihnen gar nicht aus dem Weg gehen.«

»Warum sollte man das auch wollen?« Sarah hatte sich vergewissert, dass es mir gut ging, und stand auf. »Sie sind solch liebenswerte Tiere. Zu Hause auf unserem Bauernhof haben meine Eltern Springer Spaniels. Mit Corgis kenne ich mich noch nicht aus, aber Henry ist so ein freundlicher Hund.«

»Wenigstens einer.« Der Mann bückte sich und kraulte mir die Ohren. »Die anderen Hausdiener beschweren sich oft, dass sie von den Kleinen angekläfft werden und dass sie bissig wären.«

»Henry nicht«, sagte Sarah. »Er ist ein Schatz.« Ich bellte zustimmend. Das sagte Amy auch immer über mich.

»Henry, ja? Dann bist du wohl der neue Hund. Lustig, ich dachte, er hieße anders.« Er runzelte die Stirn, als versuche er sich zu erinnern, dann schüttelte er den Kopf. Der arme alte Monty. Da war er noch nicht mal richtig im Palast angekommen und schon hatte jeder seinen Namen vergessen. »Jedenfalls freue ich mich, dich kennenzulernen, Henry. Ich bin Oliver Kinchen-Williams, Senior-Hausdiener im Palast.«

»Oh!«, rief Sarah. »Du bist Oliver. Ich wusste nicht … Mein Patenonkel, er hat gesagt, dass ich mich dir vorstellen soll, wenn ich hier anfange. Aber dann kam eins zum anderen … und ich hab es noch nicht geschafft. Ich bin Sarah Morgan.«

Irgendetwas an ihrem Ton verriet mir, dass sie nicht ganz

die Wahrheit sprach. Ich hatte ein gutes Ohr für Lügen und Halbwahrheiten. Ich glaubte nicht, dass Sarah tatsächlich die Absicht hatte, Oliver zu täuschen. Dennoch fragte ich mich unwillkürlich, was der wahre Grund dafür war, dass sie sich nicht früher mit ihm bekannt gemacht hatte. Ich vermutete, dass es etwas mit dem unfreundlichen Verhalten der anderen Angestellten zu tun hatte.

Wenn die anderen Sarah so behandelten wie Willow und die Dorgis mich, dann brauchte Sarah eindeutig Aufmunterung von mir. Ich konnte ihr helfen, Freunde im Palast zu finden, da war ich mir sicher. Es konnten doch nicht alle gemein und fies sein, oder? Und Amy sagte auch ständig, ich sei so ein freundlicher Hund. Das würde einfach werden!

»Ich freue mich, dich endlich kennenzulernen, Sarah. Und wieso kennt mich dein Patenonkel? Ich bin keine so große Nummer im Palast«, meinte Oliver mit verwundertem Lächeln.

»Für ihn schon«, sagte Sarah. »Er nennt dich seinen Protegé.«

Erkenntnis huschte über Olivers Gesicht. »Das kann nur einer sein! Wie alt ist Tom jetzt? Ist er immer noch Herr in Windsor Castle, also ich meine, wenn die Royals nicht da sind?«

»Das ist er.« Sarah lachte. »Ich glaube, er könnte es gar nicht ertragen, woanders zu sein.«

»Man führt schon ein seltsames Leben in königlichen Diensten«, gab Oliver zu. »Entweder man ist dafür geboren oder nicht. Aber wenn man dafür geboren ist …«

»Will man nie mehr woanders arbeiten«, beendete Sarah den Satz. »Das hat Tom mir so häufig gesagt!«

»Er hat ein paar Lieblingsbemerkungen, oder?«

»Und die wiederholt er gern und oft«, stimmte Sarah zu.

Ich war froh, dass Sarah jemanden gefunden hatte, mit dem sie reden konnte, der ihre Interessen teilte und ihren Patenonkel kannte. Das war ein wirklich guter Start für meine Sarah-Aufheiterungskampagne. Leider war das Gespräch für mich nicht halb so interessant wie die Taube, die über den Weg hopste.

Unwillkürlich zog ich an der Leine, und Sarah schaute zu mir herunter. »Tut mir leid, ich habe Henry einen Spaziergang durch den ganzen Garten versprochen, und wir haben erst die Hälfte geschafft.«

»Und ich muss wieder an die Arbeit«, sagte Oliver. »Es war schön, dich kennenzulernen, Sarah.« Ich bellte, um ihm zu sagen, dass er bleiben und noch ein wenig mit Sarah reden sollte. Aber die beiden lachten nur.

»Und dich auch, Henry«, fügte Oliver hinzu. »Ich hoffe, ich sehe euch beide bald wieder.«

»Ganz sicher.« Sarah lächelte strahlend, und plötzlich war der Tag gar nicht mehr so kalt.

Oliver ging zurück zur Gartentür, und Sarah und ich sahen ihm einen Augenblick nach.

Sie seufzte leise. »Er scheint nett zu sein, oder? Ich wusste ja, dass es im Palast irgendwo auch ein paar nette Menschen geben muss.«

Ich bellte und zog wieder an der Leine. Oliver war fort, warum standen wir hier noch herum?

Sarah schmunzelte. »Ist ja gut. Schauen wir mal, ob wir deine Freunde finden.«

Tag 4

Dienstag, 17. Dezember

AMY

Die kalte Luft strich beißend über Amys Wangen, als sie in der Mittagspause zu dem Park auf der anderen Straßenseite schlenderte. Sie war so sehr daran gewöhnt, ihre Pausen mit Henry an der frischen Luft zu verbringen, dass sie sich eingesperrt und erstickt fühlte, wenn sie in der Praxis blieb.

Außerdem warf ihr draußen niemand mitleidige Blicke zu, weil sie erst ihren Mann und jetzt auch noch ihren Hund verloren hatte.

Amy wusste nicht, wie sie den anderen sagen sollte, dass sie sich unschlüssig war, wen von beiden sie mehr vermisste.

Sie setzte sich auf eine Bank unter einem kahlen Baum. Nein, eigentlich wusste sie es doch. Ganz eindeutig vermisste sie Henry mehr.

Während sie so dasaß und die vorbeigehenden Leute, mit und ohne Hunde, beobachtete, die Eichhörnchen, die fleißig Nüsse sammelten, und die Vögel, die nach einem leckeren Wurm suchten, kam es ihr fast so vor, als sei Henry bei ihr. Jeden Moment könnte er eine Taube aufjagen oder am Stamm des Baumes schnüffeln, um herauszufinden, was da so interessant roch.

Aber natürlich war das alles nur Wunschdenken. Bisher gab es immer noch keine einzige Spur von ihm.

»Immer noch keine Nachricht wegen Henry?« Luke setzte sich zu ihr auf die Bank, und Daisy legte sich neben ihn. Henry hätte niemals so geduldig gewartet.

»Nein«, bestätigte Amy traurig. »Ich habe überall herumtelefoniert und die Leute gebeten, die Mikrochips von jedem Corgi zu prüfen, der in London gefunden wird, aber bisher hat sich noch nichts ergeben.«

»Das tut mir leid«, sagte Luke. »Aber bleib zuversichtlich. Er wird schon irgendwann nach Hause kommen.«

»Wie kannst du dir da so sicher sein?«, fragte Amy. Lukes Optimismus war ja schön und gut, aber dennoch erschien er ihr unangebracht.

Luke schenkte ihr ein sonniges Lächeln. »Warum sollte er wegbleiben wollen, wenn er doch so tolle Menschen wie dich als Familie hat?«

Amy erwiderte das Lächeln, plötzlich erschien ihr der Tag gleich viel wärmer.

»Dir und Daisy gefällt es also in Redhill?« Sie hatte Luke bereits eine Menge über ihr Leben erzählt, aber sie wusste nicht viel über ihn. Es war an der Zeit, das zu ändern.

»Sehr sogar«, antwortete Luke. Als würde sie zustimmen, bellte Daisy und lief auf ein herumhuschendes Eichhörnchen zu. »Alle in der Praxis sind sehr freundlich zu mir.«

»Ja, klar. Wir sind alle froh, dass wir wieder einen Arzt mehr haben!«, meinte Amy schmunzelnd. »Seit Dr. Shah vor ein paar Monaten in Rente gegangen ist, ging es ziemlich hektisch zu.«

»Ich freue mich immer, wenn ich helfen kann.«

»Oh! Das ist natürlich nicht der einzige Grund, warum wir froh sind, dich zu haben«, sagte Amy schnell. »Die Patienten mögen dich offenbar und … Nun ja, du bist ein netter Kerl.«

»Das Kompliment des Jahrhunderts, danke«, antwortete Luke grinsend. »Aber ich gebe mich damit zufrieden, als netter Kerl bezeichnet zu werden. Besser als das Gegenteil.«

»Ganz bestimmt«, bestätigte Amy. Tatsächlich war Luke so nett, dass sie sich kaum vorstellen konnte, warum seine Frau sich von ihm hatte scheiden lassen.

Es sei denn, er besaß eine verborgene dunkle Seite …

»Was ist los?« Luke betrachtete sie neugierig. »Dein Gesichtsausdruck wechselte in ungefähr zehn Sekunden von netter Kerl zu Serienkiller.«

Amy schüttelte lachend den Kopf. »Ich habe nur gerade überlegt, ob du eine dunkle Seite hast.«

»Ich bin kein Serienkiller, versprochen«, antwortete Luke. »Ordnung gehört zwar nicht gerade zu meinen Stärken, und du weißt bereits, dass ich eine Sauklaue habe, aber ich mag Kinder und Tiere, und ich kann ein megaleckeres Curry kochen.«

»Das Gute scheint das Böse zu überwiegen«, gab Amy zu. Es musste doch eine Möglichkeit geben, ihn zu fragen, warum seine Ehe gescheitert war, ohne dass es wie eine Anschuldigung klang. Sie wusste nur nicht, wie.

»Wenn du aber eigentlich wissen willst, warum mich meine Frau verlassen hat, ist die Antwort einfach«, sagte Luke und befreite sie aus ihrer Misere. »Wir haben sehr jung geheiratet, noch bevor wir wirklich erwachsen waren, und haben uns nie so über die Zukunft unterhalten, wie wir es hätten tun sollen.« Er zuckte mit den Schultern, obwohl Amy der Kummer in seinen Augen nicht entging. »Wie es scheint, haben wir uns beide sehr verändert und mochten uns irgendwann nicht mehr so sehr. Ganz zu schweigen davon, dass wir beide etwas anderes vom Leben wollten. Die Scheidung schien daher unvermeidlich. Dass meine Frau mich schließlich verließ, hat mich daher nicht sonderlich überrascht. Was aber nicht heißt, dass es nicht trotzdem höllisch wehtat.«

»Das tut mir leid.« Amy berührte kurz seine Hand, und er lächelte.

»Mir geht's gut. Es ist natürlich traurig. Ich dachte, ich hätte mein Leben im Griff, und jetzt muss ich plötzlich noch einmal ganz von vorne anfangen«, sagte er. »Aber das hat auch etwas Befreiendes. Ich kann mir meine Zukunft selbst gestalten, so, wie ich sie mir jetzt wünsche. Inzwischen habe ich auch ganz andere Vorstellungen vom Leben als der Junge, der ich mit neunzehn war. Das ist aufregend.«

»So klingt es auch.« Vielleicht sollte sie ihre Trennung von Jim ebenfalls als zweite Chance begreifen. Jack ging im nächsten Jahr zur Universität, und Claire würde ihm ein paar Jahre später folgen. Ihr ganzes Leben lag noch vor Amy. Wie wollte sie es verbringen? Wer wollte sie sein, ohne Jim an ihrer Seite, der ihre Entscheidungen beeinflusste?

»Was ist mit dir?«, fragte Luke. »Wenn ich fragen darf.«

Amy schenkte ihm ein flüchtiges Lächeln. »Oh, das ist noch schneller erzählt. Mein Mann hat sich in eine andere verliebt.« Es fühlte sich gut an, diese Wahrheit auszusprechen.

Nicht »er hat sich getrennt« oder »er hat mich betrogen« oder sogar »er hat mich verlassen«. Ja, all das hatte er auch getan, und der Schmerz darüber würde nicht so schnell vergehen. Aber letztlich, wurde Amy klar, ging es nicht um sie. Sie hatte nichts Falsches getan, sie war nicht die falsche Frau für ihn gewesen, sie hatte ihn nicht vertrieben. Jim hatte sich schlicht in eine andere verliebt. Das war traurig und tat weh, aber es war nicht ihre Schuld.

»Dann ist er ein Idiot«, sagte Luke.

»Oh, absolut«, stimmte Amy zu. »Aber ganz ehrlich? Ich denke, es wird sich alles zum Besten wenden. Irgendwann.«

Hatte nicht sogar Luke ihr den Rat gegeben, nach vorne zu schauen?

Mit einem Mal erschien ihr die Zukunft viel aufregender.

»Bestimmt«, sagte Luke.

Die restliche Mittagspause verbrachten sie gemeinsam damit, Daisy beim Toben zuzuschauen.

HENRY

Mein Alltag im Palast entwickelte sich allmählich zur Routine. Willow, Vulcan und Candy versicherten mir, dass alles nach *Ihrer* Rückkehr noch viel schöner werden würde, obwohl wir natürlich alle wussten, dass ich dann wahrscheinlich gar nicht mehr hier sein würde, um das noch zu erleben.

Im Moment vergnügte ich mich damit, allein oder in Gesellschaft von Sarah, den Palast zu erkunden. Ich hatte mir angewöhnt, die Zeit bis nach dem Frühstück mit den anderen Hunden zu verbringen, vor allem um sicherzugehen, dass mir die leckeren Hundekekse nicht entgingen. Danach begab ich mich auf Erkundungstour. Ich streunte durch Flure und Räume und sah mir alles genau an. Langsam, aber sicher hatte ich eine Duftlandkarte des Hauses erstellt und war mir sicher, dass ich mich selbst mit geschlossenen Augen zurechtfinden würde. Was ich natürlich nicht vorhatte, aber zumindest gab mir das die Gewissheit, dass ich nicht noch ein weiteres Mal verloren gehen würde.

Ich versuchte, Candy dazu zu überreden, mit mir auf Abenteuerstreifzug zu gehen. Fast dachte ich schon, ich hätte es geschafft, doch jedes Mal warfen Vulcan oder Willow ihr einen herablassenden Blick zu, und schon trabte sie wieder zurück in ihr Körbchen.

Aber so schnell gab ich nicht auf. Irgendwann würde ich sie schon auf meine Seite ziehen. Schließlich war ich ein sehr charmanter Hund.

Nach einer Weile wurden mir die vielen Gemälde und Möbel mit goldenen Beinen allmählich langweilig, daher beschloss ich, mich auf die Suche nach Sarah zu machen.

Sie schien viele verschiedene Aufgaben zu haben, die meisten hatten etwas mit Putzen zu tun, aber das schien ihr nichts auszumachen. Während ich neben ihr herspazierte, plauderte sie mit mir, und so erfuhr ich einiges über ihr früheres Leben.

Es dauerte nicht lang, bis auch ich zu dem Schluss kam, dass sie recht hatte. Ihr ging es ganz sicher besser hier mit mir als in ihrem ehemaligen Zuhause mit ihrem Ex-Freund David.

»Es ist nicht so, dass ich es nicht vermisse«, sagte Sarah an diesem Morgen, während sie eine Vase abstaubte. »Mein

Zuhause ist … na ja, eben mein Zuhause. Man vermisst es wohl immer ein bisschen. Aber vielleicht bin ich diesem Zuhause irgendwie entwachsen. Jedenfalls war es an der Zeit weiterzuziehen. Nach allem, was ich mit David durchgemacht habe … Ich habe beschlossen, dass es höchste Zeit ist, mein wahres Ich wiederzufinden. Mein glückliches, enthusiastisches Ich. Und deshalb bin ich hier!«

Wie es schien, hatte der Ortswechsel Sarah gutgetan. Meistens wirkte sie glücklich und begeistert. Nur nicht, wenn irgendjemand etwas Gemeines gesagt oder getan hatte – wie etwa, ihren Dialekt nachzuahmen oder eine Bemerkung über ihren Patenonkel fallen zu lassen.

Oder wenn sie über David sprach und an ihn dachte, auch dann wirkte sie jedes Mal traurig. Ich erkannte immer sofort, wenn ihre Gedanken zu ihm schweiften, weil sie dann langsamer Staub wischte und ihre Augen an Glanz verloren.

»Ich weiß nicht, warum ich deswegen immer noch traurig bin. Eigentlich vermisse ich ihn gar nicht«, sagte sie und setzte sich auf eine rot gepolsterte Bank. »Es ist eher so, dass ich das Leben vermisse, das ich für uns erträumt habe. Was dumm ist, weil ich jetzt weiß, dass dieser Traum nie wahr geworden wäre.«

Das war mein Stichwort, sie aufzuheitern.

Bei Amy und Claire funktionierte das immer am besten, wenn ich sie ins Freie lockte. Daher beschloss ich, bei Sarah dieselbe Taktik anzuwenden. Sobald sie ihre Arbeit erledigt hatte, wollte ich sie davon überzeugen, mit mir vor ihrer Mittagspause einen Spaziergang zu machen.

Bisher war es mir nicht gelungen, Sarah zu dem Busch zu führen, durch den ich in den Garten gelangt war. Das lag vor allem daran, dass ich nicht mehr genau wusste, wo er stand. Mal ehrlich, alle großen grünen Sträucher sehen aus Corgi-Sicht irgendwie gleich aus. Aber heute würden wir ihn vielleicht finden!

»Du willst wohl an die frische Luft«, sagte Sarah lachend, als ich mit meiner Leine im Maul vor ihr auftauchte. Ich hatte am Vortag herausgefunden, dass ein ganzer Schwung Leinen neben einer der Türen hing, die in den Garten führten, und hatte mir eine davon geschnappt.

»Na schön«, sagte Sarah und klipste mir die Leine ans Halsband. »Ich glaube, dieser Raum ist eh schon sauber genug. Schauen wir mal, ob wir deine Freunde bei ihrem Mittagsspaziergang finden.«

Draußen heiterte sich Sarahs Stimmung sofort auf, als ich ihr einen meiner lustigen Tricks zeigte. Es ist wirklich schwer, traurig zu bleiben, wenn ein Corgi für dich den Clown spielt. Ich jagte Eichhörnchen halb den Baum hinauf und rutschte dann wieder hinunter, hüpfte über Steine und stürmte unter Büsche, um dort komische Sachen aufzutreiben, die ich ihr bringen konnte.

Als wir die anderen Hunde einholten, übergab Sarah mich dem Hausdiener, der sie ausführte, damit sie zum Mittagessen gehen konnte. Zufrieden sah ich ihr nach, denn sie strahlte wieder wie die Sonne. Gut.

Nach dem Mittagsspaziergang und der Anstrengung, Sarah aufzuheitern, machte ich im Corgi-Zimmer ein kleines Nickerchen. Ich wollte beim Abendessen gut ausgeruht sein, damit ich die Leistungen des Kochs auch ausreichend würdigen konnte. Natürlich würde ich dabei auch darauf achten, nicht in Reichweite seiner Bratpfanne zu gelangen.

Für den Nachmittag hatte ich nur leichte Unterhaltung geplant und wollte die Zeit mit den anderen Hunden verbringen. Ich wollte immer noch gern Freundschaft mit den anderen schließen und versuchte, Candy für mich einzunehmen. Allmählich wurde sie auch weich, das merkte ich. Vielleicht würde mir Sarah oder einer der Hausdiener auch das Fell bürsten. Willow und die anderen murrten jedes Mal darüber, weil sie es gewohnt waren, von der Queen höchstpersönlich gebürstet zu werden. Und nach dem Abendessen war es auch schon bald Schlafenszeit.

Alles in allem war es kein schlechtes Leben – und ich war gespannt, wie lange ich es noch führen durfte.

In dieser Nacht wachte ich unvermittelt durch ein Schluchzen auf. Es war jedoch kein menschliches Schluchzen, sondern das eines Hundes. Die Art von Winseln und Wimmern, das erahnen ließ, dass es jemandem wirklich schlecht ging.

Ich hüpfte im Dunkeln aus meinem Körbchen und drehte die Ohren, um festzustellen, woher das Winseln kam. Dann folgte ich meinem Gehör, es führte mich direkt zu Candys Körbchen.

»Candy? Candy?« Ich versuchte, nicht zu laut zu sein, um die anderen nicht zu wecken, aber ich bemerkte sofort, dass Candy immer noch schlief.

Sie träumte. Aber wovon auch immer sie träumte, es klang schrecklich.

Im Verlauf der Jahre hatte ich ein paar gruselige Albträume gehabt, in denen es oft darum ging, dass es kein Futter mehr gab – überhaupt niemals wieder. Oder dass ich von einer zehn Meter großen Version von Sookie gejagt wurde. Oder … ach, egal. Jedenfalls hatte ich noch nie so einen furchtbaren Traum gehabt, wie Candy ihn jetzt zu haben schien.

Vorsichtig legte ich die Vorderpfoten an ihr Körbchen und rief, dicht an ihrem Ohr, wieder ihren Namen. Keine Antwort, außer Gewinsel. Ich gewann sogar den Eindruck, dass ich alles nur noch schlimmer machte.

Entschlossen drückte ich ihr meine Nase an die Seite und schnaubte leise, bis sie sich regte. Sie öffnete die Augen.

»Was machst du denn da, um alles in der Welt?«, fragte sie verärgert.

»Du hast schlecht geträumt.« Ich schaute ihr in die Augen. »Du hast gewinselt und geweint. Ich dachte, ich wecke dich besser auf.«

»Ich winsele nicht.«

»Gut, wie du meinst.« Ich hob die Pfoten von ihrem Körbchen. »In meinen Ohren hat es jedenfalls so geklungen.«

Ich drehte mich um und wollte wieder in mein Bett gehen, aber Candys Stimme hielt mich auf. »Warte …«

Über die Schulter sah ich sie an. »Ja?«

Sie wirkte plötzlich nervös. Verängstigt. »Kannst du … noch ein bisschen bei mir bleiben?«

Worum es in dem Traum auch ging, er musste ihr einen tüchtigen Schrecken eingejagt haben, wenn sie meine Gesellschaft dem Alleinsein vorzog. Vielleicht mochte sie mich aber doch mehr, als ich dachte.

»Klar.« Ich legte die Vorderpfoten auf ihr Körbchen, und sie rückte zur Seite, damit ich hineinspringen konnte. Und das tat ich dann auch.

Candy kuschelte sich an mich, als ich mich hinlegte. Mir war aufgefallen, dass die Dorgis kleiner waren und kürzere

Beine hatten als Willow und ich. Und Candy war noch ein bisschen kleiner als Vulcan, daher gab es in dem großen Körbchen auch genug Platz für uns beide.

Ich wollte sie trösten, mich an sie schmiegen und ihr sagen, dass alles gut werden würde. Woran lag es nur, dass ich Menschen so leicht aufheitern konnte, obwohl sie nicht einmal meine Sprache sprachen, aber mit diesen Hunden, die jedes meiner Worte verstanden, einfach nicht warm wurde?

Immerhin hatte mich Candy in ihr Körbchen gelassen. Sie war verängstigt und fühlte sich allein, und das bedeutete, dass ich die Aufgabe hatte, dafür zu sorgen, dass es ihr besser ging.

Wenn ich nur wüsste, wie.

»Könntest du etwas für mich tun?«, fragte sie schläfrig.

»Gern«, antwortete ich. »Was denn?«

»Erzählst du mir eine Geschichte?«, bat sie.

»Eine Geschichte?« Ich kannte jede Menge Geschichten, aber sie handelten meist von Menschen. Als Jack und Claire noch jünger waren, hatten sie Lesen üben sollen und mir oft aus Büchern vorgelesen, die sie aus der Schule mit nach Hause brachten. Außerdem kannte ich Fernsehsendungen und Filme, die ich an Filmabenden mit der Familie gesehen hatte.

Ich wusste über Happy Ends Bescheid und wie man zwei Menschen, die perfekt füreinander geschaffen waren, dazu brachte, sich ineinander zu verlieben. Ich wusste sogar ganz genau, was ein schönes Weihnachtsfest ausmachte und wie sich Menschenfreunde aufheiterten, wenn sie traurig waren.

Ich kannte jedoch nicht viele Geschichten über Hunde, in denen es nicht vor allem um ihre menschlichen Besitzer ging.

Und ich wusste nicht, welche Geschichte ich Candy erzählen sollte, um ihre Albträume zu verscheuchen.

»Welche Art von Geschichte willst du denn hören?«, fragte ich.

Candy gähnte. »Erzähl mir, wie dein Leben war, bevor du in den Palast kamst. Erzähl mir etwas über die Welt dort draußen und deine Familie. Wie hieß sie noch gleich?«

»Die Walkers.« Ich hatte einen Kloß in der Kehle, als ich ihren Namen aussprach. Ich hatte so viel Spaß dabei gehabt, den Palast zu erkunden und mit Sarah Freundschaft zu schließen, dass ich eine Weile lang gar nicht mehr an sie gedacht hatte. Aber jetzt verspürte ich wieder diese hohle Leere.

»Ja, die Walkers. Erzähl mir von ihnen«, forderte Candy mich auf.

Ich wusste genau, warum sie danach fragte. Eigentlich interessierte sie sich nicht besonders für mich und mein Leben. Sie wollte sich nur von ihrem Albtraum ablenken.

Ich war jedoch kein Hund, der einen anderen, der in Not war, im Stich ließ. Jack würde das nicht tun, und ich erst recht nicht.

»Jim und Amy haben mich zu sich nach Hause geholt, als ich erst acht Wochen alt war«, fing ich an. »Ich war ein Geschenk zu Jacks zehntem Geburtstag, und vom ersten Moment an waren wir beste Freunde.«

Ich erzählte ihr alles über die Walkers und Redhill, die Parks und die Menschen und die Eichhörnchen. Ich redete und redete, bis ich merkte, dass Candy eingeschlafen war.

Allerdings war ich inzwischen viel zu müde, um in mein eigenes Körbchen zurückzukrabbeln. Außerdem war Candys

Körbchen wirklich bequem, und an sie gekuschelt war es noch gemütlicher.

Daher blieb ich, wo ich war, und schlief ein, die Nase an ihre Seite gepresst, in der Hoffnung, dass ich am nächsten Morgen neben Amy aufwachte und diese Tage im Palast nur ein Traum gewesen waren.

AMY

Warum dauerte die Spätschicht eigentlich immer länger, als sie sollte? Zuerst war die Praxis brechend voll gewesen, und die Patienten hatten sie den ganzen Nachmittag beschäftigt. Dann gab es ein Problem mit dem Computersystem, und schließlich ging auch noch der Diebstahlalarm los. Dieser Tag hatte es wirklich in sich gehabt.

Am Nachmittag hatte sie zu Hause angerufen, um sich zu erkundigen, ob die Kinder gut von der Schule nach Hause gekommen waren und Jim wie versprochen bei ihnen blieb. Sie hatte mit Jack gesprochen, der noch üblere Laune hatte als sonst.

»Warum hast du mir nicht gesagt, dass er früher kommt?«, hatte er sich beklagt, kaum, dass sie sich gemeldet hatte.

Weil du dann dafür gesorgt hättest, dass du nicht da bist, dachte Amy, sprach es aber nicht aus. »Er ist dein Vater, Jack«, sagte sie stattdessen und seufzte. »Was auch immer passiert ist, was immer noch passieren wird, er ist und bleibt dein Vater. Und auch Claires. Und das ist die einzige Chance, die ihr beiden bekommen werdet, um vor Weihnachten Zeit mit ihm zu verbringen. Also macht bitte das Beste draus. Bitte!«

Sie war sich nicht sicher, ob ihre Bitte geholfen hatte, aber zumindest hatte sie alles versucht. Jim konnte ihr keine Vorwürfe machen, wenn Jack ihn nicht sehen wollte.

Endlich war die Praxis abgeschlossen, und Amy konnte nach Hause gehen. In ihr hundeloses Heim zu ihren mürrischen Kindern und ihrem betrügerischen Beinahe-Ex-Mann. *Ein wahr gewordener Weihnachtstraum*, dachte sie sarkastisch.

Luke Fitzgeralds lächelndes Gesicht tauchte vor ihrem inneren Auge auf, und sie erinnerte sich daran, wie zuversichtlich er war, dass alles wieder gut werden würde. Es war zwar nicht dasselbe, als wenn er persönlich vor ihr stehen würde, aber sie fühlte sich sofort besser.

Als sie in ihre Straße bog, fiel ihr auf, wie düster ihr Haus im Vergleich zu den anderen aussah. Sonst hatte Jim immer die Lichterketten am Dach befestigt oder zumindest an den Fenstern im Erdgeschoss. Irgendwo in der Garage stand auch noch das Drahtrentier mit den winzigen Lichtern ums Geweih, das Claire so liebte. Sie sollte das Rentier raussuchen. Sich ein wenig mehr Mühe geben. Sich auf die Zukunft konzentrieren – und auf ihr Weihnachtsfest mit den Kindern.

Vielleicht morgen.

Wenigstens aber sollte sie endlich den Kunstbaum aufstellen, den sie im Supermarkt gekauft hatte. Er war so klein, dass man nicht viel Weihnachtsschmuck brauchte, um ihn zu dekorieren. Was ihr nur recht war, denn der Weihnachtsschmuck auf dem Dachboden barg zu viele Erinnerungen. Wie etwa die Glasherzen, die sie während ihrer Flitterwochen in Venedig gekauft hatten, oder die Engel. Jim hatte ihr jedes Jahr im Dezember einen neuen für ihre Sammlung geschenkt.

Bis zu diesem Jahr.

Vielleicht sollte sie sich ganz neuen Weihnachtsschmuck anschaffen. Sozusagen auch beim Fest einen Neuanfang machen.

Erschöpft kramte Amy in ihren Taschen nach dem Schlüssel, doch die Haustür wurde aufgerissen, bevor sie ihn ins Schloss stecken konnte.

»Wo bleibst du denn so lange?«, fragte Jim verärgert. »Ich hab ein Dutzend Mal versucht, dich auf dem Handy zu erreichen.«

»Ich habe gearbeitet«, sagte Amy nachdrücklich. »Außerdem habe ich heute Nachmittag bei euch angerufen. Ich habe mit Jack gesprochen.«

»Und ihm gesagt, dass es in Ordnung ist, wenn er weggeht, obwohl das der einzige Abend ist, den ich mit den Kindern vor Weihnachten verbringen kann? Verstehst du das darunter, dass wir die Kinder nicht mit reinziehen wollten? Falls du wütend auf mich bist …«

»Okay, jetzt halt mal die Luft an«, erwiderte Amy barsch. Das Beste an der Trennung von Jim war, dass sie ihm keine Rechenschaft mehr schuldig war. Oder jemand anderem. Sie konnte ihre eigenen Entscheidungen treffen, so, wie sie es für richtig hielt, und sie musste sich ganz bestimmt nicht derart von ihm herunterputzen lassen. »Zunächst mal, was meinst du mit ›falls ich wütend auf dich bin‹? Jim, du hast mich nach fast zwanzig Jahren Ehe von jetzt auf gleich sitzen lassen, weil du eine Affäre mit deiner Sekretärin hast, was das ultimative Klischee ist. Glaub mir, ich werde noch eine ganze

Weile wütend auf dich sein.« Sie hielt die Stimme gesenkt, weil sie wusste, dass Claire irgendwo im Haus war. Aber das würde sie nicht davon abhalten, die Wahrheit auszusprechen.

Amy holte tief Luft, zufrieden, dass Jim einen Schritt zurückgewichen war und schuldbewusst wirkte, als sie sich an ihm vorbei ins Haus schob.

»Zweitens, es ist deine Entscheidung, an Weihnachten lieber mit besagter Sekretärin in den Skiurlaub zu fahren.« Amy zog den Mantel aus und legte ihn übers Geländer, statt ihn an der Garderobe aufzuhängen. Mit Absicht, denn sie wusste, dass Jim das immer wahnsinnig machte. »Ich habe dir gesagt, wenn du Weihnachten mit deinen Kindern verbringen willst, würden wir schon eine Lösung finden. Du hast deine Meinung geändert.«

»Bonnie hat gesagt …«

»Bonnie ist nicht Teil dieser Familie.« Noch nicht zumindest. Irgendwann würde sie wohl Jack und Claires Stiefmutter werden, und Amy würde lernen müssen, mit ihr auszukommen. Im Moment aber ging es nicht um sie, es ging um ihre Familie. »Und ich bin noch nicht fertig.«

»Ja. Entschuldige.« Er sah beschämt aus.

»Drittens ziehe ich die Kinder in gar nichts rein. Ich habe Jack gebeten, heute Abend zu Hause zu bleiben, und ich habe ihm ganz sicher nicht erlaubt wegzugehen.«

Es überraschte sie jedoch nicht besonders, dass er sich nicht an ihre Bitte gehalten hatte. Jack hatte seine Gefühle gegenüber seinem Vater in den vergangenen Monaten immer wieder sehr deutlich gemacht.

»Hast du nicht?«

»Nein, habe ich nicht.«

Sie blickten sich eine lange Weile an und ließen die Bedeutung dieser Worte sacken. Seit seinem Auszug hatte Jim sich auch äußerlich verändert. Schon Monate bevor er es ihr sagte, hatte sie geahnt, dass irgendetwas anders war. Es waren nicht nur die heimlichen Gespräche am Handy oder die vielen Dienstreisen und Überstunden. Es waren diese kleinen Veränderungen, die den Verdacht in ihr weckten – der neue Kleidungsstil und die Tatsache, dass er seiner Rasur und Frisur viel mehr Aufmerksamkeit widmete. Ganz zu schweigen von seiner plötzlichen Begeisterung für Countrymusik.

Sie hatte schon lange geahnt, dass er eine Affäre hatte, gestand sich Amy endlich ein. Sie hatte ihn jedoch nicht zur Rede gestellt. Nicht etwa, weil sie Angst hatte, ihn zu verlieren, sondern der Kinder wegen. Es wäre einfacher für alle, wenn sie sich blind stellte und so weitermachte wie bisher, damit die Familie nicht auseinanderbrach.

Aber manchmal war einfacher nicht besser, wie sie inzwischen wusste. Manchmal brauchte es eine große Veränderung, damit man die Chance auf ein schöneres Leben bekam.

Sie fragte sich allerdings, welchen Veränderungen sie sich wohl noch stellen musste.

»Also hat Jack uns ausgetrickst«, sagte Jim schließlich.

»Er hat dich ausgetrickst«, berichtigte Amy. »Hättest du mich angerufen …«

»Ich habe angerufen!«

»Bevor oder nachdem Jack aus dem Haus ist?« Amy stützte die Hände in die Hüften und wartete auf die Antwort, die sie bereits kannte.

»Danach.« Jim blickte sie finster an. »Er hat nicht wirklich darauf gewartet, dass ich ihm die Erlaubnis gebe.«

Amy seufzte. »Er ist siebzehn, Jim. Fast volljährig. Noch neun Monate, dann geht er zur Universität, und schon bald wird er selbst entscheiden, ob er uns zukünftig überhaupt noch sehen will. Wenn du willst, dass er ein Teil deines Lebens bleibt, dann musst du ihm einen Grund dafür geben.«

»Ich bin sein Vater!«, protestierte Jim. »Ist das nicht Grund genug?«

Nicht, wenn du dich nicht so verhältst. Nicht, wenn du ihn im Stich lässt und dich nicht um ihn kümmerst. Nicht, wenn du unsere Familie auseinanderreißt …

Amy schüttelte den Kopf. So durfte sie nicht denken. Tief in ihrem Inneren wusste sie, dass es Jack und Claire besser gehen würde, wenn Jim an ihrem Leben teilnahm. Er war zwar ein mieser Ehemann, aber er war immer ein guter Vater gewesen.

Bis jetzt.

»Musst du denn wirklich ausgerechnet an den Feiertagen in den Skiurlaub fahren?«, fragte sie. »Ich glaube, es würde den Kindern viel bedeuten, wenn du an diesem ersten anderen Weihnachten hier wärst.«

»Es ist schon alles gebucht«, erwiderte Jim matt. »Und Bonnie freut sich schon so sehr darauf.«

»Es ist deine Entscheidung«, wiederholte Amy. Zumindest konnte sie dafür sorgen, dass er Verantwortung für sein Handeln übernahm. »Wo ist Claire?«

»Sie ist nach oben gerannt, als Jack und ich uns gestritten haben.«

»Also vor ungefähr einer Stunde, oder?«, riet Amy.

»Ja, kann sein.«

»Hast du ihnen wenigstens Abendessen gemacht?«

Jim sah gekränkt aus. »Natürlich! In den vergangenen sechs Wochen habe ich nicht völlig verlernt, wie man sich als Vater verhält.«

Amy würdigte ihn keiner Antwort.

Sie lief die Treppe hoch und rief nach ihrer Tochter, erhielt jedoch keine Antwort. Claires Zimmertür war nur angelehnt. Sie stieß sie auf und steckte den Kopf ins Zimmer. »Claire?«

»Was?« Die Antwort kam von unter der Bettdecke. Amy konnte das Taschenlampenlicht erkennen. Sookie hatte sich auf dem Kissen zusammengerollt.

Amy beugte sich übers Bett und zog die Decke zurück, bis Claires Gesicht erschien. Sookie, die wohl spürte, dass sie nicht länger gebraucht wurde, sprang vom Bett und lief aus dem Zimmer.

»Was liest du denn da?«, fragte Amy und nickte zu dem Buch in Claires Hand.

Sie hielt es hoch, sodass Amy den Titel sehen konnte. *Der verlorene Hund*.

»Schon lange her, dass wir die Geschichte gemeinsam gelesen haben.« Mit sechs Jahren war es Claires Lieblingsbuch gewesen. Monatelang hatten sie jeden Abend vor dem Schlafengehen gemeinsam darin gelesen. Inzwischen war Claire doppelt so alt, aber offenbar fand sie Trost in der Geschichte.

Und dachte an Henry, darauf würde Amy wetten.

»Glaubst du, Henry wird je wieder nach Hause finden, so wie Rusty im Buch?« Claires Stimme klang verzweifelt. Man hätte meinen können, dass sie wieder sechs Jahre alt war. Amy vermisste diese Zeit, als ihre Kinder so klein waren, dass sie sie auf dem Schoß in den Armen halten und sich vorstellen konnte, dass sie sie nie loslassen musste.

»Ich weiß nicht, Schatz.« Sie beugte sich vor und küsste ihre Tochter auf den Kopf, dann nahm sie ihr das Buch aus den Händen. Lieblingsbuch oder nicht, es würde heute Abend nicht helfen. Das hatte sie im Gefühl. »Ich hoffe es. Und wir tun alles, was wir können, damit er wieder nach Hause kommt.«

»Aber nichts hat funktioniert«, jammerte Claire.

Sie hatte recht. Die Hoffnung, dass Henry den Weg nach Hause schon finden würde, war gut und schön. Aber das hieß nicht, dass sie nicht versuchen konnten, die Sache zu beschleunigen …

»Komm mit«, sagte Amy. »Lass uns nach unten gehen und mit deinem Dad reden. Vielleicht hat er ja eine Idee, wie wir Henry finden können.«

Zumindest konnte er sich dann wieder ein wenig in seiner Vaterrolle üben, während sie den Weihnachtsbaum hervorkramte. Bis sie damit fertig war, würde Jack hoffentlich auch wieder zu Hause sein, und sie konnten versuchen, auch diese Brücke zu flicken.

»Wir brauchen einen neuen Plan«, verkündete Amy, als sie mit Claire die Küche betrat. »Einen Plan, wie wir Henry finden.«

»An was hast du gedacht?«, fragte Jim.

Amy zuckte mit den Schultern und widerstand nur mit Mühe dem Drang, die Augen zu verdrehen. »Ich hatte darauf gehofft, dass dir noch etwas einfallen würde. Ich habe dir ja schon gesagt, dass wir bereits die Polizei benachrichtigt haben, und die relevanten Einrichtungen wissen auch Bescheid, dass Henry gechippt ist und immer noch vermisst wird. Wir rufen regelmäßig an, um nachzufragen, ob es etwas Neues gibt. Ich weiß nicht, was wir sonst noch tun können.«

»Aber irgendetwas müssen wir doch noch machen können«, sagte Claire und wirkte wieder mehr wie ein Fast-Teenager. Das verängstigte kleine Mädchen von vor zehn Minuten war verschwunden. »Denn was wir bis jetzt unternommen haben, bringt nichts. Wir brauchen etwas, das besser funktioniert.«

»Nun, wenn er hier in der Gegend weggelaufen wäre, hätten wir Plakate aufhängen können«, sagte Jim.

»Soll das heißen, du willst Plakate am Tor vom Buckingham-Palast aufhängen?«, fragte Amy mit hochgezogenen Augenbrauen. »Ernsthaft? Ich glaube, die Wachen hätten etwas dagegen.«

»Nein, natürlich will ich keine Plakate am Palasttor anbringen«, erwiderte Jim. »Aber irgendwie müssen wir doch mehr Leute darauf aufmerksam machen können, dass wir Henry suchen. Vielleicht übers Internet.«

»Wie wär's mit einer Suche über Facebook?«, schlug Claire vor. »Wir könnten ein Bild von Henry posten und darunter schreiben, wann und wo wir ihn verloren haben. Vielleicht hat ihn ja jemand gesehen, der an dem Tag auch dort war.«

»Eine Henry-Suchseite.« Jim schnippte mit den Fingern. »Genau!«

»Aber das musst du machen«, sagte Claire. »Ich bin noch nicht alt genug für Facebook. Angeblich.« Sie warf Amy einen genervten Blick zu.

»Und ich habe kein Profil mehr.« Amy sah Jim auffordernd an. Sie wollte nicht, dass er erfuhr, dass sie ihr Profil seinetwegen gelöscht hatte. Sie konnte es nicht ertragen, die harmonischen Weihnachtsfotos ihrer Freunde zu sehen, während ihr eigenes Leben um sie herum zusammenbrach. Und sie wollte ganz sicher nicht Bilder aus Jims neuem Leben zu Gesicht bekommen, die ihre gemeinsamen Freunde womöglich posteten, wenn sie etwas mit ihm unternahmen.

»Gut. Gibst du mir deinen Laptop?«, fragte Jim. Claire stürmte sofort los, um ihn zu holen.

»Glaubst du, das bringt etwas?«, fragte Amy und setze den Kessel auf. Ihr Vorhaben ging mit einer Tasse Tee sicher leichter von der Hand. Und vielleicht ein paar Mince Pies, falls Jack überhaupt welche übrig gelassen hatte. »Diese Facebook-Sache, meine ich.«

Jim zuckte mit den Schultern. »Einen Versuch ist es wert. Und außerdem …« Er spähte in den Flur, um sicherzustellen, dass Claire ihn nicht hörte. »Es wird ihr bestimmt besser gehen, wenn sie das Gefühl hat, dass wir etwas unternehmen.«

»Das stimmt«, sagte Amy. »Das Schlimmste ist, dass wir kaum etwas tun können, außer zu warten.«

»Tja, du warst schon immer ein sehr geduldiger Mensch.« Jim schenkte ihr ein halbes Lächeln, und Amy dachte, dass das wohl das Netteste war, was er seit Langem zu ihr gesagt hatte.

»Ich hoffe nur, dass Henry bald nach Hause kommt. Ich vermisse ihn.« Das Geständnis fühlte sich seltsam an. Früher war Henry immer Jims Hund gewesen, nicht ihrer. Etwas, das er und Jack miteinander teilten. Sie und Claire hatten Sookie.

Henry hatte sich jedoch klammheimlich in ihrer aller Herzen geschlichen. Mit ihm war, nach Jims Auszug, ein weiteres Stück der Geborgenheit ihres Zuhauses verloren gegangen.

»Das hoffe ich auch.« Zum ersten Mal wirkte auch Jim traurig.

Claire kam mit ihrem Laptop im Arm in die Küche gerannt. Amy wandte ihre Aufmerksamkeit wieder dem Kessel und den Mince Pies zu, während die beiden die Suchseite für Henry in Angriff nahmen. Sie stellte Teetassen und Naschereien auf den Küchentisch. Während Vater und Tochter die Köpfe über dem Laptop zusammensteckten, holte sie den Kunstbaum aus der Garage und schleifte ihn ins Wohnzimmer.

Zum Glück war er schnell aufgebaut. In der Tasche, die sie zusammen mit dem Weihnachtsbaum in einem Karton aufbewahrt hatte, fand sie ein paar billige Kugeln, die sie mit der Kunsttanne gekauft hatte, und eine kleine Lichterkette. Nicht viel, aber wenn der Baum geschmückt war, würde das Wohnzimmer wenigstens etwas festlichen Glanz ausstrahlen.

Als sie später wieder zurück in die Küche kam, waren der Tee getrunken und die Mince Pies aufgegessen, und auf Facebook gab es nun eine Henry-Gesucht-Seite. Amy schnappte sich eine weitere Schachtel Mince Pies und füllte den Teller auf.

»Das sieht toll aus«, sagte sie, als sie sich über Claires Schulter beugte und die Seite betrachtete. Claire hatte ein Foto von Henry vom letzten Weihnachtsfest eingestellt, auf dem er eine Papierkrone trug und das hübsche rote Halsband, das sie im Tierbedarfsladen als Geschenk für ihn gekauft hatte. Allein der Anblick weckte bei Amy erneut Sehnsucht nach seinem kleinen Fellgesicht.

»Claire hat die ganze Arbeit gemacht«, sagte Jim. »Ich habe uns nur eingeloggt.«

»Und was machen wir jetzt?«, fragte Amy.

»Wir warten.« Jim zuckte mit den Schultern. »Es kann eine Weile dauern, bis es sich herumspricht. Wir müssen die Seite in den nächsten Tagen einfach im Auge behalten und schauen, ob wir Kommentare oder Nachrichten bekommen. Vielleicht hat ihn ja jemand gesehen.«

»Ich werde sie nicht aus den Augen lassen«, sagte Claire. »Ich will wissen, wie viele Zugriffe wir haben.« Sie griff nach einem weiteren Mince Pie. »Wie viele Likes und wie oft sie geteilt wird. Je mehr Leute den Beitrag sehen, desto besser. Leute aus der ganzen Welt besichtigen den Buckingham-Palast, oder? Deshalb wäre es gut, wenn die Seite oft und überall geteilt wird. Weltweit. Irgendjemand muss Henry doch gesehen haben.«

Amy und Jim tauschten einen Blick. Claire war zwar jetzt abgelenkt, weil sie etwas zu tun hatte, Amy hoffte jedoch, dass sie ihr nicht falsche Hoffnungen damit machten.

Im selben Moment hörten sie einen Schlüssel im Schloss. Gleich darauf krachte die Haustür gegen den Telefontisch, obwohl Jack genau wusste, dass sie das hasste. Dennoch biss sie sich auf die Zunge und schwieg. An diesem Abend wollte sie ihre Familie wieder zusammenbringen, und sie kannte ihren Sohn. Je mehr sie an ihm herummeckerte, desto mehr würde er sich ihr entziehen. Im großen Universum spielte eine geknallte Tür ohnehin keine Rolle.

Die Beziehung zu seinem Vater aber schon.

»Jack, wie schön, dass du zu Hause bist«, sagte sie, als er in der Küchentür auftauchte und dort stehen blieb, wie immer, wenn er wusste, dass er in Schwierigkeiten war. »Ich habe gar nicht gewusst, dass du heute Abend noch etwas vorhattest.«

Sie sah, wie Jacks Blick zu seinem Vater huschte und sich ihre Blicke trafen.

Bitte, Jim, spiel ausnahmsweise einmal mit, dachte Amy. Andererseits – besäße sie telepathische Fähigkeiten, wäre es gar nicht erst zu ihrer Ehekrise gekommen.

Oder womöglich auch schon viel früher.

Zu ihrer Erleichterung biss Jim sich auf die Zunge. Später würde sie mit Jack ein Hühnchen rupfen und mit ihm ein Gespräch führen über Respekt, das Gegeneinanderausspielen von Eltern und über die Wichtigkeit, sich Zeit für die Familie zu nehmen.

Im Augenblick wollte sie aber nur, dass er sich tatsächlich Zeit für die Familie nahm.

»Äh, Toby hat angerufen und mich gebeten, ihm zu helfen«, sagte Jack. Sein Blick fiel auf den Laptop, den Claire immer noch anstarrte. »Hey, was ist das?«

»Eine Henry-Gesucht-Seite«, antwortete Claire, ohne den Blick vom Bildschirm zu nehmen. »Dad hat mir geholfen, sie einzurichten. Vielleicht finden wir auf diese Weise jemanden, der Henry beim Palast am vergangenen Wochenende gesehen hat.«

»Das ist … eine gute Idee.« Verwundert blickte Jack seinen Vater an. »Hattet ihr schon Erfolg?«

Claire schüttelte den Kopf. »Aber die Seite ist schon zehn Mal geteilt worden, und über fünfzig Leute haben darauf zugegriffen. Und es gibt ein paar Kommentare von Dads

Freunden, die in London arbeiten. Sie wollen sich umhören, ob ihn jemand gesehen hat.«

»Das ist zumindest ein Anfang«, sagte Jack und nahm sich einen Mince Pie vom Teller. »Ich werde die Seite in ein paar meiner Gruppen teilen. Mal sehen, ob es etwas bringt. Am besten du trägst mich auch als Administrator ein, dann kann ich mehr machen.«

Bald schon arbeiteten sie gemeinsam: Jack am Handy und Claire am Laptop. Jim fing Amys Blick ein und lächelte, und sie lächelte unwillkürlich zurück.

Vielleicht, nur vielleicht, würde jetzt alles besser werden.

Und vielleicht kam Henry bald nach Hause, zu seiner Familie.

Tag 5

Mittwoch, 18. Dezember

HENRY

Am nächsten Morgen wachte ich so warm und wohlig auf, wie schon lange nicht mehr. Genau genommen, seit ich das Haus der Walkers verlassen hatte. Es dauerte einen Moment, bis ich merkte, was der Grund dafür war, und bis dahin war auch Candy aufgewacht und sagte gereizt, dass ich von ihr wegrücken sollte.

Ich verdrehte die Augen und hüpfte aus dem Korb. Unten angekommen, streckte ich mich ausgiebig. Offenbar war ich in der Nacht ein gern gesehener Kamerad, wenn sie Angst hatte und einen Freund brauchte, aber nicht am Tag, wenn die anderen Hunde es sehen konnten.

Nun ja. Sie würde schon bald merken, dass ich immer ein ausgezeichneter Freund war, bei Tag und bei Nacht.

Ein weiterer Tag im Palast begann, und ich dachte, ich wüsste schon, was mich erwarten würde. In diesem Haus herrschten Tradition, Ordnung und Routine. Selbst für uns Hunde liefen die Tage immer gleich ab, so wie es vor Jahren festgelegt worden war. Es gab nur sehr wenig Abwechslung.

Und deshalb war ich auch so besorgt, als ich Sarah nach dem Frühstück nicht finden konnte.

Ich hatte an den üblichen Plätzen nach ihr gesehen, in allen Räumen, um die sie sich sonst kümmerte, und war auf der Suche nach ihr durch Flure und Galerien gerannt. Ich nahm jedoch nicht einmal den Hauch einer Duftspur von ihr wahr.

Einige andere Menschen traf ich jedoch. In einem der größeren Räume rückten sie Möbel und stellten neue Tische und Stühle auf, die vorher nicht da gewesen waren. Irgendetwas war hier im Gange. Hatte Sarah etwas damit zu tun?

Allein dem Zufall war es zu verdanken, dass ich sie endlich fand. Sie lief einen Flur entlang, den ich noch nicht erkundet hatte.

»Henry!« Sarah schien erfreut, mich zu sehen, und mir wurde ganz warm ums Herz. »Ich habe mich schon gefragt, ob du mich finden würdest. Ich habe heute frei.«

Ein freier Tag. Amy und Jim verbrachten ihre freien Tage meistens irgendwo anders als im Haus. Aber wenn das Haus so groß war wie der Buckingham-Palast, dann wollte Sarah vielleicht gar nicht rausgehen.

»Ich dachte, ich nutze ihn, um ein paar Dinge zu erledigen, wie Weihnachtskarten zu schreiben«, sagte sie, während ich neben ihr herlief. »Ich habe den ganzen Vormittag damit verbracht. Es ist schon komisch, denn dadurch merkt man erst, wie vielen Menschen man sonst persönlich frohe Weihnachten wünscht. Ich habe aber schließlich beschlossen, nur eine Karte an die Kirche im Dorf zu schicken und eine an den Pub, sonst wäre ich immer noch nicht fertig!«

Der Stapel Umschläge in ihrer Hand verriet jedoch, dass

sie ihre Liste wohl doch nicht so stark ausgedünnt hatte, wie sie behauptete. Das erinnerte mich an die Zeit, als Claire noch kleiner war und Amy sie mit Schokolade bestechen musste, damit sie den anderen Kindern in ihrer Klasse Weihnachtskarten schrieb. Mir erschien das alles immer ziemlich lächerlich. Diese ganzen Karten, die in die Welt geschickt wurden, und mindestens ebenso viele, die wieder zurückkamen. Amy fädelte sie auf Bänder, die sie am Treppengeländer aufhängte, und ich bekam mächtig Ärger, wenn ich damit spielen wollte. An Neujahr wanderten alle Karten dann in den Papiermüll. Was für eine Verschwendung.

In diesem Jahr lagen die meisten Karten, die wir erhalten hatten, jedoch immer noch auf einem Stapel auf der Küchentheke. Zumindest war das so gewesen, als ich das Haus verlassen hatte. Und ich hatte Amy selbst gar keine Karten schreiben sehen.

»Und jetzt will ich zur Post, um sie einzuwerfen«, fuhr Sarah fröhlich fort und rief mich in die Gegenwart zurück. »Willst du mitkommen?«

Ich blieb stehen.

Klar wollte ich. Sarah war inzwischen zu meiner besten Freundin im Palast geworden. Vielleicht würde sie sogar meine einzige Freundin bleiben, obwohl die gemeinsame Nacht mit Candy Anlass zur Hoffnung gab, dass wir doch noch Freunde werden könnten. Allerdings befanden sich Postämter meist in Einkaufszentren oder auf der Hauptstraße – das wusste ich, da Amy und ich uns dort häufig in die langen Warteschlangen eingereiht hatten. Zwar durfte ich mich im Palast frei bewegen, aber ich durfte auf keinen Fall den Garten verlassen, das hatte mir Willow eindringlich erklärt. Und ich wollte nicht, dass Sarah Ärger bekam, weil sie mit mir das Palastgelände verlassen hatte.

Sarah betrachtete mich und lachte. Dann, als hätte sie meine Gedanken gelesen, sagte sie: »Keine Sorge, Dummerchen. Du musst den Palast nicht verlassen. Es gibt eine Post direkt hier im Haus.«

Das hatte ich nicht gewusst. Willow hielt die Information wohl nicht für wichtig genug, um sie mir mitzuteilen.

Fröhlich trabte ich neben Sarah her. Ich war neugierig auf die Post.

»Es gibt wohl auch ein Schwimmbad und ein Kino«, erzählte Sarah, während wir weitergingen. »Ich habe überlegt, ob ich später mal baden gehen soll, wenn der Eintritt frei ist. Vielleicht trete ich auch dem Palastfilmklub bei. Wenn ich Freunde finden will, muss ich mich auch irgendwie unter die Leute mischen und mich einbringen, oder?«

Ich hoffte, dass sie damit recht hatte. Mir gefiel es nicht, wenn Sarah traurig war, weil sie noch keine Freunde unter den anderen Angestellten gefunden hatte. Sie war solch ein lieber Mensch, aber ich wusste, dass die anderen sich wegen ihres Akzents oft lustig über sie machten. Mir gefiel die Art, wie Sarah sprach. Sie war herzlich und freundlich. Viel freundlicher als die anderen Stimmen, die ich im Palast hörte.

Es musste doch andere Menschen im Palast geben, die Sarahs gute Seiten zu schätzen wussten, statt nur auf den Sachen herumzuhacken, die sie für schlecht hielten. Es konnten ja nicht alle fies und gemein sein. Vermutlich war es so wie bei Claire. Als sie im vergangenen Jahr auf die neue Schule kam, waren drei der Mädchen wirklich gemein zu ihr gewesen. Claire hatte deswegen angenommen, dass alle Klassenkameraden so fies waren, aber nach ein paar Wochen hatte sie schnell nette Freunde gefunden.

Man musste nur die richtigen Menschen finden. Wenn Sarah das nicht allein gelang, würde ich ihr helfen.

Ich folgte ihr zur Palastpoststelle, vor deren Schalter sich schon eine lange Schlange aufgereiht hatte. Offenbar war es hier auch nicht anders als bei den Postämtern, die ich kannte.

Aufmerksam ließ ich meinen Blick über die anderen Palastangestellten schweifen. Nach einer Weile entdeckte ich eine Frau in Sarahs Alter mit braunen Haaren und noch brauneren Augen, die Umschläge mit Briefmarken beklebte. Wie wäre es mit ihr? Sie sah freundlich aus.

Ich schob mich an mehreren Beinen vorbei und lief zu der Frau, wissend, dass Sarah mir folgen würde. Ich drückte mich gegen die Beine der Frau, bis sie zu mir heruntersah.

»Oh!«, rief sie überrascht. »Hallo, du.«

»Henry …« Sarah hatte sich durch die Menge zu mir durchgekämpft. »Tut mir leid. Offenbar ist er wegen des Besuchs in der Poststelle ganz aus dem Häuschen.«

»Schon in Ordnung.« Die Frau lächelte uns an. »Du bist Sarah Morgan, oder? Das neue Hausmädchen?«

»Ja.« Ich spürte, wie Sarah sich wappnete, vermutlich bereitete sie sich auf einen weiteren Scherz über ihre Art zu reden oder eine Stichelei wegen ihres Patenonkels vor. Ich setzte mich auf ihre Füße und versuchte, sie zu beruhigen. Sie musste mir einfach vertrauen.

»Schön, dich kennenzulernen. Ich bin Harriet.« Die Frau streckte die Hand aus. Sarah ergriff sie mit überraschtem Lächeln. »Ich hoffe, du hast dich schon gut eingelebt. Wie ich sehe, hast du bereits Freundschaft mit den wichtigsten Bewohnern geschlossen.«

Sarah lachte. »Ich glaube eher, dass Henry mich adoptiert hat.«

Harriet klebte die letzte Briefmarke auf einen Umschlag und winkte zum Abschied. Dann ging sie zu dem großen roten Kasten in der Ecke und warf die Umschläge hinein.

»Vielleicht gibt es hier doch ein paar nette Leute«, murmelte Sarah, und ich bellte zustimmend. »Komm schon, Henry. Stellen wir uns an.«

Ich fädelte mich durch die Menschen und folgte ihr zum Ende der Schlange. Als wir unseren Platz einnahmen, drehte sich der Mann vor uns um, und ich sah, wie sich ein strahlendes Lächeln auf Sarahs Gesicht ausbreitete.

»Oliver!«, rief sie.

Natürlich. Oliver Kinchen-Williams. Er war auch nett zu Sarah gewesen. Und Sarahs Patenonkel hatte ihr sogar aufgetragen, ihn aufzusuchen. Das zählte als persönliche Empfehlung.

Oh, ich war gut. Zwei neue Freunde für Sarah an einem Morgen!

»Hallo, ihr beiden«, sagte er und streichelte mich. »Offenbar hat er dich wirklich ins Herz geschlossen, was?«

Sarah errötete und sah dabei sehr hübsch aus. »Es scheint so. Aber ich mag ihn auch ganz schön gern.«

»Der Glückliche. Du verschickst Weihnachtskarten?«, fragte Oliver und deutete auf den Stapel in Sarahs Händen.

Sarah nickte. »Zum ersten Mal verbringe ich Weihnachten nicht zu Hause«, gab sie zu. »Als ich die Stelle annahm … Ach, das ist nicht wichtig.«

»Doch, ist es«, widersprach Oliver freundlich.

»Es ist nur ... Als ich die Stelle bekommen habe, war ich total aufgeregt, dass ich Weihnachten im Palast verbringen würde. Ich freute mich auf den großartigen Weihnachtsschmuck, die glanzvollen Feierlichkeiten ... einfach auf alles. Doch je näher der große Tag rückt, desto mehr Heimweh bekomme ich.«

»Es ist schon merkwürdig, wenn man an Weihnachten so weit von zu Hause entfernt ist. Glaub mir, ich weiß das aus Erfahrung.«

»Hast du es weit nach Hause?«, fragte Sarah neugierig. »Du klingst so, als wärst du hier im Palast geboren und aufgewachsen. Nicht so wie ich.«

Oliver lachte. »Ich mag deinen Akzent. Devon?«

»Nah dran«, gab Sarah zu. »Meine Eltern haben einen Bauernhof in Somerset.«

»Wie wundervoll«, meinte Oliver. »Meine Eltern sind vor ein paar Jahren in Rente gegangen und nach Neuseeland ausgewandert. Dort haben sie eine Schaffarm übernommen. Obwohl ich nicht weit von hier aufgewachsen bin, fühle ich mich manchmal doch ganz schön weit von zu Hause entfernt.«

»Das liegt wohl daran, dass unser Zuhause mehr aus den geliebten Menschen besteht, nicht dem Ort«, überlegte Sarah. Ich wusste genau, was sie meinte. Der Buckingham-Palast war das grandioseste Haus, das man sich vorstellen konnte, aber ohne meine Familie ... konnte ich mich nicht so richtig wohlfühlen.

»Und welche Menschen vermisst du an diesem Weihnachtsfest?«, fragte Oliver. »Denn das sind ganz schön viele Karten.«

»Fast wären es noch mehr geworden! Ich dachte, dass die

Leute wohl ziemlich begeistert sein würden, wenn sie eine Karte mit dem Poststempel des Palastes erhalten, deshalb wollte ich allen eine schicken.« Sarah fächerte die Karten auf, um die Namen zu lesen. »Eine ist natürlich für meine Eltern und meine Großeltern. Dann noch eine für meine beste Freundin Rachel und ein paar alte Schulfreunde, die weggezogen sind. Ich wollte auch allen in der Kirchengemeinde und im Pub schreiben, aber dann habe ich mich doch auf eine Karte beschränkt. Dann noch einige Tanten, Onkel, Cousinen, meinen Patenonkel Tom natürlich und …« Sie brach ab und musterte die letzte Karte in ihrer Hand.

»Wer ist Debbie?«, fragte Oliver. Er hatte den Namen auf dem Umschlag gelesen.

»Die Mutter von meinem Ex-Freund David«, sagte Sarah leise.

»Ah.«

»Ja. Ich war mir nicht sicher, ob ich ihr eine Karte schicken soll. David und ich haben uns vor ein paar Monaten getrennt und, nun ja, wir gingen nicht gerade im Guten auseinander.« Sarah schüttelte den Kopf, als wolle sie die schlimmen Erinnerungen vertreiben. Sarah hatte mir so einiges über diesen David erzählt, was ihn mir nicht besonders sympathisch machte. »Aber ich kannte Debbie schon, bevor ich mit David zusammenkam. Sie führt den Lebensmittelladen im Ort. Wir haben eng mit ihr zusammengearbeitet, meine Eltern und ich. Wir waren Freunde. Und dann kam David nach seinem Studium von der Universität nach Hause, und wir lernten uns besser kennen und, tja, der Rest ist Geschichte. Ich fand es jedoch schade, Debbie als Freundin zu verlieren, als es zwischen David und mir aus war.«

»Dann ist es nett von dir, dass du ihr eine Karte schickst«, meinte Oliver. »Weihnachten ist schließlich die beste Zeit, um zerbrochene Freundschaften zu kitten.«

»Ja«, sagte Sarah bedächtig. Sie schaute Oliver an, und Erkenntnis dämmerte in ihrem Gesicht. »Ja, das stimmt. Und vielleicht auch … um neue Freundschaften zu schließen.«

»Ganz bestimmt«, bestätigte Oliver.

Nach dem Besuch bei der Post begleitete ich Sarah durch den Palast. Sie schaute sich zuerst das Schwimmbad an und machte sich anschließend auf den Weg zum Kino. Sorgfältig notierte sie sich die Uhrzeit der nächsten Vorführung.

»Oh! *Das Wunder von Manhattan* – mein Lieblingsfilm«, rief sie, als sie das Plakat für eine Weihnachtsvorführung am nächsten Tag entdeckte. »Ich frage mich, ob im Kino Hunde erlaubt sind«, fügte sie mit einem Lächeln in meine Richtung hinzu.

Ich dachte, dass die Antwort auf diese Frage bestimmt Ja lautete. Immerhin durfte ich sonst auch überall hin. Und die Filmabende bei den Walkers hatten mir immer Spaß gemacht. Da saßen alle gemütlich zusammen, ohne dass jemand zur Arbeit oder zur Schule oder zu Freunden hasten musste oder noch Aufgaben zu erledigen hatte. Ich konnte mich auf dem Sofa zwischen sie kuscheln und wurde eine oder zwei Stunden lang gestreichelt und gekrault. Das absolute Paradies. Außerdem gab es immer tolle Snacks, und Jack und Claire teilten sie gern mit mir.

Allein der Gedanke daran weckte bei mir Heimweh. Es war schön, dass ich Freundschaft mit Sarah geschlossen hatte, auf diese Weise konnten wir uns wenigstens gegenseitig bei unserem Heimweh beistehen. Und vielleicht traf sie ja im Kino weitere Freunde. Menschen, die dieselben Sachen mochten wie sie.

Filme, wenigstens die, die ich kannte, schienen die Menschen immer zusammenzubringen, vor allem die Weihnachtsfilme. Sogar in denen, die Jack am liebsten mochte und in denen Aliens die Welt erobern wollten oder so ein Zeug, wurden immer ein paar Menschen zu Freunden.

Und genau das brauchte Sarah – einen Freund im Palast, der kein Hund war. Mir gefiel es zwar, ihr bester Freund zu sein, aber ich wusste auch, dass es nicht dasselbe war, wie jemanden zu haben, mit dem sie ein richtiges Gespräch führen konnte. Außerdem hoffte ich ja immer noch, dass ich bald nach Hause zurückkehren konnte, und mir gefiel der Gedanke nicht, Sarah allein zurückzulassen.

Nein, ich musste für Sarah einen richtigen Menschenfreund finden. Vielleicht Harriet von vorhin oder eines der anderen Hausmädchen oder jemanden aus der Küche. Jemanden, mit dem sie schwimmen und ins Kino gehen konnte, um ihren Lieblingsfilm anzuschauen.

»Ich frage mich, ob Oliver Filme mag«, sagte Sarah. Ihre Stimme klang leise, und ihre Wangen röteten sich.

In diesem Moment ging mir ein Licht auf. Hier lief nicht einer von Jacks Katastrophenfilmen, sondern einer der Filme, die Amy und Claire gerne für den Filmabend aussuchten. Ein Film, bei dem sich ein Mann und eine Frau unter einem Mistelzweig küssten oder bei dem er ihr im Regen nachrannte, um ihr zu sagen, dass er sie liebte. Ein Film mit Happy End, in dem sich zwei Menschen fanden und glücklicher miteinander waren als je zuvor.

Und ich verstand: Sarah verdiente mehr als nur ein paar Leute im Palast, die sich nicht über sie lustig machten. Sie verdiente Liebe. Romantik. Jemanden, der ihr zeigte, dass sie etwas ganz Besonderes und liebenswert war.

Und Oliver schien genau der Richtige dafür zu sein. Für solche Dinge hatte ich ein Näschen.

Jetzt musste ich nur noch herausfinden, wie ich dafür sorgen konnte, dass er das auch begriff.

Ich schüttelte meine Ohren. So schwer konnte das ja nicht sein. Die Menschen in den Filmen bekamen ständig ihr Happy End, und ich war viel schlauer als sie.

Ich brauchte bloß noch einen Plan …

AMY

»Wie läuft's?«, fragte Amy, während sie hastig die Pausenpakete für die Kinder und sich zubereitete. Das war billiger als das Schulessen, aber der Aufwand brachte sie auch jeden Morgen ins Trudeln. Vor allem Claires Ansprüche zu erfüllen und ihr genügend Abwechslung zu bieten war anstrengend. Würde es sie wirklich umbringen, wenn sie jeden Tag ein Käse-Gurken-Sandwich aß wie Amy in den vier Jahren ihrer Grundschulzeit? Aber nein, es musste ja Pastasalat oder Chicken Wraps sein oder was ihr sonst noch so einfiel.

Aus purer Nostalgie machte sich Amy ein Käse-Gurken-Sandwich.

»Eintausend Mal geteilt über Nacht!«, rief Claire. »Es spricht sich ganz schön schnell herum.«

»Das ist toll, Schatz.«

Im Obstkorb fischte Amy nach der am wenigsten verschrumpelten Clementine, die sie in Claires Frühstücksbox legen wollte. Dabei schlängelte sich Sookie um ihre Beine und brachte sie fast zum Stolpern. Im selben Moment klingelte Amys Handy, und sie seufzte auf. Sie brauchte erst gar nicht nachzusehen, wer es war. Sie ahnte schon, dass der Anruf aus der Praxis kam. Wieder mal. Die Grippesaison war auf ihrem Höhepunkt. Das bedeutete, dass sie doppelt so viel Zulauf an Patienten hatten, die unbedingt noch auf den letzten Drücker die Impfung wollten, die sie sich schon vor Monaten hätten geben lassen sollen. Außerdem gab es mindestens ebenso viele Kranke, die dringend einen der Ärzte sehen wollten, auch wenn die ihnen meist kaum etwas anderes raten konnten, als sich zu Hause ins Bett zu legen. Ganz zu schweigen von dem Magenvirus, der beim Praxispersonal zugeschlagen hatte. Im Moment sah es wirklich nicht danach aus, als ob die Arbeit vor Weihnachten weniger werden würde.

»Zeig mal.« Jack kam in die Küche, den Schulrucksack über der Schulter, und ließ sich auf den Stuhl neben Claire plumpsen.

»Jack, stellst du dir dein Mittagessen selbst zusammen?«, fragte Amy und hoffte, dass er ihr helfen würde, auch wenn sie wusste, dass die Antwort »Nein« lauten würde.

»Gleich, Mum.«

Amy seufzte erneut. Sie wusste, was »gleich« bedeutete. Es hieß: »Ich warte einfach so lange damit, bis du es machst, weil du nicht willst, dass wir zu spät kommen.« Das hatte sie schon mehrfach erlebt.

»Jack, wir müssen uns beeilen. Claire ist schon fertig, deshalb darf sie an den Computer. Hast du überhaupt schon gefrühstückt?«

»Nein. Ich nehme mir gleich etwas.«

Amys Handy klingelte erneut, dieses Mal hartnäckiger, daher griff sie danach und sparte sich die Antwort auf Jacks Bemerkung. Sollte er doch hungrig zur Schule gehen, vielleicht würde er daraus lernen und das nächste Mal früher in die Gänge kommen. Oder auch nicht.

Das Display ihres Handys zeigte eine SMS von Shireen.

Flora ist krank, daher kann ich heute nicht kommen.

Flora war Shireens drei Jahre alte Tochter.

Kannst du früher in die Praxis fahren und für mich aufschließen? Ich habe eine Aushilfe besorgt, aber sie kann erst um 9 Uhr da sein.

Amy schaute auf die Uhr. Früher in der Praxis sein? Sie konnte sich glücklich schätzen, wenn sie überhaupt rechtzeitig zum Dienst kam, wenn das so weiterging.

Ich versuch's und geb mein Bestes, schrieb sie zurück. Das tat sie ja immer. Ihr Bestes geben.

Sie wünschte nur, dass es sich öfter so anfühlen würde, dass ihr Bestes auch gut genug war.

»Okay, Leute, wir müssen dringend los. Jack, wenn ich dich zur Schule fahren soll, musst du in fünfzehn Minuten fertig sein. Claire, dasselbe gilt für dich.«

Keines der Kinder antwortete. Natürlich nicht.

Generyt packte Amy auch noch das letzte Lunchpaket und legte es zu den anderen auf den Küchentisch, zusammen mit einigen anderen Dingen, die sie auf keinen Fall vergessen durfte.

Ihr Handy klingelte erneut. Amy betrachtete es finster, bis sie die Nachricht öffnete.

Gibt es schon Neuigkeiten von Henry?, hatte Luke geschrieben. *Oh und ich hab gerade Shireens Nachricht wegen Flora bekommen. Ich bin schon auf dem Weg in die Praxis. Ich werde mit Daisy da sein, um aufzuschließen, also keine Sorge, falls du es nicht schaffst.*

Lächelnd tippte Amy eine Antwort: *Das übliche Morgenchaos hier und immer noch keine Nachricht von Henry. Danke fürs Aufschließen. Keine Ahnung, warum du so nett zu mir bist!*

Lukes Antwort kam beinahe sofort.

Weil du es verdienst.

Amy las die Nachricht mehrmals, ehe sie das Handy in die Tasche schob und ihre Aufmerksamkeit wieder auf ihre Kinder richtete.

»Tausend Mal geteilt ist ein guter Anfang«, sagte Jack und tastete auf dem Mousepad herum. »Aber wir brauchen mehr. Irgendetwas, womit wir die Fantasie der Leute anregen. Ich meine, London ist riesig, Henry könnte überall sein. Wir müssen die Leute irgendwie anspornen, aktiv nach ihm zu suchen.«

»Oder wir könnten uns alle für die Schule und Arbeit fertig machen«, schlug Amy vor und erntete einen vernichtenden Blick von Jack und Claire. »Schaut, ich will Henry genauso dringend wiederfinden wie ihr, aber das heißt nicht, dass die Welt stillsteht, bis wir ihn gefunden haben. Ihr müsst trotzdem zur Schule und ich zur Arbeit. Das Essen muss immer noch gekocht werden und das Haus geputzt. Wir tun, was wir können, um Henry zu finden, okay?

Aber das heißt nicht, dass wir alles andere vernachlässigen dürfen.«

Es piepte erneut, und Amy griff schon nach ihrem Handy, aber diesmal kam das Piepen aus dem Laptop.

»Moment …« Jack machte ein paar Klicks, und mit jedem Klick hellte sich seine Miene ein wenig mehr auf. »Warte. Warte. Ha, das ist gut!«

»Was ist gut?«, fragte Amy, während Claire ihren Bruder zur Seite schubste.

»Lass mich auch mal sehen. Dad hat mir die Verantwortung für die Seite gegeben. Da steht mein Name drauf. Du bist nur zweiter Admin.«

»Was ist los?«, wiederholte Amy ungeduldig.

»Eine Nachricht! Von jemandem, der sagt, dass er Henry gesehen hat!« Claire hopste aufgeregt auf dem Stuhl herum.

»Sie haben ihn streunend im St. James's Park gefunden, und er ist jetzt bei ihnen in Sicherheit!« Auch Jack klang aufgekratzt.

Amy lief zu den beiden hinüber. »Hat er ein Foto geschickt? Oder weitere Einzelheiten?«

»Nein.« Jack überflog die Nachricht. »Er fragt, ob er einen Finderlohn bekommt, weil er ihn gefunden hat. Wir können ihm doch einen Finderlohn geben, oder?«

Geld. Natürlich. Alles drehte sich immer wieder um Geld. Amy schüttelte den Kopf. Irgendetwas an dieser Nachricht kam ihr merkwürdig vor, doch sie hatte jetzt keine Zeit, darüber nachzudenken.

»Ich weiß nicht. Das kann ja jeder schreiben«, stellte sie fest. Es tat ihr leid, dass sie die aufkeimende Hoffnung ersticken musste, aber sie wollte auch nicht, dass ihre Kinder enttäuscht wurden. »Wir müssen mit eurem Vater reden. Die Seite läuft über ihn, vielleicht kann er mehr über denjenigen herausfinden, der uns da geschrieben hat.« Und wenn dieser Mensch Henry wirklich gefunden hatte und eine Belohnung wollte, würde er ohnehin mit Jim reden müssen. Sie hatte kaum noch genug Geld, um bis zum Monatsende über die Runden zu kommen.

»Und wenn Henry wieder wegläuft?«, fragte Claire. »Wir müssen ihn jetzt gleich abholen!«

»Jetzt gleich müssen wir bloß zur Schule und zur Arbeit«, erwiderte Amy nachdrücklich. »Jack, leite die Nachricht an meine E-Mail-Adresse weiter, und ich versuche, mit eurem Vater zu reden. Oder du übernimmst das«, fügte sie hinzu. Sie wollte zwar nicht, dass Jack allein mit dem Verfasser der Nachricht Kontakt aufnahm, aber er war durchaus alt genug, um diese Sache gemeinsam mit seinem Vater zu regeln. »Und heute Abend überlegen wir dann, was wir machen. Zusammen. Okay?«

»Schön«, erwiderte Jack schmollend. »Ich ruf Dad an.«

»Großartig. Aber erst nach der Schule.« Amy schnappte sich ihre Handtasche und das Essenspaket vom Tisch. »Und jetzt los, sonst kommen wir alle zu spät!«

Mürrisch packten die Kinder ihre Sachen ein. Amy seufzte. Sie spielte wirklich nicht gern die Spaßbremsenmutter, die ihren Kindern das Leben vermieste. Aber sie wollte auch nicht, dass sie zu spät kamen oder ohne Essen in der Schule dastanden. Es musste alles im Gleichgewicht bleiben, irgendwie …

Eine Erinnerung vom vergangenen Jahr schoss ihr in den Kopf, und Amy musste unwillkürlich schmunzeln.

»Ich sag euch was, ich lege im Auto eine Weihnachts-CD auf.«

Jack stöhnte, aber Claires Stimmung heiterte sich auf.

»Die CD, die ich dir letztes Jahr gebrannt habe?«, fragte sie.

»Ja«, bestätigte Amy. »Und wir können mitsingen.« Musik sorgte immer für gute Laune.

»Du wirst wieder die Fenster öffnen, wenn wir bei einer roten Ampel stehen bleiben müssen, und die anderen Leute traumatisieren, oder?« Jack verdrehte die Augen, aber Amy wusste, dass er es insgeheim genauso sehr liebte wie sie und Claire.

»Auf jeden Fall!«, antwortete sie, und Claire quietschte vor Freude. Vielleicht würde der Tag doch keine so große Katastrophe werden.

HENRY

Als ich nach dem Abendessen ins Corgi-Zimmer zurückkehrte, überlegte ich immer noch, wie ich aus Oliver und Sarah ein Paar machen konnte. Ich wusste, dass es richtig war, die beiden zusammenzubringen, nur wie? Ich konnte ja leider nicht mit ihnen reden und ihnen sagen, dass sie füreinander geschaffen waren.

Nein, ihnen das klarzumachen würde Arbeit erfordern und einen guten Plan.

Ich wünschte, ich hätte Claires und Amys DVD-Sammlung zur Hilfe, aber wie es aussah, musste ich auf mein Gedächtnis vertrauen. Außerdem hatte ich bisher in keinem der Räume, die ich erkundet hatte, einen Fernseher gesehen. Irgendwo mussten die doch aber sein.

Ich war so vertieft in meine Gedanken, weshalb ich nicht bemerkte, dass Vulcan und die anderen hinter der Tür stehen geblieben waren. Ich trat über die Schwelle, und schwupps stürzte sich Vulcan auf mich und biss mir in die Seite. Nicht so stark, dass es wehtat, aber heftig genug, um mir einen Schrecken einzujagen.

»Hey!« Ich riss mich los. »Wofür ist das denn?!«

Vulcan umkreiste mich mit gefletschten Zähnen. Der Dorgi war so dicht über dem Boden, dass er mehrere Zentimeter kleiner war als ich. Auf seinen Stummelbeinen sah er auch nicht wirklich Furcht einflößend aus, aber er gab sich große Mühe.

»Okay. Warum beruhigen wir uns nicht alle erst mal und reden darüber«, sagte ich. Vorsichtig machte ich kleine Schritte rückwärts, um aus Vulcans Reichweite zu gelangen. Ich war ein Verfechter der Liebe, kein Kämpfer. Na ja, genau genommen war ich nichts von beidem. Ich war mir aber sicher, dass ich nach einem Kampf mit einem stämmigen Dorgi, der kaum den Palast verließ, bestimmt nicht gut aussehen würde.

»Ja, lass uns reden«, knurrte Vulcan. »Lass uns darüber reden, dass du unseren guten Ruf befleckst. Und darüber, dass du eine Schande für deine Rasse bist.«

»Eine Schande? Ich? Wieso?« Nun war ich baff. Ich hatte alles getan, was Willow mir gesagt hatte. Ich achtete darauf, dass ich zu den Mahlzeiten nicht zu spät kam, erkundete den Palast, als gehöre er mir, und machte Spaziergänge im Garten wie die anderen. Was war daran falsch?

»Du verbrüderst dich mit dem Personal.« Vulcan spuckte das letzte Wort aus, als sei es eines von den schlimmen Wörtern, die Jim nie benutzen durfte, wenn die Kinder in der Nähe waren. »Wir haben gesehen, wie du im Garten mit dem Hausmädchen spazieren gegangen bist. Und wie du dich mit dem Senior-Hausdiener unterhalten hast. Das muss aufhören.«

»Ach, hier geht es um Sarah und Oliver?« Ich schüttelte verblüfft den Kopf. »Was um alles in der Welt ist falsch daran, Zeit mit den Menschen zu verbringen?« Zumal sie sehr viel netter zu mir waren als die Hunde.

»Das sind nicht irgendwelche Menschen«, mischte sich Willow ein. Sie saß etwas abseits und beobachtete meine Auseinandersetzung mit Vulcan interessiert. Ich hatte keinen Zweifel daran, auf wessen Seite sie stand.

Ich sah mich nach Candy um. Sie saß zusammengekauert in einer Ecke und schaute ebenfalls zu. In ihrer Miene spiegelte sich jedoch Unschlüssigkeit.

»Sarah ist ein ganz lieber Mensch«, erwiderte ich stur. »Sie ist freundlich, führt mich spazieren, und außerdem füttert sie uns ganz oft. Warum sollte ich mich denn nicht mit ihr anfreunden?«

»Weil sie keine von uns ist«, antwortete Willow herablassend.

»Was? Ein Hund?« All das war sehr verwirrend.

»Sie ist ein Dienstmädchen«, knurrte Vulcan. »Wir sind royale Hunde. Teil der königlichen Familie. Wir herrschen in diesem Palast.«

»Ganz genau«, stimmte Willow zu. »Wir sind wichtig. Alle anderen, außer unserer Familie, sind unsere Untergebenen. Sie sind hier, um uns zu bedienen, nicht um unsere Freunde zu sein.«

»Das verstehe ich nicht«, gab ich zu.

»Natürlich nicht.« Willow zuckte leicht mit den Schultern. »Weil du nicht hierhergehörst.«

Damit waren wir wieder beim Thema. »Vielleicht nicht. Aber wenigstens habe ich ein paar der Menschen kennengelernt, die die Dinge hier am Laufen halten. Ich zumindest erwarte nicht, dass sie mir die Türen öffnen, mich füttern, mit mir spazieren gehen und hinter mir herräumen, ohne dass ich ihnen auch nur irgendetwas dafür zurückgebe.«

»Aber das ist genau der Punkt«, sagte Candy. Ihre Stimme war leiser als die der anderen. »Sie sind doch genau aus dem Grund hier, um all diese Dinge für uns zu tun. Sie sind nicht unsere Besitzer. Die Queen ist unser Frauchen. Für uns zählt nur *Sie*.«

»Tja, ich kenne die Queen nicht. Und sobald ich sie kennenlerne, wird sie mich vermutlich rauswerfen. Daher bin ich froh, wenn ich hier andere Freunde finde, egal wo.« Ich drehte ihnen den Rücken zu und wollte gehen. Ich hatte die Nase voll von diesem Unsinn.

»Vielleicht sollten wir ja versuchen, dich früher hier rauszuwerfen.« Vulcan machte wieder einen Satz nach vorn und stürzte sich mit gefletschten Zähnen auf mich.

Ich schlug mit der Pfote zu, nur um ihn abzuwehren, aber Vulcan war fest entschlossen. Jedes Mal wenn ich seinem Maul oder seinen Pfoten entkam, setzte er zu einem neuen Angriff an. Ich wollte Vulcan nicht verletzen, und selbst wenn es aus reiner Notwehr geschähe, würde ein Biss von mir eindeutig das Ende meines Aufenthalts im Buckingham-Palast bedeuten.

Andererseits wollte ich mich auch nicht beißen lassen.

»Warte!« Die Worte kamen jedoch nicht aus meinem Mund.

Candy setzte sich für mich ein.

»Vulcan, nicht.« Sie lief zu uns herüber und stellte sich mit zitterndem Körper zwischen mich und den Dorgi. »Tu Henry nicht weh. Er wusste doch nicht, dass er etwas falsch gemacht hat.«

»Und ich weiß immer noch nicht, was so falsch daran sein soll«, knurrte ich. Willow betrachtete mich mit amüsiertem Funkeln in den Augen. Offenbar hatte sie ihren Spaß.

Candy warf mir einen »Halt die Klappe«-Blick zu, und ich tat wie geheißen. Ausnahmsweise.

»Überleg mal, Henry wird nicht lange bleiben, nicht wahr? Sobald jemand feststellt, dass er nicht zu uns gehört, muss er gehen. Welchen Unterschied macht es also, mit wem er befreundet ist?« Candy klang überzeugend, aber Vulcan machte nicht den Eindruck, als ob er sich überzeugen lassen wollte.

»Es ist eben nicht egal«, erwiderte er stur. »Was, wenn er damit den anderen Menschen Flausen in den Kopf setzt? Der Senior-Hausdiener macht jeden Morgen um dieselbe Zeit Pause. Ich sehe ihn jedes Mal, wenn wir raus in den Garten gehen. Gestern hat er uns sogar begrüßt! Was, wenn er versucht, einen von uns zu streicheln? Oder schlimmer noch, wenn er uns für seine Haustiere hält?«

»Ihr seid Haustiere!«, sagte ich etwas zu laut.

»Aber nicht die von den Bediensteten«, sprang Willow Vulcan zur Seite. Natürlich. »Wir gehören ihnen nicht, verstehst du. Und sie sollen nicht auf den Gedanken kommen, dass sie uns herumkommandieren dürfen.«

Diese Ansicht kam mir total seltsam vor. Ich war ein Teil der Walker-Familie und wusste, dass Jim und Amy die Aufsicht über mich hatten. Ebenso wie über Jack und Claire. Der Gedanke, dass die Hunde über die Menschen im Palast bestimmen durften – die Queen natürlich ausgenommen –, war merkwürdig.

»Die Sache ist die, denke ich«, begann Candy, und alle wandten sich ihr zu. »Henry ist einfach ein freundlicher Hund. Er freundet sich mit jedem an. Er kann gar nicht anders.«

»Warum verteidigst du ihn?«, fragte Vulcan argwöhnisch.

»Weil ...« Candy seufzte. »Weil er auch zu mir nett war, obwohl ich ihm keinen Grund dafür gegeben habe.«

Ich sah betreten zu Boden. »Du hast einen Freund gebraucht. Was hätte ich denn sonst tun sollen?«

»Mich ignorieren. Mich allein lassen. Vortäuschen, dass ich dich nicht mit meinem Albtraum aufgeweckt habe.« Willow und Vulcan wirkten leicht zerknirscht. Ich hatte angenommen, dass sie einfach zu fest geschlafen hatten, um Candys Albtraum zu bemerken, aber jetzt war ich mir nicht mehr so sicher.

»Ja, aber das konnte ich nicht«, gab ich zu. »Das liegt einfach nicht in meiner Natur.«

»Und genau das meine ich«, sagte Candy. »Versteht ihr? Henry ist schlicht ein freundlicher Hund.«

Vulcan schnaubte missbilligend. »Schön. Aber was mich betrifft, bleibt es dabei: Je eher *Sie* nach Hause kommt und dich auf die Straße setzt, desto besser.«

»Verstanden«, antwortete ich. Wenigstens wusste ich, dass nicht alle Palasthunde seiner Meinung waren.

Willow schwieg, aber sie musterte mich neugierig. Ich fragte mich, welche Meinung sie zu dieser ganzen Sache hatte.

Vor allem aber fragte ich mich, was ihr Frauchen, die Queen, wohl sagen würde, wenn Sie herausfand, was alles in Ihrer Abwesenheit vorgefallen war.

Später, nachdem wir alle in unseren Körbchen lagen, hörte ich, wie Candy wieder heraussprang und zu mir herüberkam.

»Du kannst mir hier oben gern Gesellschaft leisten, wenn du magst«, murmelte ich, als sie unschlüssig stehen blieb. »Es sei denn, du machst dir Sorgen, was deine Freunde dazu sagen, wenn sie dich mit mir zusammen sehen.«

Seufzend sprang Candy zu mir hoch.

»Sie wissen bloß nicht, was sie von dir halten sollen«, erklärte sie, während sie sich so selbstverständlich an mich schmiegte, als würden wir das jeden Abend so machen.

»Ich bin ein Hund wie sie«, stellte ich klar. »Was ist daran so schwer verständlich?«

Candy lachte erstickt. »Machst du Witze? Du stammst aus einer anderen Welt.«

Tatsächlich? Vermutlich schon. Mein Leben bei den Walkers war ganz anders als ihr Leben im Palast. Dennoch beschlich mich das Gefühl, dass die anderen Hunde schnell feststellen würden, wie sehr sich unsere Beziehungen zu unseren Besitzern ähnelten, würden sie Amy und meine Familie kennen.

»Wart ihr immer nur zu dritt?«, fragte ich. Wenn ich versuchte, die anderen besser kennenzulernen, könnte ich ihnen vielleicht dabei helfen, mich auch besser zu verstehen.

»Nein.« Candys Stimme klang traurig. »Früher waren wir viele. Als ich geboren wurde …«

»Moment mal, wurdest du etwa hier im Palast geboren?«

»Natürlich!« Candy wirkte überrascht über die Frage. »Wo denn sonst?«

»Ich weiß nicht. Ich dachte nur …« Ich konnte mich nicht an den Ort erinnern, an dem ich geboren war und wo ich gelebt hatte, bevor mich die Walkers nach Hause holten. Es musste jedoch irgendwo anders gewesen sein. Ich hatte gehört, wie Amy und Jim darüber geredet hatten, dass ich eine Mutter und Geschwister hatte.

Ich konnte mich bloß nicht mehr daran erinnern, dass sie mir ebenso eine Familie gewesen waren wie die Walkers.

»Die Queen … Sie züchtet uns, verstehst du. Oder besser gesagt, früher hat Sie uns gezüchtet. Wir entstammen einer langen Ahnenreihe royaler Hunde. Unsere Vorfahren reichen viele Generationen zurück.« Candy lächelte flüchtig. »Deshalb denken wir wohl, dass sie so wichtig sind.«

»Familie ist ja auch wichtig«, stimmte ich zu. »Ich bin nur der Meinung, dass es egal ist, ob die Familie aus Menschen, Hunden oder was auch immer besteht.« Ich dachte an Sookie. Wie kam sie wohl ohne mich zurecht? Selbst wenn wir uns stritten oder sie gemein zu mir war, sie gehörte zur Familie. Wir waren die einzigen beiden Tiere, die sich um die Walkers kümmerten.

Kam Sookie mit dieser verantwortungsvollen Aufgabe allein überhaupt zurecht? Vor allem jetzt, da zu Hause ohnehin schon alles so seltsam war?

Ich hoffte es.

Ich musste an etwas denken, dass Willow an meinem

ersten Tag im Palast erwähnt hatte, und runzelte die Stirn. »Willow hat gesagt, dass die Queen keine Haustiere mehr aufnehmen will. Und Monty eine Ausnahme sei.«

»Und?«

»Aber es gab mal mehr von euch. Wenn ihr hier gezüchtet worden seid, dann muss es hier doch auch andere Hunde gegeben haben. Ältere Hunde, Brüder und Schwestern?«

Candys Lächeln reichte nicht bis zu ihren schokoladenbraunen Augen. »Früher gab es viele von uns. Manchmal wurden wir sogar als laufender Teppich bezeichnet, weil so viele Hunde vor Ihr herliefen. Nun sind wir nur noch zu dritt. Die anderen sind alle gestorben.«

»Das tut mir leid.« Einen Freund oder ein Familienmitglied für immer zu verlieren musste unglaublich traurig sein. Noch viel schlimmer, als wenn ein Familienmitglied auszog und nicht mehr nach Hause kam, so wie Jim. Denn dann gab es endgültig kein Wiedersehen mehr.

Ich konnte mir das kaum vorstellen. Jedenfalls hatte ich es mir vor meiner Zeit im Palast nicht vorstellen können.

Obwohl ich nicht bei ihnen war, wusste ich doch, dass die Walkers noch irgendwo ihr Leben weiterführten, und das würden sie auch tun, wenn ich nicht wieder nach Hause kam. Außerdem bestand ja immer noch die Hoffnung, dass wir eines Tages wieder vereint sein würden. Candy hingegen konnte nicht mehr darauf hoffen, dass sie ihre verlorenen Freunde je wiedersehen würde.

»Holly war die Letzte«, sagte Candy leise. »Sie war ein Corgi wie Willow und du. Sie und Vulcan standen sich sehr nahe. Ich glaube, er vermisst sie am meisten. Seit ihrem Tod war er nicht mehr wirklich glücklich.«

Unvermittelt fühlte ich Mitleid für Vulcan, was ich nie für möglich gehalten hätte. Kein Wunder, dass er meinen Anblick so sehr hasste. Da kam einfach ein anderer Corgi daher und nahm den Platz seiner besten Freundin ein. Vermutlich würde er Monty auch nicht mögen.

Das änderte jedoch nichts daran, dass Vulcan mich mies behandelt hatte. Zumindest aber verstand ich ihn jetzt besser.

Candy gähnte so heftig, dass ihr Kiefer knackte.

»Du solltest schlafen«, meinte ich.

Candy nickte. »Gute Nacht, Henry.«

Ich wartete darauf, dass sie aus dem Körbchen sprang und in ihres zurückging, aber sie kuschelte sich nur enger an mich und schloss die Augen.

Einen Augenblick später tat ich dasselbe.

Wie es aussah, hatte ich endlich eine Hundefreundin im Palast gefunden.

Tag 6

Donnerstag, 19. Dezember

HENRY

Am nächsten Morgen erwachte ich mit einem fertigen Plan im Kopf, wie ich Sarah und Oliver zusammenbringen konnte.

Ausgerechnet Vulcan hatte mich auf die Idee gebracht. Er hatte gesagt, dass Oliver seine Frühstückspause immer ungefähr um dieselbe Zeit im Garten verbrachte und in den Palast zurückkehrte, wenn wir Hunde unseren Morgenspaziergang machten. Abgesehen von dem einen Tag, an dem wir Oliver im Garten getroffen hatten, hatte mich Sarah bisher immer später ausgeführt, weil das besser in ihren Arbeitsablauf passte.

Daher mussten wir an diesem Morgen unbedingt früher rausgehen. Nur dann würden Sarah und Oliver sich begegnen.

Die erste Regel der Romantik besagte in allen von Amys Filmen, dass der Mann und die Frau am selben Ort sein mussten. Okay, abgesehen von diesem Film, der in Seattle spielte.

Wieder einmal beklagte ich die Tatsache, dass Menschen kein Hündisch konnten. Das Leben wäre so viel einfacher, wenn ich Sarah meinen Plan einfach erklären könnte.

Nun musste ich einen anderen Weg finden, um ihr mein Vorhaben verständlich zu machen.

Gleich nach dem Frühstück machte ich mich auf die Suche nach ihr und hoffte, sie zur Eile antreiben zu können, damit sie mit ihrer Arbeit früher fertig werden würde.

»Guten Morgen, Henry!«, begrüßte sie mich fröhlich, als sie mit ihrem Putzkorb an mir vorbeilief. »Komm mit, wir stauben heute zuerst im Weißen Salon ab.«

Welcher Raum war denn nun wieder der Weiße Salon? Es gab so viele Zimmer in diesem Palast, dass ich sie kaum auseinanderhalten konnte, obwohl ich Sarah zuhörte, wenn sie beim Putzen über die einzelnen Zimmer plauderte. Daher wusste ich auch, dass der Große-Stühle-Raum eigentlich Thronsaal hieß.

Ich trottete hinter ihr her und hoffte, dass der Weiße Salon einer der kleineren Räume sein würde und nicht so groß wie der riesige Ballsaal oder die lange Gemäldegalerie. Dann wäre sie schnell fertig, und ich könnte sie eher zu einer Pause ermutigen. Draußen. Mit mir und Oliver.

»Da sind wir«, sagte Sarah. Sie betrat das Zimmer und stellte den Korb ab.

Ich folgte ihr und blieb auf der Schwelle stehen.

Nein. Das ging ja gar nicht. Das war überhaupt nicht gut.

Der Weiße Salon war eher golden statt weiß. Es gab goldene Sofas und Stühle, goldene Muster auf den Wänden und an der Decke und auch einen von diesen riesigen Kristallleuchtern mit weißen Kerzen und goldenen Verzierungen. Vor allem aber war er mit reichlich Schnickschnack und vielen Möbeln eingerichtet – Kerzenhaltern, Tischen, Schränken und Spiegeln, um nur einige wenige zu nennen. Und

Sarah musste bestimmt alles abstauben. Das würde allerdings viel zu lange dauern.

»Ist dieses Zimmer nicht ein Traum?« Sarah drehte eine Pirouette in der Mitte. »Ich habe so viel davon gehört. Mein Patenonkel Tom hat mir immer Geschichten vom Palast erzählt, aus der Zeit, als er noch hier arbeitete, und das war sein Lieblingszimmer. Also …« Sie steuerte auf den weißen Kamin zu, über dem ein großes Gemälde von einer Frau in einem weißen Kleid hing. Zu beiden Seiten waren riesengroße Spiegel aufgehängt.

Sarah betastete ein Regal im Schrank unter einem der Spiegel, als suche sie etwas. Neugierig lief ich zu ihr, um zu sehen, was sie da machte.

Plötzlich bewegte sich die Wand.

Erschrocken versteckte ich mich schnell hinter Sarah. Hoffentlich hatten wir den Palast nicht kaputt gemacht. In dem Fall würden wir garantiert hinausfliegen!

»Aha!«, rief Sarah strahlend. Hastig schaute sie über die Schulter, um sich zu vergewissern, dass ihr niemand zusah. »Es ist genau dort, wo er gesagt hat«, flüsterte sie. Da Sarah keine Angst zeigte, entschied ich, dass ich auch keine zu haben brauchte. Ausgiebig beschnüffelte ich die Stelle, an der sich die Wand verschoben hatte.

Dabei fiel mir auf, dass sich gar nicht die Wand, sondern der Schrank mit dem Spiegel bewegt hatte. Der Spiegel war eigentlich eine Tür!

Dahinter entdeckte ich noch eine Tür, aber die war geschlossen.

»Die führt direkt zu den Privatgemächern der Queen«, erklärte Sarah. »Du darfst vermutlich reingehen, wenn nicht abgeschlossen ist, aber ich sollte besser draußen bleiben.«

So leicht, wie sie die Geheimspiegeltür geöffnet hatte, schloss Sarah sie wieder und wischte ihre Fingerabdrücke ab.

»Mein Patenonkel hat mir erzählt, wenn Empfänge in diesem Zimmer stattfinden, sind die Royals in einem anderen kleineren Salon, dem Royal Closet, und trinken dort ihre Aperitifs. Wenn sie sich der Gesellschaft anschließen wollen, dann ist das wie Magie. Ein Hausdiener drückt auf den Knopf, und sie erscheinen wie aus dem Nichts. Kannst du dir vorstellen, wie aufregend das ist?«

Zum ersten Mal verstand ich, warum Sarah unbedingt im Buckingham-Palast arbeiten wollte. Sie war fasziniert von dem Gebäude, der Kultur und den Menschen, die hier lebten. Ich wünschte nur, dass sie sich mehr wie zu Hause fühlen würde.

»Na, ich sollte besser mit der Arbeit anfangen.« Sarah nahm den Staubwedel und legte los. Ich sah ihr einen Augenblick zu. Länger brauchte ich nicht, um zu der offensichtlichen Schlussfolgerung zu kommen, dass Sarah nie im Leben mit ihrer Arbeit fertig werden würde, um Oliver noch rechtzeitig in seiner Pause zu treffen.

Und das bedeutete, dass ich sie überzeugen musste, früher Schluss zu machen.

Daher drehte ich mich um und rannte aus dem Weißen Salon zum Corgi-Zimmer. Der nächste Teil meines Plans erforderte Requisiten.

»Oh, da bist du ja wieder«, sagte Sarah, als ich wenig später zurückkehrte. »Ich dachte, ich hätte dich mit meinem Palastklatsch gelangweilt und du hättest die Flucht ergriffen.«

Sie stand auf einer Trittleiter, um auch an die höheren Dekorationen heranzukommen. Nun stieg sie herunter und musterte mich lachend.

»Ist das ein Wink mit dem Zaunpfahl?« Sie deutete auf den Ball in meinem Maul. Ich bellte zustimmend, wobei mir der Ball aus dem Maul fiel und über den Boden kullerte.

»Du wirst warten müssen, bis ich hier fertig bin, Henry, wenn du mit mir spielen willst.«

Das ging aber nicht. Wenn wir zu lange warteten, würde Oliver seine Pause beendet haben und sie hätte die Chance vertan, sich mit ihm zu unterhalten.

Okay. Schritt zwei.

Ich ließ den Ball vor Sarahs Füßen liegen und rannte wieder aus dem Zimmer zur Gartentür. Vorsichtig nahm ich eine Leine von dem Haken und rannte die Treppe hinauf zurück zum Weißen Salon.

Sarah war immer noch mit dem Staubwedel beschäftigt. Sie hatte den Ball aufgehoben und in ihren Putzkorb gelegt.

Die Leine zwischen den Zähnen lief ich zu ihr und legte sie ihr zu Füßen.

»Es dauert ja nicht mehr lang, Henry«, sagte sie beschwichtigend. Sie legte die Leine zu dem Ball in den Korb.

Gut, dann musste ich eben noch tiefer in die Trickkiste greifen.

Ich winselte. Laut und theatralisch.

Man muss nun mal tun, was Erfolg verspricht.

Sarah seufzte. »Musst du wirklich so dringend raus?«

Ich bellte zustimmend.

»Tja dann …« Sie warf einen Blick auf das unfertige Zimmer. »Ich glaube, es wäre für keinen gut, wenn du beschließt, hier im Weißen Salon auf Toilette zu gehen. Und ich müsste das dann sauber machen.«

Sie geriet ins Schwanken, das sah ich. Daher schickte ich noch ein Winseln hinterher, um die Sache zum Abschluss zu bringen.

Sarah verdrehte die Augen. »Okay, gut. Ich bring nur schnell meinen Korb weg, dann gehe ich mit dir raus. Aber nur ganz kurz! Meine Pause werde ich wohl durcharbeiten müssen, um die verlorene Zeit wieder aufzuholen. Ich hoffe daher, du weißt zu schätzen, wie nett ich zu dir bin.«

Ich schmiegte mich an ihr Bein, um ihr zu zeigen, dass ich es zu schätzen wusste. Natürlich hatte sie keine Ahnung, dass sie noch total froh über ihre vorgezogene Pause sein würde.

Sarah klipste mir die Leine an, als wir die Tür zum Garten erreichten, den Ball sicher in der anderen Hand. Ich zog sie nach draußen und lief geradewegs zu der Stelle, an der wir mit Oliver schon einmal zusammengestoßen waren. Hoffentlich fanden wir ihn schnell, der Garten war riesig, aber ich dachte, dass ich seinen Duft vermutlich wiedererkennen würde.

Ich hatte recht. Ich schnappte ihn direkt vor der Tür auf und folgte ihm den Weg entlang, Sarah hinter mir herschleifend.

»Henry! Ich dachte, du wolltest Ball spielen?« Sie winkte mir mit dem Ball zu.

Ich zögerte kurz. Ich wollte wirklich gern Ball spielen. Aber noch mehr wollte ich, dass Sarah glücklich wurde.

Die Nase dicht über den Boden gesenkt, jagte ich der Geruchsspur hinterher, weil ich Oliver nicht verlieren wollte. Ich war so beschäftigt damit, seinem Duft zu folgen, dass mir der Baum in der Mitte des Weges erst im letzten Moment auffiel. Gerade noch rechtzeitig sprang ich zur Seite und riss Sarah mit, dabei stolperte sie über eine Wurzel und …

Rumms.

»Ach du Schreck. Es tut mir so leid!« Sarah rappelte sich verlegen auf und ging auf Abstand zu dem Mann, in den sie hineingelaufen war. Ich tänzelte neben ihr herum, um mich zu vergewissern, dass es ihr gut ging, wobei sich meine Leine um ihre Beine wickelte.

»Nichts passiert.« Der Mann setzte sich auf, und endlich erhaschte ich einen Blick auf sein Gesicht. Es war Oliver! »Was für ein Zufall, euch beide hier zu treffen«, sagte er mit leicht benommenem Lächeln.

»Oliver!« Sarah streckte eine Hand aus, um ihm aufzuhelfen. »Es tut mir furchtbar leid. Henry war so schnell unterwegs, und ich bin ihm gefolgt und habe nicht aufgepasst, wohin ich laufe. Und dann war da dieser Baum …«

»Schon in Ordnung. Wirklich.« Oliver klang überrascht, aber erfreut, uns zu sehen.

Jetzt, wo ich darüber nachdachte, fand ich diesen Zusammenstoß perfekt. Genau wie in einem von Amys Filmen.

»Obwohl der Palast so riesig ist, scheinen wir ständig ineinanderzulaufen«, sagte Sarah.

Wenn sie nur wüsste, wie viel Arbeit mich das gekostet hatte! Aber Sarah schien viel zu glücklich, um auch nur einen Verdacht zu hegen, dass ich meine Pfoten im Spiel gehabt hatte.

»Buchstäblich, wie es scheint.«

Sarah verzog das Gesicht. »Habe ich schon gesagt, dass es mir leidtut?«

»Mehrmals. Wie wär's, wenn du es wiedergutmachst und mir erlaubst, dich auf deinem Spaziergang zu begleiten?«, schlug Oliver vor. »Ich gehe oft um diese Zeit in die Pause und verbringe sie am liebsten im Garten.«

»Klar, gern.« Sarah passte sich seinen Schritten an, und gemeinsam liefen sie den Weg entlang. Ich trottete neben ihnen her und beglückwünschte mich zu meinem genialen Plan.

»Ehrlich gesagt bin ich ein wenig überrascht, dass du dich freiwillig mit mir unterhalten willst«, gab Sarah zu und schaute Oliver von unten an. »Wie dir vielleicht aufgefallen ist, gehen mir die anderen meist lieber aus dem Weg.«

»Dann sind sie Idioten«, sagte Oliver mit einem Schulterzucken. »Warum sollte ich denn nicht mit dir befreundet sein wollen?«

»Mein Akzent scheint viele abzuschrecken. Entweder das oder es liegt daran, dass sie glauben, mein Patenonkel hätte mir die Stelle verschafft.«

Oliver schüttelte den Kopf. »So läuft das hier nicht mehr. Früher war es tatsächlich so, dass man hauptsächlich gute Beziehungen brauchte, um eine Stelle im Palast zu erhalten. Inzwischen muss man aber beweisen, dass man die Stelle verdient.«

»Das ist viel besser, findest du nicht auch?«, fragte Sarah.

»Ganz bestimmt«, bestätigte Oliver. »Wenn allerdings ein Empfehlungsbrief von deinem Patenonkel ausgereicht hätte, dann hätte ich mich an deiner Stelle auch nicht beschwert.«

Sarah lachte. »Ich wohl auch nicht. Trotzdem … Ich find es gut zu wissen, dass ich die Stelle wegen meiner Fähigkeiten bekommen habe, auch wenn die anderen mir das nicht abkaufen. Ich habe hart gearbeitet und es aus eigener Kraft hierher geschafft. Das gibt mir ein gutes Gefühl. Es macht mich … ach, ich weiß nicht.«

»Stolz«, ergänzte Oliver. »Und du kannst zu Recht stolz auf dich sein. Es ist schwierig genug, eine Stelle im Palast zu bekommen, und noch schwieriger, seine Sache gut zu machen.«

»Bist du es denn?«, fragte Sarah. »Stolz auf dich selbst?«

Oliver überlegte einen Moment. »Ja«, sagte er schließlich. »Das bin ich. Ich wollte nicht immer Hausdiener sein, weißt du. Früher wollte ich gern Pilot werden, aber meine Augen sind nicht gut genug und …« Er zuckte mit den Schultern.

»Und du brauchtest einen Plan B«, riet Sarah. »Das kann ich verstehen.«

»Eine Zeit lang fühlte ich mich ziemlich verloren. Ich wusste nicht, was ich mit mir anfangen sollte. Dann entdeckte ich die Stellenanzeige einer Agentur, die Hausdiener für den Palast suchte und eine Ausbildung anbot, und griff zu. Das ist schon ein paar Jahre her. Ich habe mich zum Senior-Hausdiener hochgearbeitet, mit der Hilfe deines Patenonkels. Und inzwischen kann ich mir gar keine andere Arbeit mehr vorstellen.«

»Du hast etwas aus dir gemacht.« Sarah strahlte ihn an. Sie sah glücklicher aus, als ich sie je zuvor erlebt hatte.

Ich hatte ja gewusst, dass mein Plan fantastisch war!

»Und wenn der Buckingham-Palast auch dein Plan B war, was war Plan A?«

Sarahs Lächeln verblasste bei Olivers Frage. »Oh, du weißt schon. Das Übliche.«

»Pilot bei den Red Arrows werden? Oder war das nur mein Plan?«

»Das war nur dein Plan«, sagte Sarah und lachte. »Nein … Ich wollte nur all die langweiligen Sachen, die die meisten in meinem Dorf wollen. Heiraten, Kinder, weiter auf dem Bauernhof meiner Familie helfen und einmal das Montags-Pub-Quiz im *Fox and Duck* gewinnen. Wie ich schon sagte, das Übliche.«

»Aber dann hat sich etwas verändert?«

»Würdest du mir glauben, wenn ich sage, mir wurde klar, dass wir die Quizzy Rascals niemals besiegen würden?«

»Nein.«

Sarah zog etwas fester an meiner Leine als sonst. Als ob sie nicht wollte, dass ich weglief, ohne sie mitzunehmen.

Aber ich lief ja nicht weg. Ich wollte die wahre Antwort ebenso gern hören wie Oliver.

Schweigend liefen sie nebeneinander her und hatten die Runde durch den Garten fast beendet, als Sarah seufzte. »Sagen wir einfach, ich begriff plötzlich, dass es mehr im Leben gibt, als mir mein Zuhause bieten konnte. Sehr viel mehr.«

Oliver schwieg und wartete offenbar auf eine weitere Erklärung, aber die kam nicht. »Na, egal, was dich in den Buckingham-Palast geführt hat, ich bin froh, dass du hier bist.«

»Ich auch«, sagte Sarah lächelnd.

Es war perfekt. Wie im Film.

Dann schaute Sarah auf die Uhr, und der Zauber des Moments war zerstört.

»Ach du Schreck! Ich muss zurück«, sagte sie und klang ganz aufgeregt.

»Ich auch.« Oliver sah ebenfalls auf die Uhr, und auch seine Augen weiteten sich. »Meine Güte, ich habe gar nicht gemerkt, dass wir schon so lange hier draußen sind.«

»Ich auch nicht.«

»Das liegt wohl daran, dass man sich mit dir so gut unterhalten kann«, meinte Oliver lächelnd.

»Vielleicht können wir … das ja mal wiederholen?« Sarahs Wangen färbten sich knallrot.

»Gern«, stimmte Oliver zu. »Falls du heute Abend freihast, es gibt eine Sondervorstellung im Kino. Es läuft …«

»Das Wunder von Manhattan«, beendete Sarah den Satz für ihn. »Das ist einer meiner absoluten Lieblingsfilme. Ich würde ihn gern anschauen.«

»Mit mir?«

»Mit dir«, bestätigte Sarah lächelnd.

Na, wenn das nicht ein Glücksfall war. Ein schöner Weihnachtsfilm war wirklich ideal, um die beiden endgültig zum Paar zu machen.

Zufrieden trottete ich in den Palast zurück. Meine Arbeit hier war so gut wie erledigt.

Ehrlich. Was würden die Menschen bloß machen, wenn wir Hunde nicht ab und zu in ihr Leben eingreifen würden?

AMY

Amy schaute sich in der Bar um und ließ den Blick von den bunten Cocktails über den alten Dr. Evans, der eine Nikolausmütze mit einem Mistelzweig trug, zu ihren anderen Kollegen schweifen, die sich alle hervorragend zu amüsieren schienen.

Luke hatte seine Aufgabe großartig erledigt, und das gewöhnlich so langweilige Weihnachtsessen war ein Erfolg.

Die Feier fand in einer neuen schicken Bar statt, von der Amy noch nie gehört hatte. Extra für ihre Gruppe war ein Hinterzimmer mit großen Tischen reserviert, und direkt nebenan im Hauptraum gab es eine Tanzfläche und Weihnachtskaraoke. Es war für jeden etwas dabei. Selbst für Dr. Evans, dem es gelungen war, der Barkeeperin einen Kuss abzuschmeicheln. Er sah zwar aus wie hundertsieben, aber offensichtlich besaß er dennoch eine Menge Charme.

Amy war sich unschlüssig gewesen, ob sie an der Weihnachtsfeier teilnehmen sollte, obwohl Luke darauf beharrt hatte, dass ihr ein Abend außerhalb der eigenen vier Wände guttun würde. Aber nicht nur er hatte auf sie eingeredet – all ihre Freundinnen und Kollegen hatten sich zusammengetan, um sie zu überreden. Und sie waren echt überzeugend gewesen. Vor allem Shireen hatte sie ausgiebig bequatscht. Nachdem sie sich in den vergangenen Tagen mit Floras Magenvirus herumschlagen musste, sehnte Shireen sich danach, ihre Tochter in die Obhut ihres Mannes zu übergeben und endlich mal wieder ein paar Stunden aus dem Haus zu kommen.

»Es ist Weihnachten! Wir waren seit Monaten nicht mehr zusammen weg. Und wo liegt der Sinn, das ganze Jahr über die Launen eines Siebzehnjährigen zu ertragen, wenn er nicht wenigstens einmal im Jahr den Babysitter spielen kann? Wann hast du das letzte Mal etwas nur für dich getan?«, hatte sie Amy ins Gewissen geredet.

Am überzeugendsten war jedoch Lukes sanfte Ermutigung gewesen. »Nimm dir einen Abend frei, Amy. Gönn dir ein paar Stunden Auszeit vom Alltag und entspann dich.«

Und nun war sie hier und entspannte. Jedenfalls, bis der Alltag sie wieder einholte.

»Wirst du auch singen?« Luke schlüpfte auf den Stuhl neben ihr und stellte ein Glas Weißwein vor sie. »Das Karaoke hat gerade angefangen. Ich habe die Songliste hier.« Er winkte mit einer dicken Mappe. »Es gibt eine ganze Seite nur mit Weihnachtsliedern. Ich glaube, Shireen und Nathan planen ein Duett von ›Baby, It's Cold Outside‹.«

»Ich kann mich nicht mehr erinnern, wann ich das letzte Mal Karaoke gesungen habe.« Jim hatte sich immer lustig darüber gemacht, dass sie so gern sang, aber sie genoss es. Das Singen, vor allem von Weihnachtsliedern, hob ihre Laune, und sie fühlte sich glücklich dabei. Mit Claire im Auto die Klassiker aus vollem Halse mitzugrölen, während Jack die Augen verdrehte und vorgab, nicht mitzusummen, gehörte zu ihren schönsten Erinnerungen in diesem Jahr.

Vielleicht war es an der Zeit, eine weitere schöne Erinnerung zu schaffen.

Luke schlug den Ordner auf und fuhr mit dem Finger die Liste der Weihnachtslieder entlang. »Wie wär's damit?« Er deutete auf einen bekannten Song, und Amy lächelte.

»Vermutlich sollte ich das nicht tun«, sagte sie. Ein letzter Zweifel blieb. Was, wenn Jim recht hatte? Was, wenn sie sich selbst zum Affen machte?

»Oh, ich denke, du solltest ganz sicher singen«, erwiderte Luke. »Ich werde dich gleich auf die Liste setzen.«

»Na schön«, stimmte Amy zu und ergab sich ins Unausweichliche.

Kaum war Luke gegangen, vibrierte ihr Handy auf dem Tisch.

Jim.

Der Name ihres Ex-Mannes leuchtete auf dem Display auf, und für einen kurzen verwirrenden Moment fragte sie sich, ob er sich darüber beschweren wollte, dass sie in aller Öffentlichkeit sang.

Vermutlich nicht.

Mit dem Handy am Ohr stand Amy vom Tisch auf, an dem ihre Freunde die zweite Flasche Wein leerten. Angestrengt versuchte sie, ihn über den Lärm in der Bar hinweg zu verstehen.

»Amy, wo bist du denn?«

»Jim, was ist los?« Sie musste brüllen, um sich selbst zu hören, und konnte nur hoffen, dass Jim sie verstanden hatte.

Sie musste hier raus. An der Theke gab sie Luke ein Zeichen, dass sie kurz zum Telefonieren nach draußen ging. Dann quetschte sie sich durch die Menschenmenge zur Tür und trat hinaus in den bitterkalten Winterabend.

Warum rief Jim überhaupt an? Egal, welche Probleme er auch hatte, das war nicht länger ihre Sorge.

»Weißt du, wo unsere Kinder im Moment sind?« Die Wut in Jims Stimme drang heftig durch die stille Straße, und Amy stockte der Atem. Nur die Kinder. Die waren immer noch ihrer beider Sorge.

»Zu Hause«, sagte sie und hoffte inständig, dass es stimmte. »Jack hat versprochen, auf Claire aufzupassen, damit ich an der Praxisweihnachtsfeier teilnehmen kann.«

»Tja, im Moment sind die beiden jedenfalls nicht zu Hause«, stellte Jim fest.

Amys Herz rutschte ihr in die Hose, und sie musste sich an die Wand lehnen, um nicht umzukippen.

»Was meinst du damit?«

»Ich habe gerade die Facebook-Seite für Henry kontrolliert und bin über eine Nachricht von irgendeinem merkwürdigen Kerl gestolpert, der behauptet, er hätte ihn gefunden. Und nun verlangt er eine Belohnung.«

»Ja, die Nachricht kam gestern früh«, erinnerte sich Amy. »Ich habe sie selbst nicht gelesen. Ich hatte genug damit zu tun, die beiden rechtzeitig zur Schule zu scheuchen.« Und im Auto zu singen.

»Und du hast diese Nachricht nicht für wichtig genug gehalten, um mich zu informieren?«

»Es ist dein Konto, Jim! Ich dachte mir, du wirst die Nachricht schon sehen, wenn dir die Suche nach Henry wichtig ist.«

Warum sollte sie wieder an allem schuld sein? Diese verflixte Seite einzurichten war schließlich seine Idee gewesen. »Außerdem habe ich Jack und Claire gesagt, dass sie nicht darauf antworten und nichts unternehmen sollen, bis sie mit dir darüber gesprochen haben. Irgendwie kam mir die Sache faul vor.«

»Mit mir ist jedenfalls nichts abgesprochen worden«, sagte Jim. »Aber Jack hat dem Mann eine Nachricht geschickt und ein Treffen für heute Abend vereinbart.«

»Weil er wusste, dass ich nicht da sein würde, um ihn davon abzuhalten.« Amy drehte sich um und legte die Stirn an das Mauerwerk. Panik stieg in ihr auf. »Verdammt. Weißt du, wo sie sind?«

»Zum Glück ja. Soll ich dich abholen?«

»Ja, bitte.«

Amy nannte ihm die Adresse der Bar, legte auf und ging wieder rein, um ihren Freunden zu sagen, dass der schöne Abend für sie vorbei war.

Gleich hinter der Tür traf sie auf Luke. »Was ist los?«

»Die Kinder. Sie sind allein unterwegs, um einer vermutlich falschen Spur wegen Henry nachzugehen.« Sie erschauerte beim Gedanken daran, dass sie ganz allein in der Nacht herumliefen. Warum hatten sie nicht warten können?

»Soll ich dich zu ihnen bringen?« Plötzlich war der lustige, entspannte Luke, der wollte, dass sie Karaoke sang, verschwunden, und an seine Stelle der ernste fähige Arzt getreten, den sie von der Arbeit kannte.

»Danke, aber Jim ist schon auf dem Weg, um mich abzuholen.«

Luke nickte. »Okay, gut. Ich hole deine Sachen, und du hältst Ausschau nach ihm.«

Amy nickte und sah ihm nach. Einen Moment lang stellte sie sich eine Welt vor, in der dieser Abend ein ganz anderes Ende genommen hätte.

Vielleicht sogar unter einem Mistelzweig.

Die Fahrt verlief genauso unangenehm, wie Amy es sich vorgestellt hatte. Sie und Jim schwiegen sich an. Nach mehr als zwanzig Jahren hatten sie sich absolut nichts mehr zu sagen. Außer »das ist deine Schuld«. Was sowohl eine Lüge wie auch wenig hilfreich war.

Amy blickte stumm aus dem Fenster und hoffte auf ein Zeichen, dass es den Kindern gut ging.

Schließlich trat Jim auf die Bremse, weil das Navi behauptete, dass sie ihr Ziel erreicht hätten.

»Das muss es wohl sein.« Amy spähte durch die Windschutzscheibe zu der in Dunkelheit getauchten, verlassenen

Bushaltestelle. »Warum zum Teufel haben sie eingewilligt, sich hier zu treffen?«

Oder überhaupt irgendwo. Das sah ihren Kindern so gar nicht ähnlich. Gewöhnlich waren beide ziemlich vernünftig, selbst wenn sie sich wie typische Teenager aufführten. Was um alles in der Welt war bloß in Jack gefahren, dass er seine kleine Schwester so spät hierherschleifte, um einen Fremden zu treffen?

Jim stellte den Wagen auf einer der leeren Parkflächen neben dem Bürgersteig ab, und sie stiegen aus und sahen sich suchend um.

»Hey!« Der Ruf durchschnitt die Nacht, und Amy wechselte einen schnellen Blick mit Jim.

»Das war Jack«, rief Amy und rannte los.

Jim folgte ihr und hatte sie schnell eingeholt. Gemeinsam liefen sie in die Richtung, aus der der Schrei gekommen war.

»Dort drüben«, keuchte Jim und deutete nach vorn.

In einiger Entfernung entdeckte Amy eine schlanke dunkle Gestalt, neben der eine kleinere Gestalt stand. Jack und Claire. Sie mussten es einfach sein!

»Kommen Sie zurück!«, brüllte Jack. »Das ist mein Geld!«

Claire zerrte an seinem Ärmel. »Lass uns nach Hause gehen. Jack, ich will nach Hause.«

»Aber er hat mein Geld!«

»Jack!«, brüllte Jim, während sie sich näherten.

Beide Kinder drehten sich um, ihre Augen waren groß und ihr Blick von Angst erfüllt.

Ja, dachte Amy, *beide wissen, dass sie einiges zu hören bekommen werden.*

»Was habt ihr euch dabei gedacht?« Jim blieb einen Schritt

vor ihnen stehen und ragte drohend über Jack auf, wie damals, als ihr Sohn sechs war und die Wände bemalt hatte.

Claire hastete zu Amy und schlang ihr die Arme um die Taille. Amy drückte sie an sich und vergewisserte sich, dass es ihr gut ging und ihr Herz nicht mehr so rasen musste.

»Er hat gesagt, er hätte Henry«, meinte Jack.

Amy konnte das Flehen in seinen Augen erkennen, wie sehr er sich wünschte, dass sein Vater ihn verstand. Jim bemerkte es jedoch nicht. Und Amy konnte es ihm dieses Mal noch nicht einmal verübeln.

»Du hast Claire hier hergebracht, deine zwölf Jahre alte Schwester, an einen fremden Ort, mitten in der Nacht, um einen Mann zu treffen, den keiner von euch beiden kennt und der Geld von euch wollte.« Amys Stimme klang schneidend, und sie konnte die Wut kaum beherrschen. »Das war dumm und gefährlich. Für euch beide. Du bist fast achtzehn, und ich verstehe, dass du deine eigenen Fehler machen willst. Wenn du aber darauf verzichten könntest, die wirklich idiotischen Fehler zu machen, bei denen du sterben könntest, wäre ich dir sehr dankbar.«

»Der Punkt ist«, mischte Jim sich ein. »Du hast nicht nur dein Leben und Wohlergehen leichtfertig aufs Spiel gesetzt, sondern auch Claires.«

Jack wirkte beschämt. Nein, er sah leichenblass vor Schreck aus. Als wäre er bis jetzt gar nicht auf den Gedanken gekommen, dass überhaupt ein Risiko bestehen könnte.

Tja, das gehörte wohl zum Erwachsenwerden dazu. Dass man lernen musste, auch die Konsequenzen zu bedenken.

»Ich habe dir gesagt, dass du mit dem Mann erst Kontakt aufnehmen sollst, wenn du mit deinem Vater gesprochen hast«, erinnerte Amy ihn. »Aber du hast gedacht, dass du es besser weißt. Stimmt's?«

»Ich dachte ... Ich dachte, er hätte Henry«, stammelte Jack. »Und ich habe angenommen, wenn wir zu lange warten, verlieren wir unsere einzige Chance, ihn zurückzubekommen.«

»Er wollte Geld, oder?«, sagte Jack. »Einen Finderlohn für den Hund?«

»Ja.«

»Und woher hattest du das Geld?«

Jack mied den Blick seines Vaters und senkte den Kopf. »Ich ... ich hab's gestern von meinem Sparkonto abgehoben. Einhundert Pfund.«

Viel mehr war auf dem Konto auch nicht drauf gewesen, erinnerte sich Amy. Jack hatte für eine neue Gitarre gespart. Vor Jims Auszug hatte sie gehofft, dass sie beide ihm etwas dazugeben könnten, damit er sie sich zu Weihnachten kaufen konnte.

Damit war es jetzt endgültig aus.

»Er hat alles genommen?«, fragte sie.

Jack nickte.

»Und er hatte Henry nicht mal.« Claires Stimme klang gedämpft, da sie sich eng an Amy drückte, aber ihr Schluchzen war unüberhörbar.

Sie sah zu Jim, der sie mit frustrierter Miene anblickte, abflauende Wut und Enttäuschung spiegelten sich in seinem Gesicht. Keine gute Mischung.

»Kommt, gehen wir nach Hause«, schlug Amy vor.

»Ich setze euch ab.« Jims Worte waren eine düstere Erinnerung daran, dass sie kein gemeinsames Zuhause mehr hatten. Ihre Familie war auseinandergebrochen, zerrüttet.

Und Amy war sich nicht sicher, ob sie sich je wieder komplett fühlen würden.

Ohne Henry ganz bestimmt nicht.

HENRY

»Wo willst du hin?«, fragte Willow, als ich an diesem Abend aus meinem Körbchen sprang. Ein hübsches kleines Nickerchen nach dem Abendessen hatte mich wieder fit gemacht, und ich hatte noch viel vor.

»Raus«, antwortete ich ausweichend.

Willow sah schläfrig zu mir herüber, als ich zur Tür stapfte. »Raus aus dem Zimmer, raus aus dem Palast oder raus aus unseren Leben?« Bei ihr klang es so, als wäre es ihr völlig gleichgültig, welche der Möglichkeiten ich wählte.

»Ich komme später wieder«, antwortete ich. »Tut mir leid, dich zu enttäuschen.«

Es fiel mir gar nicht so leicht, mich an den Weg zum Palastkino zu erinnern. Ich wusste noch, dass wir vom Postamt aus dorthin gegangen waren, also lief ich zuerst dorthin, um mir meine Schritte ins Gedächtnis zu rufen.

Unterwegs stellte ich jedoch fest, dass ich einfach nur dem Stimmengewirr hätte folgen müssen. Vor dem Eingang hatte sich schon eine lange Schlange gebildet, alle plauderten miteinander und aßen Popcorn. Offenbar war das Kino sehr beliebt, selbst wenn es nur einen alten Film zu sehen gab. Ich drängelte mich durch die Menge an Beinen und ließ mich von meiner Nase zu Oliver und Sarah führen. Das war gar nicht so einfach, denn die sich vermischenden Düfte nach Popcorn und anderen Menschen verwirrten mich. Endlich fand ich sie ziemlich weit vorne. Ich schmiegte mich an Sarahs Beine. Überrascht schaute sie zu mir herunter, dann lachte sie.

»Schau mal, wir haben einen Anstandswauwau«, meinte sie schmunzelnd. Gleich darauf wurden ihre Augen vor Schreck ganz groß. »Also nicht, dass wir einen bräuchten! Ich meine, ich erwarte nicht …«

Oliver hob mich hoch. »Keiner der anderen Palasthunde würde das mit sich machen lassen, weißt du das eigentlich? Nur die Queen darf sie berühren, es sei denn, es geht nicht anders.«

»Henry ist ein Sonderfall«, sagte Sarah. »Ich glaube, er hat uns adoptiert.«

»Das glaube ich auch.«

Stumm blickten sie sich über meinen Kopf hinweg an, bis ich mich streckte und über Olivers Wange leckte, um die beiden daran zu erinnern, dass es mich auch noch gab.

»Sieht aus, als könnten wir jetzt rein«, meinte Oliver. »Henry, willst du mitkommen?«

Ich bellte zustimmend, und Oliver setzte mich ab, damit ich vor ihnen herlaufen konnte.

Im Kino war es dunkel, und es gab mehrere Reihen mit roten Polstersitzen. In einem normalen Kino sind Hunde nicht erlaubt, und ich durfte bisher nie mit. Aber in den Fernsehsendungen, die Claire und ich uns manchmal anschauten, sahen die Kinos ganz ähnlich aus.

Oliver führte Sarah zu einer Reihe in der Mitte, und ich hüpfte auf den Sitz zwischen ihnen. Ich drehte mich ein paar Mal im Kreis, damit ich es auch schön bequem hatte, und legte mich dann hin, den Kopf auf den Pfoten. Ich freute mich auf einen schönen Weihnachtsfilm, und meine Freunde konnte ich dabei auch ganz leicht im Auge behalten.

Noch ehe ich es mir jedoch so richtig gemütlich gemacht hatte, ging das Getuschel los. Ich spitzte die Ohren und lauschte, was da hinter uns gesprochen wurde. Und auch vor uns.

»Mit wem ist Oliver denn hier?«

»Ausgerechnet mit der geht er ins Kino.«

»Hast du sie mal reden gehört? Ihr Akzent ist zum Schreien.«

»Die bleibt bestimmt keine sechs Monate.«

Und dann irgendwann zwischendrin: »Moment mal, haben die beiden einen der Corgis Ihrer Majestät dabei?«

Sarah rutschte nervös hin und her, und Oliver ergriff über meinen Rücken hinweg ihre Hand.

»Achte einfach nicht auf sie«, flüsterte er.

»Das fällt mir nicht gerade leicht.« Sarah schenkte ihm ein gequältes Lächeln. Selbst in der Dunkelheit des Kinos konnte ich erkennen, dass sie traurig war.

»Halten die etwa Händchen?«, vernahm ich eine Stimme hinter mir.

Oliver drehte sich um, seine Miene war grimmig. »Ich sitze direkt vor dir, wie du siehst. Und ich habe Ohren. Wenn du Fragen hast, dann stell sie mir direkt.«

Niemand sagte danach noch ein Wort.

Sarah lächelte ihn dankbar an, und ich machte es mir wieder bequem und schaute glücklich zur Leinwand, wo der Vorspann lief. Sarah streichelte mich liebevoll, und in dem warmen Raum mit dem vertrauten Popcorngeruch fühlte es sich fast so an, als wäre ich wieder zu Hause. In Sicherheit und geliebt. Bei meiner Familie.

Lächelnd schloss ich die Augen und genoss das Gefühl.

»Henry. Henry …« Sarahs sanfte Stimme weckte mich, und ich stellte fest, dass das Licht angegangen war. Der Film war wohl schon zu Ende. Und ich hatte ihn verpasst. Was für eine Schande! Wie es aussah, hatten Sarah und Oliver ihn jedoch genossen. Beide lächelten auf mich herunter.

Ich schüttelte den Kopf und stand auf. Kinos eigneten sich wirklich ideal für Nickerchen, selbst für unabsichtliche.

»Wir sollten den kleinen Kerl zurück ins Corgi-Zimmer bringen«, meinte Oliver. »Bestimmt wird er schon vermisst.«

Ich hielt das für sehr unwahrscheinlich, aber ich folgte den beiden trotzdem und lauschte, wie sie über den Film plauderten.

»Ich hatte ganz vergessen, wie sehr ich diesen Film liebe«, sagte Sarah. »Ich meine, ich weiß noch, dass er toll war. Einer meiner Lieblingsfilme in meiner Kindheit, aber mir sind so viele Details entgangen, oder ich habe sie vergessen.«

»Es ist ein Klassiker«, stimmte Oliver zu. »Manchmal denke ich, wenn wir etwas nach langer Zeit wiedersehen, erscheint es uns in einem ganz anderen Licht. Wir lernen es neu zu schätzen.«

»Ich glaube, du hast recht.«

»Bei Menschen ist es manchmal allerdings genau anders herum. Sie sehen dich in einem anderen Licht und wissen dich nicht mehr zu schätzen.« Olivers Stimme verdüsterte sich ein wenig, als er das sagte, und Sarah blickte ihn besorgt an.

»Ist das mit deiner Ex-Freundin passiert?«, fragte sie.

Oliver zuckte mit den Schultern. »In gewisser Weise.«

»Magst du es mir erzählen?«

Einen Moment lang sah es so aus, als ob Oliver verneinen würde. Dann seufzte er. »Wir waren fast drei Jahre zusammen, als ich ihr einen Heiratsantrag gemacht habe. Sie hat sofort Ja gesagt, und wir planten die Hochzeit. Allerdings hatte sie schon eine Reise mit ihren Freunden nach Australien gebucht. Sie wollte einen Monat dort verbringen, während ich darauf hoffte, die Pilotenzulassung zu bekommen. Und du weißt ja, wie das ausgegangen ist. Als sie aus Australien zurückkam ...«

»Hast du sie in einem anderen Licht gesehen?«

»Nein, eher andersherum, fürchte ich.« Oliver schenkte ihr ein flüchtiges Lächeln. »Sie hat mich in einem anderen Licht gesehen. Sie hatte viele aufregende Dinge erlebt, die ich ihr nicht bieten konnte. Sie fand, dass sie doch noch nicht bereit war, sich zu binden, und beschloss, die Welt zu bereisen, auch wenn das unweigerlich die Trennung von mir bedeutete. Ein paar Tage bevor sie nach Thailand flog, hat sie mir den Verlobungsring zurückgegeben.«

»Tut mir leid«, sagte Sarah. »Und du wolltest sie nicht begleiten?«

Oliver schüttelte den Kopf. »Das war nicht das Leben, das ich führen wollte. Bis dahin wusste ich nicht, wie mein Leben aussehen sollte, aber ich wusste, dass ich nicht glücklich werden würde, wenn ich ihr durch die Welt folgte. Ich wollte etwas aus mir machen. Etwas tun, das mir Spaß macht und das ich bedeutsam fand.«

»Und das ist dir gelungen.« Sarah lächelte.

Er erwiderte ihr Lächeln. »Ja. Daher denke ich, dass sich alles zum Besten gewendet hat, du nicht auch?«

»Doch, eindeutig.«

Ich stimmte zu. Wäre Oliver nach Thailand geflogen, hätte er die Stelle im Palast nicht angenommen und Sarah nicht kennengelernt. Und das wäre gar nicht gut gewesen.

»Jetzt kennst du meine dunkelsten Geheimnisse. Was ist mit deinen?« Oliver rempelte Sarah leicht an.

»Was meinst du?«

»Na ja, ich kaufe dir nicht ab, dass du die Stelle im Palast nur deshalb angenommen hast, weil dir klar wurde, dass du das Pubquiz nie gewinnen würdest …«

Sarah schmunzelte kurz und schaute dann auf den Teppich, über den wir gingen. »Nein, das denke ich mir.«

»Also, bist du bereit, mir den wahren Grund anzuvertrauen, warum du deinen Heimatort verlassen hast?« Olivers Stimme klang sanft und freundlich. Ich merkte, dass er nicht nur aus Neugier fragte. Er wollte mehr wissen, um Sarah zu helfen. So wie ich.

Sarah nahm diesen Unterton in seiner Frage wohl auch wahr, denn sie fing an zu erzählen. So, wie sie mit mir sprach, wenn sie im Palast putzte.

»Im Postamt habe ich meinen Ex-Freund David ja schon erwähnt.«

»Ja, du hast gesagt, es ging nicht gut aus«, stimmte Oliver zu.

»Stimmt. Und die Mitte war auch nicht gerade toll, wenn ich das so sagen darf. Der Anfang allerdings … der war schön. Zu Beginn unserer Beziehung war David romantisch, liebevoll, großzügig. Ich habe wirklich geglaubt, dass er mich liebt. Ich habe mir unsere gemeinsame Zukunft in den rosigsten Farben ausgemalt.«

Das klang so wie bei mir und den Walkers. Bevor Jim ausgezogen war. Bevor ich mich verirrt hatte.

»Was hat sich geändert?«, fragte Oliver.

»Ich weiß es nicht«, gestand Sarah. »Ich weiß nicht, ob ich mich verändert habe oder er sich. Oder ob wir beide schon immer so waren und es uns nur nicht eingestehen wollten. Es ging so schleichend vor sich, dass es sich normal anfühlte. Eines Tages kam es mir jedoch so vor, als sei ich plötzlich aufgewacht. Als hätte ich einen Albtraum gehabt und gemerkt, dass all die Dinge, die er über mich sagte, gar nicht stimmten. Dass ich nicht länger bleiben und mir das anhören wollte. Daher bin ich gegangen.«

»Was hat er denn so gesagt?« Olivers Stimme klang schroff, und er ballte die Hände zu Fäusten, als hätte er Mühe, sich zu beherrschen. Mir kam es so vor, als hätte er Ex-David ebenso gern gebissen wie ich.

Sarah zuckte mit den Schultern. »Ach, du weißt schon. Er hat sich über mein Gewicht beklagt, mir gesagt, dass ich ein paar Kilo abnehmen sollte. Er meinte, dass ich es nie zu irgendetwas bringen würde und nichts aus mir machen würde. Dass ich ihn bremse. Dass ich …« Ihre Stimme brach. »Dass ich ohne ihn ein Nichts wäre.«

»Das stimmt nicht.« Oliver ergriff ihre Hände und drückte sie fest. Ich sprang rasch zur Seite, um nicht zwischen ihnen zerquetscht zu werden. Wir waren alle stehen geblieben. »Schau dir nur an, wie weit du es gebracht hast.«

»Ich staube einen Haufen Kronleuchter ab.«

»Nein, du hast eine Stelle gefunden, die dir wichtig ist, die du unbedingt haben wolltest. Und du hast alles darangesetzt, sie zu bekommen«, berichtigte Oliver. »Und vergiss nicht, es heißt, wenn du einmal im Palast gearbeitet hast, werden sich die Arbeitgeber um dich reißen. Du wirst überall gefragt sein. Du wirst im Dienstleistungsgewerbe die freie Wahl haben und kannst dir aussuchen, wo du arbeiten möchtest. Ob in Fünfsternehotels oder Millionärshaushalten. Dir sind keine Grenzen gesetzt.«

»Und wenn ich gar nicht gehen will?« Sarah blickte ihm in die Augen. Sie wirkte im gedämpften Flurlicht sehr zerbrechlich, fast ängstlich.

Am liebsten wäre ich auf ihren Arm gesprungen, um sie zu beschützen, aber ich wusste, dass ich das nicht tun sollte. Ich musste darauf vertrauen, dass Oliver sich so gut um sie kümmern würde, wie ich es täte, sonst würde ich wohl nie in der Lage sein, sie zu verlassen.

»Hier im Palast kannst du es bestimmt auch weit bringen«, meinte Oliver. »Du kannst alles tun, wovon du träumst. Das weiß ich einfach.«

»Das hat mir noch niemand gesagt«, meinte Sarah leise.

»Dann muss ich eben dafür sorgen, dass du es öfter hörst.«

Sarah lächelte. »Wieso setzt du bloß so viel Vertrauen in mich? Du kennst mich doch kaum.«

»Ich habe eine gute Menschenkenntnis«, sagte Oliver. »Na ja, normalerweise. Und ich erkenne einfach, dass du etwas Besonderes bist.«

»Ich finde, du bist auch etwas Besonderes.« Sarah lächelte wieder.

Den Kinofilm hatte ich zwar verpasst, aber das hier hätte ohne Weiteres einer von Amys romantischen Filmen sein können.

Ja, ich war definitiv der genialste Hund mit den besten Plänen aller Zeiten.

Tag 7

Freitag, 20. Dezember

HENRY

Nach der langen Nacht im Kino wollte ich den nächsten Tag eigentlich etwas gemütlicher angehen. Oliver und Sarah waren schließlich erwachsen. Vermutlich kamen sie jetzt auch ohne mich zurecht. Ich hatte mir einen freien Vormittag verdient.

Der Palast hatte jedoch andere Vorstellungen.

»Hallo, ihr Kleinen«, begrüßte uns ein Hausdiener und betrat unser Zimmer. »Heute gibt es ein schnelles Frühstück, und danach müssen wir euch reisefertig machen.«

»Wohin bringt man uns?«, fragte ich Willow, während Vulcan sein Frühstück verspeiste.

Willow zuckte mit den Schultern. »Keine Ahnung. Wir sind sehr gefragt. Vielleicht braucht man uns für eine Veranstaltung im Palast oder woanders. Das Wort ›reisefertig‹ weist darauf hin, dass es irgendwo anders sein wird, nehme ich an.«

»Draußen?« Das wäre mir sehr recht, vorausgesetzt, es handelte sich um den speziellen Teil von draußen, wo die Walkers lebten.

Und ich hatte so ein Gefühl, dass das nicht der Ort war, an den man uns bringen würde.

»Vielleicht ist *Sie* zurück«, überlegte Candy. »Oder vielleicht bringt man uns zu *Ihr*. Gewöhnlich nimmt *Sie* uns nämlich immer mit.«

»Allerdings hatte Vulcan sich den Magen verdorben«, sagte Willow. »Und *Sie* musste den neuen Hund abholen.«

Sie schauten mich alle an, den falschen neuen Hund. »Vielleicht bringt man uns ja jetzt zu den beiden«, überlegte ich. Das klang leider gar nicht gut. Das klang vielmehr danach, als würde man bald herausfinden, wer ich war, und mich dann auf die Straße werfen, wo auch immer sich die Queen dann gerade aufhielt. Und dann würde ich den Heimweg nie finden, und die Walkers wüssten nicht, wo sie nach mir suchen sollten.

Plötzlich war mir der Appetit auf Frühstück vergangen.

Den ganzen Morgen verbrachte ich in Panik. Wir wurden in der bequemsten aller Transportkisten in ein Auto verladen, das mit uns das Palastgelände verließ. Ich stellte mich an die Wand der Transportbox und schaute durchs Gitter hindurch aus dem Autofenster. Von vorne sah der Palast noch beeindruckender aus – und vertraut. Ich sah förmlich vor mir, wie Jack und Claire vorm Tor standen und unserem Auto im Vorüberfahren nachwinkten.

Aber natürlich waren sie nicht da.

Als der Palast nicht mehr zu sehen war, legte ich mich wieder hin. Wenn ich schon in irgendeiner fremden Stadt auf der Straße landen würde, sollte ich wenigstens ausgeruht sein.

Ich würde all meine Kraft brauchen, um zu überleben.

»Und Henry, was glaubst du, wohin wir fahren?« Candy drückte sich an die Seite ihrer Box und redete mit mir durch das Gitter. Sie hechelte vor Aufregung, so sehr freute sie sich auf den Ausflug.

»Wenn ich das nur wüsste«, antwortete ich. Vor dem Fenster flogen die Straßen von London vorbei. Schaufenster, Bahnhöfe, eine ganze Welt, die ich nicht erkunden konnte.

Dann hielt das Auto plötzlich an.

»Wir sind da«, flüsterte Candy.

»Und wo ist ›da‹?« Vulcan stemmte sich hoch, um aus dem Fenster zu schauen, aber die Aussicht schien ihm keine Antworten zu liefern.

Ich wünschte, Sarah hätte mitfahren dürfen. Oder Oliver. Keiner der beiden hätte mich irgendwo mitten im Nirgendwo allein gelassen.

Ein unbekannter Palastdiener in der üblichen schwarzen Uniform mit roter Krawatte öffnete die Tür, und wir wurden alle angeleint und sollten aussteigen. Neugierig sah ich mich um. Soweit ich das beurteilen konnte, waren wir nur in einer anderen Londoner Straße gelandet. Und die Queen war nirgendwo in Sicht.

Im Augenblick hielt ich das für eine gute Sache.

»Kommt mit«, sagte der Mann und lief über den Bürgersteig zu einer dunkelblauen Tür. Über der Tür hing ein Schild. Ich konnte es nicht lesen, aber das Bild von einem Hund in einer Badewanne war ziemlich unmissverständlich.

Oh nein. Das war noch schlimmer als befürchtet.

Man hatte uns zum Hundefriseur gebracht.

Amy hatte mich ein paar Mal zum Hundefriseur in unserem Ort geschleift. Als sie mich noch nicht so gut kannte.

Der bei uns war jedoch auch nur halb so nett wie die Frau im Salon, in den die Palasthunde gingen.

Sobald wir den Salon betreten hatten, drehte die Frau im Laden ein Schild um, vermutlich um die anderen Kunden wissen zu lassen, dass der Laden im Moment geschlossen war. Ich konnte mir nicht vorstellen, dass die Queen ihre Hunde neben herkömmlichen Hunden pflegen und frisieren ließ oder dass Willow, Vulcan und Candy sich damit einverstanden erklärt hätten.

»Hallo, Quentin«, sagte die Besitzerin mit breitem Grinsen. »Und hallo, ihr vier!«

»Danke, dass du uns heute dazwischengeschoben hast, Jasmine«, meinte Quentin, der Palastdiener. Er sah auch aus wie ein Quentin, fand ich. Ein Hund, den ich aus unserem Park kannte, wurde Knirps genannt, obwohl er gar nicht klein war, sondern ein riesiger, sabbernder Dobermann. Quentin sah aber definitiv wie ein Quentin aus.

»Ich weiß, sonst kommst du immer zu uns in den Palast, aber wir sind ein wenig spät dran für das Fotoshooting.«

»Kein Problem«, beschwichtigte Jasmine. »Es ist mir immer eine Freude, die preisgekrönten Hündchen Ihrer Majestät zu pflegen.«

»Großartig. Dann lass ich sie dir einfach hier?«, fragte Quentin.

Jasmine nickte. »Gib uns ein paar Stunden, und die vier werden wohlriechend, frisiert und bereit für Nahaufnahmen sein.«

Hmm. Irgendwie gefiel mir das nicht.

»Keine Sorge«, flüsterte Candy, als sie von einer anderen Friseurin an mir vorbeigeführt wurde. »Das wird dir gefallen. Es ist großartig!«

Für Candy vielleicht. Meine Erfahrung mit Friseuren beinhaltete Seife in den Augen, hastiges Herumgeschnippel an meinem Fell und jemanden, der sich über den Zustand meiner Nägel beschwerte – oder Krallen, wie ich sie lieber nannte. Ich hätte jedoch wissen sollen, dass die Palasthunde ganz anders behandelt werden würden.

Jasmine ging mit mir in ein eigenes Zimmer, wo ein frisches Bad für mich eingelassen wurde. »Lass mich mal sehen«, sagte sie, während sie ein Regal mit Flaschen durchstöberte. »Welche Art von Hund bist du? Zitrone? Blumig? Nein, eher … holzig, denke ich.« Sie holte eine Flasche zwischen Hunderten anderer Behälter hervor und schüttete ein paar Tropfen in das Wasser. Seifenblasen schäumten hoch und bedeckten die Oberfläche. »Keine Sorge«, sagte Jasmine. »Wir haben das passende Shampoo und auch Conditioner für dein Fell.«

Ich musste zugeben, dass ich viel lieber in dieses Bad hüpfte als in die anderen zuvor.

»Na, los«, meinte Jasmine. »Rein mit dir.«

Das Wasser hatte genau die richtige Temperatur, und die Seifenblasen fühlten sich zart und weich auf meiner Haut an. Mir gefiel sogar der Duft. Nicht zu aufdringlich, ganz anders als in dem Salon, zu dem Amy mich geschleppt hatte. Irgendwann hatte sie die Friseurbesuche zum Glück aufgegeben und badete mich zu Hause. Sagen wir mal so, ich hatte mein Missfallen deutlich zum Ausdruck gebracht. Nach einem Besuch in dem alten Salon hatte ich tagelang nach Blumen gestunken, was Sookie urkomisch fand.

Nach dem Bad wurde ich abgetrocknet, geföhnt, gekämmt, und man trimmte mir das Fell, was tatsächlich entspannender war, als ich gedacht hätte. Dann wurden meine

Krallen geschnitten, ganz ohne blöde Kommentare über ihren Zustand. Insgesamt war es eine überraschend angenehme Erfahrung.

Deshalb verspürte ich auch plötzlich Panik, als Quentin, der uns vier beaufsichtigte, nickte und sagte: »Zeit für den nächsten Zwischenstopp.«

»Er hat was von Fotoshooting erwähnt«, meinte Candy, als wir zurück im Auto waren. »Wir werden oft vor Fotos schick gemacht.«

»Ein Fotoshooting?« Ich hatte das Wort natürlich schon mal gehört, aber ich hatte keine Ahnung, was es bedeutete. »Was heißt das?«

»Gewöhnlich werden wir mit *Ihr* irgendwo hingebracht und müssen in albernen Posen herumhocken, während uns jemand fotografiert«, erklärte Willow. »Der Himmel allein weiß, wohin wir heute wieder gebracht werden.«

Wo immer es auch war, es dauerte ziemlich lange, bis wir dort ankamen. Und ich wurde immer nervöser. Falls wir die Queen treffen sollten, dann wäre das für mich das Aus. Ich glaubte nicht, dass meine schicke Hundemaniküre auf der Straße lange vorhalten würde.

Schließlich bog das Auto ab, und wir fuhren auf ein anderes prächtiges Gebäude zu. Es war ähnlich riesig wie der Buckingham-Palast, aber aus grauem Stein und hatte komische Gebäudeteile, die aus den Wänden herausragten.

»Windsor Castle«, rief Vulcan glücklich. »Ich glaube, das ist mein Lieblingszuhause von all unseren Häusern.«

»Wie viele habt ihr denn?«, fragte ich fassungslos. Ich hatte angenommen, dass der Palast nun wirklich mehr als genug Zuhause für drei Hunde bot.

Willow runzelte die Stirn. »Da bin ich mir gar nicht so sicher. Es gibt Windsor Castle und den Buckingham-Palast.«

»Und Sandringham und Balmoral«, ergänzte Candy.

»Zählt das in Irland auch noch?«, fragte Vulcan.

»Hillsborough Castle? Ja, ich denke schon«, sagte Willow. »Wie viele sind das?«

»Wir haben ein paar vergessen, glaube ich«, meinte Candy.

»Egal.« Mir schwirrte jetzt schon der Kopf von all den Palästen, die diese Hunde regierten. »Sagen wir einfach, es sind eine Menge.«

»Aber das hier ist mein Favorit«, wiederholte Vulcan.

Ich konnte verstehen warum, als wir die Auffahrt zu Windsor Castle hinauffuhren. Vulcan glaubte, dass er einschüchternd wirkte, und spielte sich gern als großer Palasthund auf. Windsor Castle sah wie gemacht für ihn aus mit seinen bedrohlich wirkenden grauen Steinmauern und den Zinnen. Es sah aus wie ein Schloss aus Jacks alten Büchern über das Mittelalter. Mit elf Jahren hatte Jack mal Ritter werden wollen, und ich war sein treues Ross gewesen. Natürlich gefiel es Vulcan hier.

Vor allem, wenn Ihre Majestät sich hier aufhielt und die Aussicht bestand, dass er mich bald los sein würde.

Vor einem großen Tor hielt das Auto an. Davor stand eine kleine Gruppe neuer Menschen. Ein Mann trug eine schwere, teuer aussehende Kamera und dazu haufenweise Taschen, in denen sich wohl weitere Fotoausrüstung verbarg, vermutete ich.

Quentin stieg aus und schüttelte den Leuten die Hände, ehe er uns herausholte.

»Wo willst du sie haben, Tessa?«, fragte Quentin, als er uns anleinte.

»Das Magazin hätte gern einen Hochglanzbericht über Weihnachten in Windsor Castle. Daher hätte ich gern viele Bilder von den Dekorationen und ein paar von außen, die festlich und frostig aussehen.« Tessa, die offenbar die Leiterin des Teams war, blickte auf ihr Klemmbrett. »Wir denken, ein paar Fotos von den Hunden auf dem Long Walk wären schön, und auch ein paar Fotos mit ihnen drinnen bei den Weihnachtsbäumen, vielleicht reflektiert in einer Weihnachtskugel, solche Sachen. Oder unter einem Mistelzweig. Wir haben ein paar Requisiten mitgebracht, die wir vielleicht verwenden können.«

Einer der Männer, die bei Tessa standen, eilte mit einer riesigen Tasche herbei, die er für sie aufhielt. Tessa griff hinein und holte eine glänzende goldene Krone heraus. Sie beugte sich zu mir und setzte sie mir auf den Kopf. »Was denkst du?«

»Perfekt.« Quentins Lächeln wirkte etwas gequält, fand ich. Aber das war nichts im Vergleich zu dem finsteren Blick, den Vulcan mir schenkte, als Tessa ihm eine rote Nikolausmütze mit weißem Bommel aufsetzte.

»Großartig!«, strahlte Tessa. »Fangen wir an!«

»Nur gut, dass Ihre Majestät nicht hier ist«, murmelte Quentin, als er uns ins Schloss führte. Candy und ich tauschten einen schnellen Blick, und meine Stimmung stieg.

»*Sie* ist nicht hier«, wiederholte ich.

»Sieht so aus.« Candy strahlte mich an. »Offensichtlich ist dein Geheimnis noch ein Weilchen länger sicher, Henry.«

Plötzlich erschien mir dieses Fotoshooting wie ein tolles Abenteuer.

Leider stellte sich jedoch heraus, dass das Posen für Fotos ziemlich langweilig ist. Der Fotograf, Juan, sagte immer wieder »Nein, nein, nein!«, wenn sich einer von uns bewegte. Okay, hauptsächlich bewegte ich mich im falschen Moment, vor allem dann, wenn mir eine besonders glitzernde Dekoration ins Auge fiel. Windsor Castle mit seinen vielen Weihnachtsbäumen, den festlichen grünen Girlanden, die sich überall wanden, und den vielen Lichtern gefiel mir.

Das Beste kam jedoch, als Tessa vorschlug, dass wir die restlichen Fotos draußen machen sollten. Offenbar spürte sie, dass Juan einem Nervenzusammenbruch nahe war.

Sie richtete meine Krone, die mir immer wieder schief übers Ohr rutschte, bevor wir das Schloss durch einen riesigen Bogen verließen und in den Garten hinausgingen. Vor uns lag ein langer Weg, der irgendwo am Horizont endete.

»Ich dachte, die Hunde können sich auf dem Long Walk eine Weile die Beine vertreten«, meinte Tessa zu Juan. »Ich bin sicher, du wirst ein paar fantastische Bilder bekommen, wie sie im Garten herumtoben.«

Juan sah nicht wirklich überzeugt aus, aber er nickte. Quentin ließ uns von der Leine und machte eine scheuchende Geste in Richtung Long Walk, und wir rannten los.

Der Winter hatte sich nun endgültig eingestellt, und trotz der Sonne, die an einem klaren blauen Himmel strahlte, gab es schattige Flecken, die immer noch von Frost bedeckt waren. Es knirschte unter meinen Pfoten, und ich musste lächeln, obwohl ich fror. Der Long Walk war wirklich sehr lang. Ich rannte so schnell, dass mir die Krone vom Kopf rutschte, und genoss die Freiheit im Freien, auch wenn sie nur einen Nachmittag dauerte. Candy lief manchmal neben mir her und sah glücklicher aus, als ich sie je gesehen hatte. Ihre Ohren flatterten im Wind, und sie grinste mich an, als wir an Willow und Vulcan vorbeipreschten, die ganz gesittet den Weg entlang spazierten.

Viel zu bald schon war es Zeit umzukehren.

Tessa pflückte die Krone von meinem Kopf, als ich in meine Box im Auto sprang. Ich war müde vom Rennen, und mir war kalt.

Ich drehte mich ein paar Mal im Kreis und legte mich dann mit dem Kopf auf den Pfoten hin. Da hörte ich Vulcan murmeln: »*Sie* war zwar heute nicht da, aber sicher kommt *Sie* bald zurück. Und dann werden wir ja sehen.«

Ich wusste, dass er recht hatte. Und ich wusste auch, dass ich nichts dagegen tun konnte.

Statt mir weiter Sorgen zu machen, schlief ich den ganzen Rückweg zum Palast und träumte von einer Welt, in der ich König über alles war, was meine Augen erblickten.

Einschließlich der Küche.

AMY

Die Aula in der Schule war rappelvoll.

»Wenn es nicht genügend Sitzplätze gibt, kann ich auch gern wieder heimgehen«, sagte Jack wenig hilfreich.

Amy packte ihn am Ärmel und schleifte ihn mit sich durch die Menge auf die beiden freien Stühle zu, die sie auf der anderen Seite des Mittelganges entdeckt hatte.

»Das ist Claires Weihnachtskonzert, und sie wünscht sich, dass wir beide im Publikum sitzen.« Amy beschleunigte ihre

Schritte und stellte gerade noch rechtzeitig ihre Handtasche auf den ersten Stuhl, ehe der große Mann in der grünen Jacke ihn erreichte. War das etwa Claires Geschichtslehrer gewesen? Egal, jetzt war es ohnehin zu spät, um sich darüber Gedanken zu machen.

Jack plumpste auf den zweiten Sitz, er trug immer noch seine Jacke und hatte den Kragen bis zu den Ohren hochgeschlagen. »Von mir aus.«

Seufzend schlüpfte Amy aus ihrem Mantel und setzte sich, die Tasche auf dem Schoß. War es denn wirklich zu viel verlangt, dass sie sich zu dritt einen schönen Abend machten und Jack mit ihr gemeinsam Claire zujubelte? Nur eine einzige normale Weihnachtsveranstaltung mit der Familie, mit Weihnachtsliedern und Textblättern und Glühwein in der Pause?

Sie blätterte durch das Programm, das sie am Eingang erhalten hatte, und las sich die Liste mit den Weihnachtsliedern durch, die der Chor, begleitet vom Schulorchester, vortragen würde. Vom Publikum erwartete man, dass es mit einstimmte, was jedoch sehr selten passierte. Alles war tröstlich vertraut, praktisch genauso wie im vergangenen Jahr, selbst wenn sich alles andere in ihrer Welt verändert hatte.

Amy lehnte sich im Stuhl zurück und verschloss die Ohren vor den schrägen Tönen des sich einspielenden Orchesters und den Gesprächen der anderen Eltern. Auf dieses Konzert freute sie sich jedes Jahr besonders. Und da sie den Großteil der Praxisweihnachtsfeier verpasst hatte, wollte sie sich diesen Abend nicht verderben lassen.

»Du hast mir nicht gesagt, dass er auch kommt«, murrte Jack.

Amy sah auf und wusste sofort, wen Jack meinte, auch wenn er keinen Namen genannt hatte.

»Weil ich nicht wusste, dass er kommt.« Am gestrigen Abend, nach der panischen Suche nach den Kindern und all dem Trubel hatte es sich nicht ergeben, dass sie mit Jim über die Trennung sprach. Sie hatten auch noch nicht geklärt, wer zukünftig welche Aufgaben bei Dingen und Veranstaltungen übernehmen sollte, die sie sonst immer gemeinsam erledigt und besucht hatten.

Es dauerte einen Augenblick, bis sie Jim entdeckte. Er saß ein paar Reihen vor ihnen auf der anderen Seite des Gangs. Es dauerte jedoch nur Sekunden, um zu erkennen, wer die kleine Brünette neben ihm war. Bonnie. Die berühmt-berüchtigte Bonnie.

Sie waren sich noch nie begegnet. Warum auch? Jim hatte sich große Mühe gegeben, sie voneinander fernzuhalten. Das hieß jedoch nicht, dass Amy sich nie gefragt hätte, wie sie aussah, wie sie sich kleidete, wie sie ging oder redete. Was hatte sie, das Jim veranlasst hatte, eine Ehe kurz vor dem zwanzigjährigen Hochzeitstag zu beenden?

Vielleicht lag es genau daran, dachte sie, als sie beobachtete, wie er Bonnie ihren Mantel abnahm und ihn ordentlich gefaltet unter seinen Stuhl legte. Vielleicht war er das Alte, Gewohnte einfach leid geworden. Vielleicht brauchte er einen Tempowechsel, etwas Aufregung in seinem Leben, etwas Neues.

Während sie immer noch in dem Leben feststeckte, das er leid geworden war.

Sie wandte den Kopf ab, bevor sich ihr Blick zu fest auf Bonnies Frisur oder das Kleid heftete, das etwas kürzer war, als Amy es sich je zu tragen getraut hätte. Oder bevor Jim bemerkte, dass sie seine Freundin angaffte.

Sie mahnte sich, dass sie nicht länger an Jims Leben interessiert war, es sei denn, es betraf die Kinder. Sie musste sich auf ihr eigenes Leben, ihre eigene Zukunft konzentrieren.

»Er hat kein Recht, hier zu sein!« Jack verschränkte die Arme über der Brust und starrte stur auf die leere Bühne.

»Claire ist auch seine Tochter«, erinnerte Amy ruhig, um nicht loszubrüllen *Ja, du hast recht. Lass uns ein paar Leute organisieren, die uns helfen, ihn hinauszuwerfen.*

»Findest du nicht, dass er das Recht verloren hat, sich unser Vater zu nennen, als er ausgezogen ist und uns verlassen hat?« Jack musterte sie eindringlich, als er die Frage stellte, auf der Suche nach Anzeichen, die ihm verrieten, dass sie ihn anlog.

»Ich denke, dass er der einzige Vater ist, den ihr je haben werdet, egal, was er getan hat. Deshalb müsst ihr sehr gründlich über die Beziehung nachdenken, die ihr zu ihm haben wollt.« Jack verdiente Aufrichtigkeit, egal, wie schwierig die Frage war. Er hatte das Recht, seine eigenen Entscheidungen zu treffen, genauso wie sie.

Amy wusste, dass sie Jack nicht dazu zwingen konnte, seinen Vater an seinem Leben teilhaben zu lassen. Sie konnte ihn jedoch dazu ermutigen. Denn ob Jack es wahrhaben wollte oder nicht, er brauchte Jim. Das hatte ihr der vergangene Abend bewiesen. Amy konnte jeden Tag versuchen, ihm Mutter und Vater zugleich zu sein. Sie ahnte aber, dass es auch Themen gab, über die Jack nicht mit ihr reden wollte. Und ihr wäre es lieber, wenn er sich dann Jim anvertraute als einem siebzehnjährigen Kumpel, der genauso wenig über die Welt und das Leben wusste wie Jack.

Zum Glück gingen die Lichter aus, und der Vorhang hob sich, bevor Jack gegen ihr Argument Einwände erheben konnte. Amy holte tief Luft und lehnte sich zurück, entschlossen, diese lieb gewonnene Weihnachtstradition zu genießen.

Die Pause kam fast zu schnell, Orchester und Chor hatten »Stille Nacht« sehr bewegend vorgetragen. Amy wischte sich rasch über die Augen und stand auf. Aus Erfahrung wusste sie, dass sie sich beeilen musste, wenn sie den Erfrischungsstand erreichen wollte, ehe die Pause vorüber war.

Leider war sie nicht die Einzige, die das wusste.

»Amy!« Jim klang überrascht, sie zu sehen, was total widersinnig war. Schließlich sang ihre gemeinsame Tochter im Chor mit. Wenigstens schien er allein zu sein. Bonnie war wohl auf dem Weg zur Toilette oder auf ihrem Platz geblieben. »Und Jack. Wie schön, dass du mitgekommen bist, um deine Schwester heute Abend zu unterstützen.«

In seiner Stimme schwang Eis mit, ein leichter Tadel, den er sich offenbar nicht verkneifen konnte. Wie eine unausgesprochene Ermahnung, dass Jack am vergangenen Abend kein guter Bruder gewesen war. Natürlich musste Jim wieder darauf herumhacken. Er konnte die Sache nicht einmal einen Abend lang für die Dauer von Claires Konzert ruhen lassen. Klar, sonst ließ er sich ja nicht sehen, daher musste er ihnen natürlich ausgerechnet diesen Abend ruinieren.

Großartig.

»Jack, warum gehst du nicht zurück und hast ein Auge auf unsere Plätze?«, sagte Amy, ohne den Blick von Jim abzuwenden. »Ich hole uns was zu trinken und treffe dich dann dort.«

Jack war offensichtlich froh, nicht noch mehr Zeit mit seinem Vater verbringen zu müssen, und verschwand sofort ohne Murren.

»Versuchst du, ihn von mir fernzuhalten?«, fragte Jim mit gerötetem Gesicht.

»Ich versuche, euch beide davon abzuhalten, hier auf Claires Schulkonzert eine Szene zu machen, weil ihr euch streitet«, berichtigte Amy. »Du solltest versuchen, seinen Standpunkt zu verstehen, Jim. Versetz dich mal in seine Lage.«

»Wieso, er gibt sich ja auch keine Mühe, mich zu verstehen.«

»In diesem Fall solltest du ihm mit gutem Beispiel vorangehen.« Amy versuchte, nicht genervt zu klingen, was ihr schwerfiel.

Jim schien zu erwarten, dass das Leben genauso weiterging, wie er es sich vorstellte. All die Sachen, die er an seinem alten Leben gemocht hatte, sollten bitte in sein neues Leben kopiert werden. Der Rest, den er nicht mehr wollte, kam in den Abfall. So wie sie. Und die Verpflichtungen, finanzielle und familiäre, die ihn davon abhielten, alles stehen und liegen zu lassen und an Weihnachten in den Skiurlaub zu fahren.

Da sie das Chaos ausbaden musste, das er hinterlassen hatte, fühlte sie sich durchaus im Recht, ihn wegen seines Verhaltens zur Rede zu stellen, auch wenn sie nicht mehr seine Ehefrau war.

Und angesichts seines gegenwärtigen Verhaltens war sie sogar froh darüber, dass sie sich getrennt hatten.

»Jack ist erst siebzehn, Jim«, sagte Amy bemüht ruhig. »Ja, er ist in vielerlei Hinsicht fast erwachsen, aber in anderer eben nicht. Wie zum Beispiel wenn es darum geht, Verständnis für das Verhalten von Menschen aufzubringen, die fast drei Mal so viel Lebenserfahrung besitzen wie er. In dieser Hinsicht ist er immer noch ein Kind. Du kannst nicht verlangen, dass er deine Entscheidung, uns zu verlassen, versteht, obwohl er noch gar keine eigenen Erfahrungen gemacht hat, mit deren Hilfe er dein Verhalten einordnen könnte. Er hatte ja nicht einmal eine Freundin, mit der er länger als einen Monat zusammen war.«

»Vermutlich hast du recht.« Jim runzelte die Stirn, so wie immer, wenn er über etwas nachdachte. »Ich habe wohl schlicht angenommen, dass er sich freut, wenn ich glücklich bin.«

»Ich glaube, das würde ihm besser gelingen, wenn er selbst auch glücklich wäre«, sagte Amy trocken. Dann seufzte sie. »Ich bin sicher, er wird es irgendwann verstehen. Aber du musst ihm Zeit geben. Und du musst dir Mühe geben, ihn zu verstehen.«

»Einen Siebzehnjährigen verstehen? Das sollte einfach sein«, scherzte Jim. »Schließlich war ich selbst mal einer.«

»Stimmt.« Amy erinnerte sich an den Jungen, der Jim mit siebzehn gewesen war, und das Mädchen, das sie damals war. »Aber ich denke, du solltest nicht ausgerechnet jetzt damit anfangen, in deiner vergeudeten Jugend zu schwelgen. Vor allem, weil deine neue Freundin auf dem Weg zu uns ist.«

Sie deutete mit dem Kinn zu den Toiletten. Jim drehte sich um und stellte ebenfalls fest, dass Bonnie sich ihnen näherte.

»Willst du uns einander vorstellen, oder wäre es dir lieber, wenn ich schon mal zum Erfrischungsstand vorgehe?« Amy hob die Augenbrauen. Sie war ziemlich stolz auf sich, dass sie so gelassen blieb.

Und das, obwohl sie die beiden am liebsten mit Tommy Finns Kontrabass verprügelt hätte, weil sie ihr die schöne Zukunft vermasselt hatten, die sie sich ausgemalt hatte. Insgeheim wusste sie jedoch, dass sie besser nach vorn schauen und sich auf ihr neues fantastisches Leben konzentrieren sollte.

»Äh ja, geh nur.« Jim wirkte nervös bei dem Gedanken, dass sie und seine Freundin aufeinandertreffen könnten. »Ich …« Seine Stimme versagte.

»Guter Plan«, meinte Amy, als hätte er ausnahmsweise mal etwas Vernünftiges gesagt.

Sie ließ ihn stehen und stellte sich in der Schlange an, um Glühwein für sich und Jack zu holen. Und sie beschloss, sich auch ein paar Mince Pies zu gönnen. Einfach so.

HENRY

Den Rückweg zum Palast verschlief ich fast komplett. Die Rennerei in Windsor Castle war schon sehr ermüdend gewesen, aber die Anspannung, dass man mich als falschen royalen Hund entlarven könnte, war mir wirklich an die Nieren gegangen.

Was natürlich bedeutete, dass ich zu Hause – seit wann nannte ich eigentlich den Palast mein Zuhause? – nach dem Abendessen kein bisschen mehr müde war.

Sarah brachte uns nach unserer Fütterung ins Corgi-Zimmer zurück, und die anderen verdrückten sich recht schnell in ihre Körbchen. Sarah streichelte mich eine Weile, als ich ihr zu verstehen gab, dass ich noch keine Lust hatte zu schlafen.

»Wie ich von Quentin gehört habe, hattet ihr vier einen ziemlich abenteuerlichen Tag«, sagte sie beim Streicheln. »Und jede Menge Verwöhnprogramm. Dein Fell glänzt wunderschön.«

Ich legte mich ein wenig in die Brust.

»Und hier hast du nicht viel verpasst«, fuhr sie fort. »Nur das übliche Staubwischen und Putzen. Ich hatte noch nicht einmal Gelegenheit, mich mit Oliver in seiner Frühstückspause zu treffen.«

Wie schade. Ich hatte gehofft, dass sie auch ohne mich ihre aufkeimende Beziehung weiter pflegen würden. Wie es schien, musste ich ihnen noch einen weiteren Schubs in die richtige Richtung geben.

Oder auch nicht. Denn im selben Moment ging die Tür auf, und Olivers Kopf erschien im Türrahmen. Der Rest seines Körpers folgte schnell, als er Sarah entdeckte.

»Dachte ich's mir doch, dass ich dich hier finde«, meinte er lächelnd. »Willst du Henry über seine Abenteuer aushorchen?«

»So in der Art«, antwortete Sarah. »Und du? Wolltest du den neuesten Klatsch aus Windsor von unserem Fellfreund erfahren?«

»Eigentlich bin ich hier, um dich zu einer Party einzuladen.«

Sarahs Augen weiteten sich. »Eine Party?«

»Klar!« Oliver schloss die Tür hinter sich und beugte sich über den Tisch, auf dem unsere Näpfe standen. »Jeden Monat schmeißt das Personal eine Flurparty. Die heißt so, weil sie buchstäblich im Flur des Personalflügels stattfindet, vor unseren Zimmern.«

»Die Party findet also sozusagen bei mir im Haus statt, und du lädst mich dazu ein?«, fragte Sarah grinsend.

»Na ja, dieses Mal findet sie im Männerflur statt, nicht im Frauenflur …«

Sarah lachte. »Ich mache bloß Witze. Und ich bin mir sicher, niemand anders hätte daran gedacht, mich einzuladen, daher danke.«

Sie hatte recht, fand ich. Wäre Oliver nicht gewesen, hätte man Sarah wieder nicht mit einbezogen. Und dann wäre sie von hier geradewegs zu ihrem Zimmer gegangen, direkt an der Party vorbei und hätte gewusst, dass sie dort nicht erwünscht war.

Zum Glück hatte Oliver das verhindert.

»Also«, fuhr er fort, »jeder bringt irgendeine Flasche mit etwas Alkoholischem mit, und irgendwer hat auch immer Lautsprecher für die Musik dabei. Wir alle plaudern ein wenig und lernen uns besser kennen.«

»Klingt nett.« Sarah wirkte zweifelnd. Vermutlich, weil sie annahm, dass niemand sie gern besser kennenlernen wollte.

Das sollten sie aber, dachte ich. Wenn sie Sarah so kennen würden wie ich und Oliver, würden die anderen sie auch mögen. Wie konnte man sie nicht mögen?

Was bedeutete, dass wir sie dazu bringen mussten, zu dieser Flurparty zu gehen.

»Es wäre eine tolle Gelegenheit, die anderen kennenzulernen«, sagte Oliver. Ich fing seinen Blick ein und erkannte, dass auch er Sarahs Zweifel bemerkt hatte.

»Ich glaub, das ist keine so gute Idee«, erwiderte Sarah.

Oh-oh, das lief nicht so, wie es sollte. Ich musste eingreifen.

Ich sprang auf und bellte laut, dann lief ich zur Tür, duckte mich hinter Oliver und schlug mit der Pfote ans Holz.

Vielleicht würde Sarah ja zu der Party gehen, wenn ich sie begleitete.

»Sieht so aus, als ob Henry in Partylaune ist«, sagte Oliver. »Ich denke aber, er würde nur gehen, wenn du auch mitkommst. Und diesen Hund wirst du doch nicht enttäuschen wollen, oder?«

Sarah verdrehte die Augen. »Henry hat genug Abenteuer für einen Tag erlebt.«

Ich bellte erneut, und sie lachte.

»Ach, komm schon«, forderte Oliver sie auf. Offenbar merkte er, dass sie schwach wurde.

»Von Henry einmal abgesehen, würde ich mich riesig freuen, wenn du mich zu der Party begleitest. Bitte.«

Sie sah auf, und ihre Blicke trafen sich. Eine lange Weile schauten sie sich einfach nur an.

Dann sagte Sarah leise: »Na ja, wenn dir so viel daran liegt …« Und ich wusste, wir waren im Geschäft.

Ich hatte noch keinen Grund gehabt, dem Personalflügel im Buckingham-Palast einen Besuch abzustatten. Sarah schien sich dort nicht oft aufzuhalten, daher suchte ich sie immer in den anderen Räumen und verbrachte dort Zeit mit ihr oder im Garten. Dennoch wollte ich gern sehen, wie sie und Oliver lebten und ob es dort schöner war als im Corgi-Zimmer. Vermutlich nicht.

Es bot sich jedoch kaum Gelegenheit, einen Blick in die Zimmer zu werfen. Als wir ankamen, war die Party bereits in vollem Gange, und im Flur dröhnten laute Musik und angeregte Gespräche. Die Leute brüllten sich an, um einander zu verstehen. Überall standen Flaschen und Gläser herum, offenbar amüsierten sich alle gut.

»Wenn die Katze aus dem Haus ist«, murmelte Oliver nah an Sarahs Ohr, gerade laut genug, dass sie – und ich mit meinem ausgezeichneten Gehör – es verstehen konnte.

»Wie es aussieht, haben alle viel Spaß.« Sarah klang nervöser, als ich sie je erlebt hatte.

»Und wir werden auch unseren Spaß haben. Komm mit.« Oliver ergriff ihre Hand und zog sie mit sich in die Menge. Ich folgte den beiden und blieb ihnen so dicht auf den Fersen, wie ich konnte.

»Wer hat denn den Corgi mit zur Party gebracht?«, rief jemand, als er mich entdeckte.

»Was denn, hast du etwa Angst, er wird uns bei Ihrer Majestät verpetzen?«, fragte jemand anderes, und alle lachten.

Offenbar hatten sie keine Ahnung, mit welchem Corgi sie es hier zu tun hatten. Ich wusste, wie man Party machte. Amy und Jim hatten immer an Silvester eine Party gegeben, und ich war herumgehüpft, hatte mit allen getanzt und gefeiert.

Oliver hatte Getränke für sich und Sarah geholt, allerdings nippten beide nur daran. Sie standen am Rand und unterhielten sich, statt sich unter die Leute zu mischen.

Ab und zu blieb jemand stehen und sprach Oliver an, der Sarah dann jedes Mal vorstellte. Oliver kannte offenbar so ziemlich jeden und wurde von allen gemocht. Ich hoffte, die Freundschaft zwischen Sarah und Oliver würde genügen, um auch die anderen davon zu überzeugen, dass sie ein toller Mensch war, den man kennenlernen sollte. Sie schien sich ein wenig zu entspannen, je mehr Leute sie begrüßte. Alle lächelten und schienen nett zu ihr zu sein.

Auf diese Party zu gehen war eine fantastische Idee gewesen. Gut, dass Oliver und ich sie gehabt hatten.

»Ich muss nur mal kurz mit Russell dort drüben reden«, sagte Oliver nach einer Weile. »Ist es okay, wenn ich dich mit Henry hier kurz allein lasse?«

Sarah lächelte halbherzig. »Ich glaube, ich werde auch ohne Wachhund gut zurechtkommen.«

»Natürlich wirst du das.« Oliver lächelte und entfernte sich. »Ich mache mir ja auch mehr Sorgen um Henry«, rief er über die Schulter, und Sarah lachte.

Sobald er aber außer Sichtweite war und in dem Gewimmel verschwand, wurde Sarah wieder nervös. Ich wusste, dass sie sich in Gegenwart der anderen Bediensteten nicht wohlfühlte. Mir ging es ähnlich, wenn ich mit Willow, Vulcan und Candy zusammen war. Es tut im Herzen weh, wenn man weiß, dass man nicht erwünscht ist.

Oliver wollte Sarah jedoch hier haben. Und ich auch.

Hoffentlich genügte das.

Irgendwann kam Harriet aus dem Postamt vorbei, um sich ein neues Getränk zu holen. Sie begrüßte Sarah freundlich und blieb kurz zum Plaudern stehen. Ein anderes Hausmädchen gesellte sich dazu, bis es von einem Hausdiener zum

Tanzen aufgefordert wurde. Ich saß glücklich zu Sarahs Füßen und beobachtete, wie sie mit jedem Augenblick mehr Selbstvertrauen gewann.

Sie kam zurecht – auch ohne Oliver. Und sie fing an, das zu begreifen. Hervorragend.

»Du bist Sarah, oder?« Eine rothaarige Frau, ein wenig älter als Sarah, baute sich vor uns auf. Sie lächelte, aber es war die Art von Lächeln, der ich nicht ganz traute. Es wirkte nicht so freundlich wie das der anderen, die stehen geblieben waren, um zu plaudern. Ich schob mich ein wenig dichter an Sarah heran, nur für den Fall, dass sie mich brauchte. »Du bist mit Oliver hier.«

»Stimmt.« Sarah drehte sich zu der Stimme um und erwiderte das falsche Lächeln mit einem strahlenden. »Beides.«

»Ich bin Jessica.« Ihr Lächeln schwankte einen Moment. Gerade lang genug, um mir zu verraten, dass mich meine Instinkte nicht trogen.

Diese Frau führte nichts Gutes im Schilde.

»Oh. Ja. Ich glaube, wir haben uns an meinem ersten Tag hier kennengelernt«, erwiderte Sarah. Ihr Lächeln verblasste, und ihre Stimme klang plötzlich hölzern. *Gehört die Frau zu denen, die sich über Sarah lustig machen?*, fragte ich mich.

»Du scheinst dich gut eingelebt zu haben.« Jessica schaute über Sarahs Schulter zu der Ecke, wo Oliver sich mit seinem Freund unterhielt. »Oliver auf deine Seite zu ziehen war ein guter Schachzug.«

»Er ist nicht … Hier geht's nicht um Seiten.« Sarah runzelte verwirrt die Stirn. »Er ist nur ein Freund.«

»Na klar. Und mit den Hunden der Queen hast du dich auch schon angefreundet.« Sie schaute mit offensichtlicher

Abscheu auf mich herunter. Kein Hundemensch. Gut. So eine wie sie hätten wir eh nicht gemocht.

»Henry ist ein sehr freundlicher Hund«, meinte Sarah sachlich.

»Ja, ich nehme an, diese Hundefreundschaft wird dir auch einen guten Stand bei Ihrer Majestät einbringen«, meinte Jessica plötzlich wieder lächelnd und unheimlich freundlich. »Sie mag es, wenn andere in ihre Hunde vernarrt sind. Vor allem, wenn die Hunde diese Menschen auch mögen. Du solltest deine Freundschaft zu Henry ganz offen zur Schau stellen, wenn Ihre Majestät zurückkommt.«

»Hallo, Jessica.« Oliver tauchte plötzlich neben uns auf. Darüber war ich froh. Ich wusste nicht, was Jessica vorhatte, aber sie war gewiss nicht annähernd so freundlich, wie sie uns glauben machen wollte. Daran bestand nicht der geringste Zweifel.

»Oliver.« Sarah lächelte ihn an, Erleichterung in ihrem Blick.

»Ich habe nur unserem neuen Mädchen Hallo gesagt«, meinte Jessica, schon auf dem Absprung.

»Ja, sie hat mir erzählt, dass es der Queen gefällt, wenn das Personal gut mit ihren Hunden zurechtkommt«, setzte Sarah hinzu. »Sie hat vorgeschlagen, dass ich der Queen zeige, wie gut ich mich mit Henry angefreundet habe.«

Olivers Augen verengten sich, und er schaute Jessica frostig an. »Ach tatsächlich?«

»Das war doch nur ein Witz!«, platzte Jessica heraus und machte noch einen Schritt zurück. »Ein Streich, ein harmloser Scherz. So wie wir das mit den Neuen immer machen. Oder hast du das vergessen, jetzt wo du zum ach so wichtigen Senior-Hausdiener aufgestiegen bist? Früher hast du ebenso gern anderen Apfelkuchen ins Bett gelegt oder Lebensmittelfarbe in die Zahnpasta geschmiert wie wir alle.«

»Ein Streich?«, fragte Sarah verwirrt.

»Die Queen ist sehr speziell mit ihren Tieren«, erklärte Oliver. »Weißt du noch, ich habe dir doch mal erzählt, dass niemand die Hunde streicheln darf außer ihr. Henry ist offensichtlich die Ausnahme, aber du würdest dich nicht besonders beliebt machen, wenn du vor Ihrer Majestät eine Schau mit Henry veranstaltest.«

»Du hast also versucht, mich in Schwierigkeiten zu bringen«, stellte Sarah fest und schaute Jessica enttäuscht an.

»Es war nur ein Scherz«, murmelte Jessica.

»Aber kein sehr lustiger.« Oliver schenkte ihr einen finsteren Blick, bis Jessica die vernünftige Entscheidung traf und sich verabschiedete. Er drehte sich zu Sarah. »Tut mir leid, dass das passiert ist.«

Sarah zuckte mit den Schultern. »Ich habe dir doch gesagt, dass ich nicht besonders beliebt bin.«

»Das ist vielleicht auch meine Schuld«, meinte Oliver. »Seit ich zum Senior-Hausdiener befördert worden bin, glauben wohl einige, dass ich vergessen hätte, wo ich angefangen habe. Das habe ich natürlich nicht, aber … Manchmal ist das eben so hier.«

»Tja ich stehe auf dem Hierarchietreppchen ganz unten, und dennoch finden sie einen Grund, warum sie mich nicht mögen!«

»Sie sind nicht alle wie Jessica«, beharrte Oliver. »Die meisten Menschen, die hier arbeiten, sind total liebenswürdig. Wir sind wie eine Familie. Das wirst du selbst feststellen, wenn du sie alle erst besser kennst. Aber es dauert nun einmal eine Weile, bis man sich eingewöhnt hat.«

Sarah straffte die Schultern. »Nun, ich habe nicht vor, so schnell wieder zu gehen. Daher sollten sie sich besser an mich gewöhnen.«

Oliver strahlte. »Prima Einstellung.«

»Aber jetzt … jetzt gehe ich lieber auf mein Zimmer. Ich habe fürs Erste genug Party gehabt.«

Oh nein. Das ging gar nicht. Ich musste einen Weg finden, dass Sarah auf der Party blieb. Wenn sie jetzt ging, dann hätte diese Jessica gewonnen. Und das kam gar nicht infrage.

»Wir haben noch nicht einmal miteinander getanzt«, warf Oliver ein, aber Sarah schüttelte den Kopf.

»Ich kann nicht so gut tanzen.«

Nun, ich hingegen war ein hervorragender Tänzer. Und irgendwie würde ich Sarah schon zum Tanzen verleiten.

Die Musik, die aus den Lautsprechern dröhnte, wechselte gerade zu einem Lied, das ich aus einem von Amys Filmen kannte. Die anderen kannten es offenbar auch, denn plötzlich tanzten sehr viele. Ich bellte begeistert, und nach einem schnellen Blick zu Sarah, schloss ich mich den Tanzenden an, bereit, meinen felligen Hintern zu schwingen.

»Ist das … tanzt Henry etwa?«, hörte ich Oliver über die Musik hinweg fragen. Ich war zu sehr damit beschäftigt, meine Pfoten und meinen Stummelschwanz im Takt zu bewegen, um mich nach ihm umzudrehen.

Die Tanzenden machten mir ein wenig mehr Platz und klatschten im Takt, während sie mir zuschauten. Dann, als der Song meine Lieblingsstelle erreichte, schoss ich rüber zu Sarah und bellte sie ermutigend an.

»Ich glaube, er will, dass wir mitmachen«, meinte Oliver.

Sarah schüttelte schon wieder den Kopf, aber dieses Mal hatte ich die Menge auf meiner Seite.

»Komm schon, Oliver! Na los, Sarah!«, riefen die Leute.

Oliver zog Sarah lachend mit sich auf die Tanzfläche, wo ich schon wieder fröhlich herumhüpfte. Sie legte den Kopf an seine Schulter, als er die Arme um sie schlang.

Dann, als hätte ich es so organisiert, wechselte die Musik wieder – dieses Mal zu einem langsameren Song. Ich zog mich an den Rand zurück und sah zu, wie Sarah und Oliver sich zu der Musik wiegten.

Perfekt. Wie das Happy End in einem Film.

Genau so, wie ich es geplant hatte.

Tag 8

Samstag, 21. Dezember

AMY

»Seid ihr beiden sicher, dass ihr heute ohne mich zurechtkommt?« Amy schaute nervös zu ihren Kindern, während sie sich den flauschigen Schal um den Hals band. »Wenn ihr mich braucht, ich bin in der Praxis und euer Dad ist auch nur einen Telefonanruf entfernt. Der Kühlschrank ist voll, ihr könnt euch also Sandwiches machen, und bitte denkt dran, die Katze zu füttern ...« Sie unterbrach sich, weil die beiden sie ungerührt ansahen. Sogar Sookie saß wachsam neben dem Heizkörper und schaute sie mit diesem abschätzigen Blick an, der so typisch für Katzen war.

Henry schaute sie nie abschätzig an.

Amy seufzte. »Ja, ich weiß, es ist nicht besonders toll, dass ihr an eurem ersten Ferientag zu Hause bleiben müsst, weil ich zur Arbeit muss, aber ...«

»Eigentlich, Mum ... haben wir für heute schon etwas vor.« Jack wirkte schuldbewusst, noch ehe sie nach den Einzelheiten dieses Plans gefragt hatte, was kein gutes Vorzeichen war.

Sie zog den Schal wieder aus. Das Gespräch konnte wohl noch ein Weilchen dauern. »Was für einen Plan?«

»Jack hat vorgeschlagen, dass wir mit dem Zug noch mal nach London fahren«, erklärte Claire aufgeregt.

Amys Brust zog sich zusammen. Nach ihrem letzten Ausflug nach London hatte ein Familienmitglied gefehlt. Sie war sich nicht sicher, ob sie dieses Risiko noch einmal eingehen wollte.

»Wir könnten dort ein paar Henry-Gesucht-Plakate aufhängen, für Leute, die es im Netz nicht gesehen haben«, erklärte Jack. »Und vielleicht könnten wir auch im Tierheim in Battersea nachfragen. Vielleicht ist er aus Versehen dort gelandet.«

»Er ist gechippt, Jack«, betonte Amy nachdrücklich. »Ich bin mir sicher, das wäre überprüft worden.« Aber was, wenn nicht? Hatte sie schon in Battersea angerufen? Sie konnte sich nicht mehr daran erinnern, ob sie das Tierheim auf ihre Liste mit den zu kontaktierenden Einrichtungen gesetzt hatte. Wenn nicht, war es tatsächlich einen Versuch wert.

»Und wenn etwas mit dem Mikrochip schiefgelaufen ist?«, fragte Claire. »Ich habe gelesen, dass so etwas manchmal passiert. Vielleicht haben sie Henry ja bei sich und haben keine Ahnung, dass er uns gehört.«

Beide sahen so aufgeregt und eifrig aus, dass Amy gern Ja gesagt hätte. Selbst wenn nichts dabei herauskäme, würden sie wenigstens etwas unternommen haben. Und das gemeinsam, weshalb ihr ganz warm ums Herz wurde. Wegen des Altersunterschieds hatten Jack und Claire nicht viele gemeinsame Interessen. Für Henry taten sie sich jedoch zusammen. Und das war schön.

Das einzige Problem bestand darin, dass es ihr nach der

Sache von neulich Abend schwerfiel, die beiden allein losziehen zu lassen.

»Also das ist etwas ganz anderes als die Geschichte mit dem Typen, der behauptet hat, er hätte Henry gefunden«, sagte Jack. Fast so, als hätte er ihre Gedanken gelesen, wozu er anscheinend nur fähig war, wenn er etwas von ihr wollte. »Wir werden uns mit niemandem treffen oder sonst irgendetwas Blödes machen. Wir haben dir gesagt, wohin wir gehen, und wir schreiben dir und geben dir Bescheid, mit welchem Zug wir zurückkommen, wenn du willst. Es ist ja nicht so, dass ich noch nie allein in London gewesen wäre.«

Das stimmte. Jack war siebzehn, alt genug, um allein mit dem Zug in die Stadt zu fahren. Er verabredete sich oft am Wochenende mit seinen Freunden, und er hatte im Sommer als Vorbereitung auf sein Tierarztstudium in einem Londoner Tierheim ausgeholfen. Sie musste sich keine Sorgen machen, dass Jack sich in der Großstadt nicht zurechtfand.

Aber seine kleine Schwester? Das war etwas völlig anderes.

»Und ich bin schon zwölf, Mum«, sagte Claire. »Ich bin kein Baby mehr.«

»Du wirst immer mein Baby bleiben«, meinte Amy abwesend, und Claire zog eine Schnute.

»Mum!«

»Ich weiß, ich weiß.« Die beiden wurden erwachsen. Und sie konnte nicht jeden Tag vierundzwanzig Stunden lang auf sie aufpassen, auch wenn das verlockend klang. Es war nur … sie hatte in letzter Zeit schon so viel verloren, was sie als selbstverständlich erachtet hatte, dass sie es nicht wagte, noch mehr aufs Spiel zu setzen.

»Vielleicht finde ich jemanden, der für mich einspringt. Dann könnte ich mit euch fahren.« Sie hatte die Extraschicht am Samstag nur übernommen, weil sie immer noch knapp an Personal waren und ihr das zusätzliche Geld in diesem Monat sehr gelegen kam. Die Chancen, jemand anderen zu finden, der für sie die Wochenendschicht übernehmen würde, standen jedoch nicht sonderlich gut. Das wusste sie. Aber vielleicht …

»Mum.« Jack betrachtete sie eindringlich, und plötzlich war er mehr Mann als Junge. Mehr Elternteil als Kind. »Wir schaffen das schon. Und das weißt du auch.«

Ja, das wusste sie. Ihre Kinder waren schlau und vernünftig – meistens zumindest. Sie hatte auch eigentlich nichts gegen den Plan einzuwenden, außer dass sie sich nicht den ganzen Tag unnötig Sorgen machen wollte.

Sie seufzte. »Okay. Gut.« Vor Freude quiekend schlang Claire die Arme um sie. Sogar Jack gelang ein echtes Lächeln. »Aber ich möchte, dass ihr mir jede Stunde eine Nachricht schickt und mir sagt, wo ihr seid und wie ihr vorankommt. Einverstanden?«

»Klar. Das machen wir«, versprach Jack.

Claire schnappte sich eine pinkfarbene Mappe mit Blumenmuster vom Küchentisch und drückte sie Amy in die Hände. »Schau mal! Die wollen wir aufhängen und herumzeigen.«

Amy schlug die Mappe auf. Darin lag ein dicker Stapel Blätter. Auf jedem war das Foto von Henry mit Weihnachtsmütze abgebildet und darunter der Link zur Henry-Gesucht-Facebook-Seite. Das Wort »Gesucht« stand riesengroß ganz oben als Überschrift. Unter dem Foto fand sich eine ausführliche Beschreibung von Henry, die mit den Worten »Heiß geliebter Familienhund« begann.

Ob das helfen würde? Vermutlich nicht. Aber zumindest hatten die Kinder das Gefühl, dass sie etwas unternahmen. Amy konnte dieses Bedürfnis gut verstehen.

»Hängt aber besser nichts am Zaun des Palastes auf, ja?«, mahnte sie. »Ich habe so das Gefühl, dass das der Queen nicht gefallen würde.«

Jack grinste. »Machen wir schon nicht, Mum. Versprochen.«

»Na dann, viel Glück!« Sie drückte beide an sich und griff nach ihrem Schal. »Und ich hoffe wirklich sehr, dass ihr ihn findet.«

»Äh, Mum?« Jack hatte schon wieder diese zerknirschte Miene aufgesetzt. »Könntest du uns vielleicht ein wenig Geld für heute leihen? Es ist so, dass ich …«

Dass er alle seine Ersparnisse diesem Betrüger gegeben hatte, um Henry zurückzubekommen. Natürlich.

Seufzend angelte Amy ihr Portemonnaie aus der Tasche, während sie im Kopf schnell nachrechnete, was die Bahntickets wohl kosten würden und wie viel sie durch die Extraschicht an Lohn bekam. Ihre Kinder waren wohl doch noch nicht so erwachsen und eigenständig.

HENRY

Ich wachte auf, weil ich das Gefühl hatte, angestarrt zu werden. Vorsichtig öffnete ich ein Auge und stellte fest, dass Willow, Candy und Vulcan sich im Kreis um mein Körbchen aufgebaut hatten und mich angafften.

Ich klappte auch das andere Auge auf. »Was ist?«

»Wohin bist du gestern Abend verschwunden?«, fragte Willow.

»Sarah hat dich zurückgetragen und dich in dein Körbchen gelegt«, fügte Candy hinzu. »Es war wirklich schon sehr spät.«

»Und du hast dich von ihr im Arm halten lassen.« Vulcan erschauerte. »Und du hattest nicht mal die Entschuldigung, dass du betäubt gewesen bist.«

»Oder warst du das?«, fragte Candy. »Ich meine, warst du vielleicht beim Tierarzt? Was ist passiert?«

»Ich war auf einer Party«, sagte ich und schloss die Augen wieder. »Im Personalflur.«

Entsetztes Schweigen. Dann fingen sie alle drei gleichzeitig an zu reden.

»Hat dich jemand gesehen?«

»Warum warst du da?«

»Du treibst es mit der Freundlichkeit wirklich zu weit!«

Offenbar war nicht mehr an Schlaf zu denken. Seufzend stand ich auf und hüpfte aus meinem Körbchen.

»Also, das war so. Oliver wollte, dass Sarah mit ihm zu der Party geht, daher bin ich als ihr Wachhund mitgekommen. Einige der anderen Bediensteten waren nicht sehr nett zu ihr.« Das war die Untertreibung des Jahres, aber ich wusste, dass die anderen Hunde wohl nicht verstehen würden, wie sich das anfühlte.

»Vermutlich, weil sie ihren Platz noch nicht kennt«, sagte Vulcan, in dem Versuch, schlau zu klingen.

»Ihr Platz ist hier im Palast«, antwortete ich nachdrücklich. »Und bei Oliver.«

»Möglich«, meinte Willow. »Aber nur ganz besondere Menschen können für *Sie* arbeiten.«

»Sarah ist etwas Besonderes«, schnappte ich. »Viel besonderer als der ganze Rest.«

Candy schaute mich kläglich an, aber sie trat auch nicht für Sarah ein.

»Wir werden sehen.« Zu mehr ließ sich Willow nicht herab. Ich konnte ihr aber ansehen, dass sie mir nicht glaubte.

Das wollte ich mir nicht länger anhören. Ich drehte den dreien den Rücken zu und stolzierte aus dem Corgi-Zimmer, den Flur hinunter. Dabei murmelte ich etwas über eingebildete Hunde, die einen guten Menschen nicht mal dann erkennen würden, wenn sie einen beißen würden. Was ihnen durchaus zuzutrauen war.

In der vergangenen Woche hatte ich den Großteil des Palastes erkundet, Zimmer für Zimmer. Ich war mir sicher, dass sich hier noch mehr Geheimnisse verbargen. Vielleicht gab es ja sogar noch mehr Geheimtüren wie die Spiegeltür, die mir Sarah im Weißen Salon gezeigt hatte. An diesem Morgen hatte ich es jedoch nicht besonders eilig, sie zu erforschen. Ich wanderte bloß nachdenklich durch die Flure.

Es gab so vieles in der Welt des Buckingham-Palastes, das ich nicht verstand. Das Verwirrendste war jedoch die Einstellung der anderen Hunde. Meiner Erfahrung nach schenkte man den Leuten, die sich um einen kümmerten, denen man wichtig war und die einen freundlich behandelten, seine Liebe und Treue. Und im Palast war dieser Mensch für mich Sarah. Zu Hause natürlich die Walkers, und ich vermisste sie an jedem einzelnen Tag, ganz egal, wie nett Sarah und Oliver zu mir waren.

Aber wer war dieser Mensch für Willow, Vulcan und Candy?

Unvermittelt blieb ich auf der Schwelle eines neuen Zimmers stehen, weil mir die Antwort einfiel. Die Queen. *Sie* wurde von den dreien geliebt, und *Sie* war auch diejenige, die sich um sie kümmerte, der sie wichtig waren und die sie freundlich behandelte. *Sie* fütterte die Hunde, ging mit ihnen spazieren, bürstete sie … und *Sie* war nicht da. Willow hatte erzählt, dass Sie ihre Hunde fast immer mitnahm, egal, wohin Sie reiste, aber dieses Mal nicht. Stattdessen hatte Sie einen neuen Hund mitgenommen.

Ganz logisch, dass die drei mürrisch und schwierig waren. Sie vermissten ihren Menschen, genauso wie ich die Walkers vermisste. Auf gewisse Weise saßen wir im selben Boot. Mit dem einzigen Unterschied, dass die Queen bald zu ihnen zurückkommen würde, während ich dann hochkant rausflog und meine Familie immer noch nicht wiederhatte.

Ich hörte, wie eine Tür irgendwo hinter mir zuschlug, und trottete weiter, immer noch in meine Gedanken versunken. In der Mitte des Zimmers, in dem ich mich befand, hing eine seltsame Lampe. Sie sah aus wie ein umgedrehter Regenschirm. Die Wände zierten das übliche Gold und die königlichen Dekorationen – Dinge, an deren Anblick ich mich schon fast gewöhnt hatte.

Das Interessanteste an dem Zimmer war jedoch, dass es darin eine offene Tür gab. Die nach draußen führte!

Ich schaute über die Schulter, um mich zu vergewissern, dass mich niemand beobachtete, dann lief ich zu der Tür. Sie war aus Glas, wie ein riesiges Fenster, und offenbar hatte jemand vergessen, sie zu schließen. Ich schubste sie mit der Nase auf und schaute raus.

In meiner Aufregung über die offene Tür hatte ich das Wichtigste vergessen: dass ich mich immer noch im ersten Stockwerk befand.

Die neue Tür führte nicht, wie ich gehofft hatte, zu einem neuen Bereich im Garten, den ich noch nicht erkundet hatte. Sie führte auf einen langen, steinernen Balkon, der auf den Vorhof des Palastes blickte.

Ich drückte meine Nase zwischen zwei der Steinsäulen hindurch, die die Balkonmauer stützten, und schaute durch die Lücke. Als Erstes fiel mir auf, wie weit ich sehen konnte. Bis zum Horizont erstreckten sich vor meinen Augen große Häuser, seltsam geformte Bauwerke und eine lange gerade Straße mit Bäumen und Parks, die an einem Kreisel mit einer großen Steinskulptur endete, auf der eine goldene Figur thronte. So viele Orte, an denen ich noch nicht gewesen war – so viele Parks, in denen ich noch nicht herumgetollt war.

Eine Taube flog vorbei, und fast wäre ich ihr nachgejagt – bis ich den tiefen Abgrund bemerkte. Schnell ging ich ein paar Schritte rückwärts, bis ich mich wieder sicher fühlte, und schaute der Taube bedauernd nach, die zum Boden flatterte.

Und dann sah ich etwas Vertrautes.

Da war der Zaun, an dem ich mit Amy, Jack und Claire gestanden hatte. Da war die Straße, die wir entlanggelaufen waren. Da war das Gebüsch, durch das ich mich in den Garten geschmuggelt hatte.

Hier war die Stelle, an der ich meine Familie verloren hatte, und nun war ich im Palast gefangen, bis jemand herausfand, wer ich war.

Ich wollte mich gerade umdrehen und wieder hineingehen, raus aus der Dezemberkälte, als mir etwas ins Auge stach. Ein dunkler Kopf und ein hellerer, die sich an den Zaun unten pressten. Eine leuchtend rote dicke Jacke, die ich von einer endlosen langen Einkaufstour mit Amy und Claire wiedererkannte. Eine abgetragene Tasche mit vielen Flicken, die Jack nicht wegwerfen wollte. Die beiden hielten ein Stück Papier in der Hand und zeigten es irgendjemandem auf der anderen Seite des Zauns. Wie es aussah, war es einer der Wachmänner.

Jack und Claire.

Sie kamen mich endlich holen! Sie hatten mich nicht vergessen!

Hektisch fing ich laut an zu bellen, sprang hoch und versuchte, die Vorderpfoten auf das Balkongeländer zu legen, in der Hoffnung, dass sie mich sehen würden.

Aber Jack und Claire schauten nicht hoch. Ich war zu weit entfernt, sie konnten mich weder sehen noch hören.

»Was machst du denn hier?«, hörte ich eine verärgerte Stimme hinter mir und machte erschrocken einen Satz zurück. Als ich mich umdrehte, entdeckte ich Jessica in der offenen Tür, die Hände in die Hüften gestützt. »Wenn du hier runterfällst, ist die Hölle los. Und sie würden bestimmt mir die Schuld geben. Komm schon rein.«

Sie versuchte, mich hereinzuholen, indem sie mit den Armen zur Tür winkte, aber ich drehte mich noch einmal um. Ich wollte einen letzten Blick auf meine verlorene Familie werfen.

Auch Jack und Claire wurden unten weggeschickt. Sie gingen vom Zaun fort. Weg vom Palast.

Weg von mir.

Ich sah ihnen nach, bis sie fast außer Sichtweite waren. Erst dann ging ich hinein zu Jessica und winselte leise, als sie die Balkontür schloss.

Unwillkürlich fragte ich mich, ob ich Jack und Claire zum letzten Mal gesehen hatte.

Die Flure und Zimmer im Palast fühlten sich riesig und verlassen an, als ich mich auf den Rückweg zum Corgi-Zimmer machte. Die Pracht des Palastes, die goldenen Fäden im Teppich unter meinen Pfoten bemerkte ich nicht länger. Ich vermisste den ausgefransten Streifenteppich im Flur der Walkers und den Stapel von Schuhen, die den Weg nicht ins Schuhregal fanden und sich deshalb hervorragend als Kauspielzeug eigneten.

Ich vermisste mein Zuhause. Und ich vermisste meine Familie.

»Was ist mit dir los?« Candy folgte mir durchs Zimmer, als ich mich in mein Körbchen legte.

»Nichts«, log ich.

»Heimweh?«, riet Candy, als sie zu mir ins Körbchen sprang.

»Vielleicht.« Oh ja.

»Weißt du, Weihnachten mit den Royals ist gar nicht so übel. Vielleicht wirst du sogar Spaß haben.« Candy drückte die Nase an meine Seite. »Vielleicht willst du dann sogar gern bei uns bleiben.«

»Falls das überhaupt zur Option steht.« Ich erwartete immer noch, dass ich jeden Augenblick entdeckt und an die frische Luft befördert werden würde.

»Ich glaube, die Möglichkeit besteht«, antwortete Candy. »Sie hat eine kleine Schwäche für Corgis. Ich denke nicht, dass Sie dich einfach so hinauswerfen würde, wenn du kein Zuhause hast.«

Ich legte den Kopf schräg. Diese Möglichkeit hatte ich noch gar nicht in Betracht gezogen. Aber nun, da Candy es erwähnte und Vulcan sein Gift ausnahmsweise mal nicht versprühte, ergab das sogar Sinn. Denn eine Königin, die ihre Hunde selbst fütterte und bürstete, sie fast immer mitnahm, mit ihnen spazieren ging und der es nicht gefiel, wenn andere sie anfassten, liebte ihre Hunde ganz offensichtlich. Und eine Königin, die dem betagten Hund eines alten Freundes nach seinem Tod ein neues Zuhause gab, würde einen anderen Hund an Weihnachten ganz bestimmt nicht im Schnee aussetzen. Oder?

Und es war ja auch nicht so, als gäbe es im Palast nicht genügend Platz für einen weiteren kleinen Corgi mit guten Manieren.

Es war nur nicht dasselbe, wie Weihnachten zu Hause bei den Walkers zu feiern. Ich machte es mir im Körbchen etwas bequemer, als Candy sich an mich kuschelte.

»Erzähl mir etwas über Weihnachten im Palast«, bat ich.

Candy zuckte mit den Schultern. »Zuerst einmal verbringen wir das Fest nicht im Palast. Na ja, zumindest nicht in diesem.«

»Moment.« Ich richtete mich auf. »Ihr habt diesen unglaublichen Palast, der für Weihnachten geschmückt ist, und ihr verbringt Weihnachten gar nicht hier?«

»Nein. Wir fahren nach Sandringham.« Candy neigte den Kopf. »Bevor wir fahren, findet hier noch ein Weihnachtsessen mit der Familie statt. Deshalb haben sie wohl ein paar Weihnachtskugeln und ein bisschen Weihnachtsschmuck aufgehängt.«

»Ein paar Kugeln ... bist du mal durch den Palast gelaufen, um dir die ganzen Dekorationen anzusehen?«

»Na ja, ein paar habe ich gesehen. Auf dem Weg zum Abendessen und beim Spaziergang draußen.«

All diese Pracht – und die Hunde, die hier lebten, wussten sie nicht einmal zu schätzen.

»Das war's.« Ich hüpfte aus dem Körbchen. »Du kommst jetzt mit mir mit.«

»Wohin?«, fragte Candy, dennoch folgte sie mir, als ich auf die Tür zutrabte.

»Du wirst jetzt diesen Palast zur Abwechslung mal durch meine Augen sehen«, antwortete ich. »Komm, ich zeig ihn dir.«

Ich fing mit der großen Prachttreppe an und forderte Candy auf, stehen zu bleiben und sich all die bunten Kugeln anzuschauen, die an den sich ums Treppengeländer schlängelnden Girlanden hingen.

»Die sind sehr hübsch, finde ich.« Candy betrachtete ihr Spiegelbild in einer Kugel. »Und das wolltest du mir zeigen?«

»Das ist erst der Anfang«, versicherte ich ihr. »Gehen wir weiter.« Ich kannte mich im Palast gut genug aus, um Candy all meine Lieblingsplätze zu zeigen. Ich brachte sie zum Bow Room mit dem gigantischen Baum, der mit rotem und goldenem Schmuck dekoriert war. Ich führte sie durch Empfangsräume, in denen auf jedem Tisch Vasen mit Stechpalmenzweigen und roten Beeren standen. Und in jedem Raum, den wir betraten, erzählte ich ihr von den Weihnachtsfesten zu Hause bei den Walkers.

Das Beste hob ich mir für den Schluss auf. Als Candy sich darüber beschwerte, dass ihr die Pfoten wehtaten, führte ich sie zum großen Eingang mit den drei riesigen Bäumen, deren leuchtende Lichterketten den Weihnachtsschmuck zum Glitzern brachten.

»Verstehst du es jetzt?«, fragte ich. »Wie grandios dieser Palast allen erscheint, die nicht hier geboren sind?«

»Ich glaube schon«, antwortete Candy. »Aber deine Weihnachtsfeste mit den Walkers, die klingen … magisch.«

»Dieser Palast ist magisch«, gab ich zu. »Dieser Palast ist … wie aus einem Film. Aber Weihnachten bei den Walkers … das ist mein Zuhause. Dort fühle ich mich richtig wohl.«

»Ich glaube, ich weiß, was du meinst«, sagte Candy und lehnte sich an mich. Gemeinsam betrachteten wir die funkelnden Weihnachtsbäume.

»Wir verbringen Weihnachten immer in Sandringham, daher stammen meine schönsten Weihnachtserinnerungen von dort. Dieser Palast … er ist so riesig, und die Queen ist immer so beschäftigt, wenn wir hier sind. Aber wenn wir in Sandringham sind und es nur uns und die Familie gibt, das ist für mich die schönste Zeit. Wir bekommen alle rote Nikolausstrümpfe am Weihnachtsmorgen, gefüllt mit Leckereien und Spielzeugen. Und wir gehen immer lange spazieren, auch wenn es geschneit hat. Danach kuscheln wir uns alle vor den Kamin. Das ist Weihnachten für mich, weißt du. Nicht dieser ganze Schmuck und das Theater, das alle darum machen.«

»Das ergibt Sinn«, fand ich. »Für mich bedeutet Weihnachten, mit Jack und Claire zu kuscheln, wenn sie ihre Geschenke auspacken. Einen Spaziergang im Park zu machen, während Amy das Festessen kocht, und gemeinsam einen Weihnachtsfilm zu schauen, wenn es dunkel ist.«

»Ich hoffe, das wirst du dieses Weihnachten auch wieder erleben«, sagte Candy. »Denn ich weiß, dass dich das glücklich machen wird. Aber …«

»Aber?«, hakte ich nach.

Sie lächelte leicht und lehnte ihren Kopf an meinen. »Aber ich wünsche mir trotzdem auch, dass du bei uns bleiben kannst. Ergibt das einen Sinn?«

Ich schluckte einen Kloß in meiner Kehle herunter. »Ja. Ja, das ergibt Sinn.«

Denn obwohl ich mich nach meinem Zuhause sehnte und nach meiner Familie, war ich noch nicht ganz bereit, den Palast hinter mir zu lassen. Oder die Menschen und die Hunde, die dort lebten.

AMY

Amy war noch vor Jack und Claire wieder zu Hause. Sie setzte sich an den Küchentisch mit einer Tasse Tee in der Hand, und las die Nachrichten, die sie von den beiden erhalten hatte – jede Stunde eine über den ganzen Tag verteilt, wie versprochen.

Sie hatten voller Hoffnung angefangen, zuversichtlich, dass sie Erfolg haben würden oder zumindest einen Hinweis fanden. Je weiter der Tag jedoch fortschritt, desto unsicherer und hoffnungsloser wurden sie. Inzwischen war es dunkel geworden, und die letzte Nachricht lautete: *Immer noch nichts. Gehen jetzt zum Bahnhof. Sind bald zu Hause.*

Immer noch nichts. So fühlte sich diese ganze Jahreszeit für Amy an. Als ob sie nichts erreichen konnte, egal, wie sehr sie sich bemühte. Als würde sie sich in einem Sturm durch eine Schneewehe kämpfen und der Wind schob sie immer wieder zurück. So, wie an dem freien Abend, als sie glaubte, endlich die Chance zu bekommen, wieder Amy zu sein und mit Luke Fitzgerald Karaoke zu singen. Dann hatte sie jedoch Jims Anruf in die harte Realität zurückgeholt.

Die Zukunft kam ihr im Moment wie ein schrecklich einsamer Ort vor.

Sie schüttelte den Kopf. Die Kinder durften sie nicht so niedergeschlagen erleben, und sie konnten jeden Moment zu Hause sein.

Sie stand auf und suchte im Radio einen Sender, der Weihnachtsmusik spielte. Danach kramte sie ein paar Schokoladenweihnachtsdekorationen aus dem Schrank. Die Kinder hatten sie immer gern an den Baum gehängt und darauf bestanden, dass sie die ohne Aufhänger gleich essen mussten. Es war schon erstaunlich, wie viele Schokoladenaufhänger ohne Fäden die Kinder immer fanden – und wie viele Fäden sie anschließend irgendwo versteckt entdeckt hatte.

Amy hatte gerade die Schere gefunden, um die Packung zu öffnen, als die Haustür in den Telefontisch krachte und verkündete, dass die Kinder zu Hause waren.

»Hallo, wie ist es gelaufen?« Sie kam ihnen im Flur entgegen und lächelte, aber weder Jack noch Claire erwiderten das Lächeln.

»Reine Zeitverschwendung.« Jack schob sich an ihr vorbei und warf seinen Mantel über das Geländer und seine Schuhe auf den Stapel, der es irgendwie nie ins Schuhregal schaffte. Amy schenkte den Schuhen einen traurigen Blick – sie blieben sämtlich unzerkaut, jetzt wo Henry nicht da war. Ein weiteres Anzeichen für ihren Verlust. Ebenso wie die kleinen Restehäufchen, die sie nach dem Essen unter dem Küchentisch fand, weil Claire vergaß, dass Henry nicht da war, um die Sachen aufzufressen, die sie nicht mochte.

»Wir haben überall gesucht«, meinte Claire leise. »Niemand hat Henry gesehen. Im Tierheim ist er auch nicht.«

Amy schlang einen Arm um die Schultern ihrer Tochter und drückte sie an sich. »Wenigstens habt ihr es versucht.«

»Keine Ahnung, warum wir uns die Mühe gemacht haben«, brummte Jack. »Henry wird nie wieder nach Hause kommen. Genauso wenig wie Dad.«

Autsch. Amys Herz zog sich zusammen, als sie die Verzweiflung in der Stimme ihres Sohns bemerkte. Sie hatte das Gefühl, dass selbst Schokoladendekorationen die Stimmung nicht aufheitern konnten, aber mehr hatte sie im Moment nicht zu bieten.

»Lasst den Kopf nicht hängen«, sagte sie. »Ich habe Schokoladenfiguren, die wir an den Baum hängen können. Wir können uns einen Weihnachtsfilm ansehen, und ich mache uns heiße Schokolade, wenn ihr wollt. Na, was sagt ihr?«

Sie musste zwar ein bisschen bitten und betteln, aber schließlich konnte niemand ihrer heißen Schokolade widerstehen. Amy summte »Baby, It's Cold Outside«, während sie die Schlagsahne und Schokoladenstreusel auf den Kakao gab und dann die Becher ins Wohnzimmer trug. Sie lächelte, als sie bemerkte, dass ein paar Schoko-Anhänger bereits fehlten und im Fernsehen die Muppets-Weihnachtsgeschichte lief.

»Ich find's schön, dass ihr immer noch die Muppets mögt«, sagte sie, als sie die Tassen verteilte.

Claire verdrehte die Augen. »Mum, wir haben uns für den Film entschieden, weil es dein Lieblingsfilm ist, nicht unserer.«

Amys Kehle fühlte sich wie zugeschnürt an. »In dem Fall, danke, Schatz.«

»Die Schokoladenkugel hier hat keinen Aufhänger«, verkündete Jack und riss den Faden von der Verpackung ab, ohne sich auch nur die leiseste Mühe zu geben, heimlich zu tun. Dann reichte er sie Amy. »Du solltest sie besser aufessen.«

Das tat sie auch.

Einen Moment lang, während die Muppets sangen, die Lichter am Weihnachtsbaum leuchteten und die Welt nach Schokolade schmeckte, gewann Amy die Zuversicht, dass die Zukunft vielleicht, nur vielleicht, doch schon ein kleines bisschen rosiger aussah.

Und dann klingelte das Telefon. Wieder einmal.

Allmählich fing sie an, Telefone zu hassen.

»Hallo, Jim.« Nur mit Mühe gelang es Amy, ein Seufzen zu unterdrücken. Sie bedeutete den Kindern, dass sie in der Küche telefonieren würde, und sah, wie die beiden einen schnellen Blick wechselten. Hatten sie während ihres Ausflugs nach London über Jim und sie gesprochen? Wahrscheinlich. Sie würde ein ganzes Jahr lang auf heiße Schokolade verzichten, wenn sie erfahren könnte, worüber sie geredet hatten.

»Amy, hallo.« Jim klang steif und angespannt. Amy fragte

sich, ob Bonnie in der Nähe stand und lauschte, um sicherzustellen, dass er genau das sagte, worauf sie sich geeinigt hatten. So, wie Amy es selbst immer getan hatte, bevor er seine Mutter anrief, um ihr mitzuteilen, wann sie zu Besuch kommen würden.

»Was gibt's?« Amy setzte sich auf einen Stuhl und schaute zur Uhr an der Wand. Sie war vor sechs Monaten stehen geblieben. Daher zeigte sie zwar die korrekte Zeit nicht mehr an, aber sie untermalte, wie lang sich die Pause anfühlte, ehe Jim das Wort ergriff.

»Bonnie und ich finden, es wäre nett, wenn die Kinder den Neujahrstag mit uns verbringen würden. Wenn wir zurück aus Frankreich sind.«

»Oh.« Amy entging die Andeutung nicht, dass auch Bonnie bei dieser Entscheidung ein Wörtchen mitgeredet hatte, und das hieß, dass die beiden zusammenlebten und er vorhatte, Bonnie den Kindern vorzustellen. Ein neues Jahr, ein neuer Anfang – und eine neue Familie für ihre Kinder. Genau das, was sie im Moment ganz bestimmt nicht wollten.

Andererseits wollte sie doch nach vorne blicken. Oder nicht?

»Wir dachten, das wäre auch für dich ganz schön«, meinte Jim eifrig. »Damit du mal eine Pause von den Kindern hast.«

Amy blinzelte mehrmals. »Moment mal. Versuchst du ernsthaft mir einzureden, dass du mir einen Gefallen damit tust, wenn du unseren Kindern deine neue Freundin vorstellst?«

Jim seufzte. »Mach es mir doch nicht so schwer. Mir geht es lediglich darum, mit Jack und Claire in den Ferien etwas Zeit zu verbringen.«

Weshalb du ja wohl auch den Großteil der beiden Ferienwochen in den Skiurlaub fährst. Klar.

Sie sprach ihren Gedanken nicht aus, denn eigentlich wollte sie dasselbe wie er. Sie wollte, dass die Kinder eine gute Beziehung zu ihrem Vater hatten. Sie wollte, dass Jim sich Mühe gab, an ihrem Leben teilzuhaben. Und mehr als alles andere wollte sie nach vorn schauen und das nächste Kapitel ihres Lebens beginnen, was auch immer es für sie bereithielt.

Jim würde nicht zu ihr zurückkommen, das wusste sie. Und Henry womöglich auch nicht.

Was bedeutete, dass ihr nichts anderes übrig blieb, als sich mit dieser Situation abzufinden und sich ihr eigenes neues Glück zu suchen. Ein neues Leben. Vielleicht sollte sie sich auch mal mit Männern verabreden. Herausfinden, was ihr Spaß machte und was sie tun wollte, nur für sich. Nicht, weil es jemand anderes wollte.

Herausfinden, wer sie eigentlich war.

Neujahr eignete sich dafür ebenso gut wie jeder andere Tag.

»In Ordnung«, sagte Amy. »Sag mir, wann ich dir die Kinder bringen soll, und ich setze sie bei dir ab.« Sie konnte nur hoffen, dass die Kinder dieses neue Arrangement akzeptieren würden.

»Großartig.« Sie hörte die Erleichterung in Jims Stimme und tief in ihr brodelte Wut auf, weil sie sich wieder einmal nach ihm gerichtet und ihm das gegeben hatte, was er wollte. Sie zwang sich jedoch, sich auf das große Ganze zu konzentrieren.

Er war in seinem neuen Leben angekommen. Und für sie wurde es auch Zeit, sich ihr neues Leben zu gestalten.

Nachdem sie aufgelegt hatte, lief sie zurück ins Wohnzimmer. Dort waren die Muppets inzwischen gegen ein YouTube-Video ausgetauscht worden.

»Was hat er gewollt?« Jack sah sie nicht an, als er die Frage stellte.

»Euer Dad möchte euch beide über Neujahr in sein neues Zuhause einladen.« Amy wappnete sich für die Antwort.

»Was? Da mache ich nicht mit.« Jack schüttelte den Kopf so heftig, dass Amy befürchtete, er würde ihm noch abfallen.

»Ich habe ihm bereits gesagt, dass ihr beide kommen werdet«, antwortete Amy. »Er ist euer Vater, Jack, und das ist wichtig für ihn. Ihr seid ihm wichtig.«

»Wirklich? Warum ist er dann ausgezogen?« Jack wartete ihre Antwort nicht ab. »Und du hattest kein Recht, ihm zu sagen, dass ich kommen würde, ohne mich vorher zu fragen. Ich bin kein Kind mehr, Mum. Ich treffe meine eigenen Entscheidungen. Und ich will keinen einzigen Tag bei ihm verbringen. Niemals wieder.«

»Du behauptest, erwachsen zu sein, aber im Moment hörst du dich an wie ein quengelndes Kleinkind«, erwiderte Amy schroff und bereute ihren Ausbruch sofort. »Es tut mir leid. Ich bin nur …«

Es war jedoch zu spät. Jack schleuderte die Fernbedienung auf den Boden und verließ leise murmelnd das Zimmer. Sie hörte, wie seine Tür zuknallte, und wusste, dass sie ihn vor dem nächsten Morgen nicht mehr zu Gesicht bekommen würde. Na, wunderbar.

Claire musterte sie vorwurfsvoll.

»Ich weiß, ich weiß.« Amy rieb sich die Stirn und seufzte. »Sollen wir den MuppetsFilm weiter anschauen?«

»Nein, danke.« Auch Claires Stimme klang ungewohnt barsch. »Ich ruf Lucy an.«

Und im nächsten Augenblick war Amy wieder allein.

So viel zu Weihnachtsstimmung und Besinnlichkeit.

Zumindest hatte sie die Kontrolle über die Fernbedienung.

Amy schaltete die Muppets wieder ein und holte die Tasche mit den Weihnachtsgeschenken und dem Geschenkpapier. Im Gegensatz zu ihren Kindern hatte sie keine Zeit, um zu schmollen. Es gab noch viel zu viel für diese fabelhafte Zukunft zu tun, in der hoffentlich nicht mehr ständig alles so schwierig war.

Tag 9

Sonntag, 22. Dezember

HENRY

Ich fühlte mich schon viel fröhlicher, als ich am nächsten Morgen mit Sarah im Garten spazieren ging. Der Palast hatte schließlich auch viele schöne Seiten, und die konnte ich genauso gut genießen, solange ich hier war. Dass ich neben Candy aufgewacht war, die sich eng an mich gekuschelt hatte, trug maßgeblich zu meiner guten Laune bei.

Bei unserer Rückkehr ins Corgi-Zimmer tags zuvor hatten Willow und Vulcan schon geschlafen. Da wir noch nicht müde waren, waren wir in mein Körbchen gehüpft, und Candy hatte mir vor dem Einschlafen noch ein paar Geschichten über königliche Feste und Paläste erzählt.

Eine Weile vergaß ich darüber sogar, dass ich Jack und Claire gesehen hatte.

Nach dem Frühstück hatte ich Candy ein Abschiedslächeln geschenkt und war Sarah gefolgt, um ihr bei ihrer Arbeit Gesellschaft zu leisten. Ich hoffte jedoch, dass mir Candy am Abend noch weitere Geschichten erzählen würde.

Oliver wartete im Garten bereits auf uns.

»Guten Morgen, ihr zwei«, sagte er und lächelte breit. »Dachte ich es mir doch, dass ich euch hier treffe.«

Sarah lächelte zur Antwort ebenso strahlend. »Ist es nicht ein wunderbarer Tag?« Sie neigte den Kopf in den Nacken und betrachtete den blauen Himmel. Die schwache Wintersonne wärmte ihr Gesicht.

»Angeblich soll es heute noch schneien.« Oliver passte sich ihren Schritten an, als wir unseren Spaziergang fortsetzten. »Ich glaube aber nicht so recht daran. Der Himmel ist viel zu klar.«

Sarah schüttelte den Kopf. »Nein, die Wettervorhersage hat recht. Ich kann den Schnee schon riechen. Ich wünschte nur, er würde sich ein wenig beeilen.«

Oliver lachte. »Du klingst wie ein Kind, das sehnsüchtig einen Schneemann bauen will.«

»Und was ist falsch daran?« Sie hob die Augenbrauen und wartete auf eine Antwort.

»Nichts«, antworte Oliver, was meiner Meinung nach sehr vernünftig war.

Wir liefen weiter, alle im gleichen Tempo, die Schritte perfekt aufeinander abgestimmt. Ein ganz normaler Morgen, und ich hoffte, dass die beiden noch jahrelang diese lieb gewonnene Gewohnheit weiterführen würden. Alles schien einfach perfekt.

Und genau das hätte mir eigentlich den ersten Hinweis darauf geben sollen, dass sich eine Katastrophe zusammenbraute.

»Sarah?« Ein Hausdiener, den ich nicht kannte, näherte sich uns. »Sarah Morgan?«

Sie runzelte die Stirn. »Ja, gibt es ein Problem?« Ich hörte die Nervosität in ihrer Stimme. Oliver offenbar auch, denn er ergriff ihre Hand und drückte sie.

»Am Seiteneingang ist jemand, der dich sehen will«, sagte der Mann entschuldigend. »Ich habe versucht, ihn zu überreden, dass er dich anrufen soll, aber er weigert sich zu gehen. Es tut mir leid, aber ich denke, du wirst mit ihm reden müssen.«

»Natürlich.« Die Falten auf Sarahs Stirn vertieften sich, als wir zusammen zum Seiteneingang gingen.

»Hast du eine Ahnung, wer das sein könnte?«, fragte Oliver.

»Nein.«

»Mach dir keine Sorgen.« Oliver lächelte sie aufmunternd an, dann ließ er Sarahs Hand los, dennoch blieb er an ihrer Seite. Darüber war ich froh. Trotz Olivers beschwichtigender Worte hatte ich ein ungutes Gefühl.

Und ich behielt recht. Wie gewöhnlich.

Kurz vor der Tür blieb Sarah abrupt stehen, als sie den Mann, der sie besuchen wollte, erblickte. Er trug Jeans und einen Pulli unter einer dicken Jacke und trat von einem Fuß auf den anderen, als ob er frieren würde. Oder nervös war.

»David.« Sarahs Augen weiteten sich vor Überraschung.

»Dein Ex-Freund«, stellte Oliver mit angespannter Stimme fest.

»Ich weiß nicht, was er hier will.« Sarah klang verwirrt. Ich schmiegte mich an ihr Bein, um ihr zu sagen, dass ich ihr beistehen würde.

»Das dachte ich mir schon«, meinte der Hausdiener. »Aber da er nicht gehen will, bevor du mit ihm geredet hast, schlage ich vor, du findest heraus, was er will. Ich bleibe in

Reichweite, falls du Hilfe brauchst.« Er ging zum Tor und ließ David herein.

»Sarah!« Mit schnellen Schritten lief David auf Sarah zu und zog sie in die Arme. Oliver machte einen Schritt zurück. Sein Lächeln war längst verschwunden und sein Blick ernst.

»Was willst du hier?«, fragte Sarah. Ihre Stimme klang gedämpft, weil ihr Gesicht an Davids Schulter lag. Ich war unschlüssig, was ich davon halten sollte. Ich hatte angenommen, dass sie sich bestimmt nicht freuen würde, ihn zu sehen, andererseits hatte sie ihn auch nicht weggestoßen.

Olivers Miene verriet mir, dass er dasselbe dachte.

»Ich … ich schau später noch mal bei dir vorbei, Sarah«, meinte er.

Sarah löste sich aus Davids Umarmung und drehte sich um. »Oh, ja. Natürlich. Danke, Oliver.« Dann drehte sie sich wieder zu David.

Ich sah Oliver nach, wie er mit hängenden Schultern davonschlurfte, und hoffte, dass meine harte Arbeit nicht umsonst gewesen war.

Sarah führte David in den Garten, um ungestört beim Spazierengehen mit ihm reden zu können. Natürlich trottete ich neben den beiden her. Sarah hielt meine Leine ja immer noch in der Hand. Ich hatte schon befürchtet, dass sie mich ins Corgi-Zimmer zurückschicken würde. Mit ihrem Ex-Freund wollte ich sie jedoch auf keinen Fall allein lassen.

Er sieht Oliver überhaupt nicht ähnlich, dachte ich, während ich ihn musterte. Die einzige Gemeinsamkeit, die sie besaßen, waren die braunen Haare. David war kleiner, rundlicher und seine blauen Augen wirkten wässrig, sein Blick unstet. Olivers Blick hingegen war fest, und in seinen Augen ließ sich keinerlei Schwäche entdecken. Er wusste, was er wollte, und er arbeitete hart dafür, um es zu bekommen. David hingegen wusste die guten Dinge in seinem Leben nicht richtig zu schätzen, wie ich aus Sarahs Erzählungen erfahren hatte. Und selbst wenn sie mir nichts über ihn erzählt hätte, verriet mir mein Bauchgefühl, dass man ihm nicht trauen konnte.

Ich musste einen Weg finden, um Sarah von ihm wegzulotsen.

»Warum bist du hier, David?«, fragte Sarah erneut, als wir uns ein wenig von dem Palast und möglichen neugierigen Augen entfernt hatten. Sie blieb mitten auf dem Weg stehen, direkt neben einem meiner Lieblingsbüsche.

Ich zog ein wenig an der Leine, aber Sarah wich nicht von der Stelle, den Blick starr auf David gerichtet. Oh, das gefiel mir überhaupt nicht.

Ich versuchte, mit dem Kopf aus dem Halsband zu schlüpfen, um mich von der Leine zu befreien. Denn dann könnte ich ins Gebüsch rennen, und Sarah müsste mir folgen, und darüber würde dieser David in Vergessenheit geraten.

»Ich habe die Karte gesehen, die du Mum geschickt hast«, meinte er mit übereifriger Stimme. »Und natürlich wusste ich sofort, was das zu bedeuten hat.«

Sarah verengte die Augen. »Und zwar?«

Da es mir nicht gelang, das Halsband abzustreifen, sah ich mich nach einer anderen Möglichkeit um, wie ich Sarah weglocken konnte. Vielleicht, wenn ich richtig fest an der Leine zog, mit aller Kraft und ruckartig … Ich überlegte gerade, in welche Richtung ich laufen sollte, als ich aus dem Augenwinkel eine Bewegung wahrnahm. Stand da etwa jemand hinter dem Busch?

»Es bedeutet, dass du immer noch an mich denkst, obwohl du so weit weg nach London gezogen bist. Dass uns immer noch etwas verbindet. Dass wir immer noch zusammengehören.« David beugte sich vor, und ich sprang schnell zwischen die beiden, damit er meiner Sarah nicht zu nahe kam. Oder besser gesagt, Olivers Sarah. »Ich wusste, es bedeutet, dass du mich immer noch liebst.«

»Moment mal, was?« Sarah machte einen Schritt zurück, und David wäre fast über mich gefallen, als er einen Schritt auf sie zugehen wollte. Ein überraschend befriedigendes Gefühl breitete sich in mir aus.

Da erregte ein leises Rascheln meine Aufmerksamkeit. Hatte der Busch sich gerade bewegt? Ja, hatte er! Da versteckte sich eindeutig jemand und lauschte. Aber wer? Und warum?

Ich versuchte, mit meinem Blick die Masse aus grünen Blättern zu durchdringen und entdeckte rotes Haar und das Profil einer Frau.

Jessica. Was trieb sie denn da?

Ich kannte sie nicht besonders gut, mir schwante aber, dass sie nach einer anderen Möglichkeit suchte, um Sarah Ärger zu machen, nachdem Oliver ihren miesen Trick bei der Flurparty aufgedeckt hatte.

Darüber konnte ich mich im Moment jedoch nicht kümmern. Erst einmal musste ich Sarah von David wegbringen, bevor er ihre Chance auf eine Beziehung mit Oliver ganz ruinierte.

»Ich habe einen Fehler gemacht, als ich dich gehen ließ«, sagte David ernsthaft. Ich glaubte ihm jedoch kein Wort. Jemand, der Sarah so niedergemacht hatte wie er, hatte keine zweite Chance verdient, fand ich. »Das weiß ich jetzt. Als du weg warst, ist mir bewusst geworden, wie sehr ich dich immer noch liebe. Und dann kam die Karte, und ich wusste, das ist ein Zeichen. Ein Zeichen, dass du genauso empfindest. Und deshalb musste ich natürlich herkommen.«

Er versuchte mich wegzustoßen, um näher an Sarah heranzukommen, und trat mir dabei in die Seite. Ich jaulte empört auf, aber bis ich mich herumgedreht hatte, um ihn in die Wade zu zwicken, war es schon zu spät.

David presste die Lippen auf Sarahs Mund und küsste sie.

Er drückte Sarah ganz fest an sich, und ich konnte ihren Gesichtsausdruck nicht erkennen, weil sein dummer großer Kopf im Weg war. Ich bellte so laut, wie ich konnte, um Sarah aus dem Bann zu befreien, den er offenbar über sie gelegt hatte, aber es nutzte nichts.

Das war schrecklich! Ich hatte mir doch nicht all diese Mühe gemacht und Sarah gezeigt, wie toll das Leben im Palast sein konnte und wie sehr sie es verdiente, glücklich zu sein, nur damit sie jetzt zu dem Mann zurückging, der ihr genau das Gegenteil erzählte.

Und dann, wie um alles noch schlimmer zu machen, trat Jessica hinter dem Busch hervor, mit einem fiesen Grinsen im Gesicht. Ich versuchte, mich von Sarah wegzuschleichen und Jessica aufzuhalten, bevor sie irgendetwas tat, was Sarah schaden konnte. Sarah hielt meine Leine jedoch immer noch felsenfest, und ich kam nicht von der Stelle.

Nach einem letzten Blick auf das küssende Pärchen rannte

Jessica zum Palast, ohne dass Sarah ihre Anwesenheit überhaupt bemerkt hatte. Und ich befürchtete, dass ich genau wusste, wohin sie wollte. Oder besser gesagt, wem sie unbedingt erzählen wollte, was sie gerade gesehen hatte.

Oliver.

Das war eine Katastrophe.

AMY

Der Sonntagvormittag sollte langem Ausschlafen, Kaffee und Besinnlichkeit gewidmet sein, fand Amy. Und in stressigen Zeiten sollte es dazu noch Pfannkuchen geben.

Nach Jims aufwühlendem Anruf am Vorabend hatte Amy beschlossen, dass dieser Morgen eindeutig ein Pfannkuchenmorgen war. Während der Kaffee in der Maschine auf der Theke brodelte, mischte sie die Zutaten für ihre berühmten Frühstückspfannkuchen zusammen und hoffte, dass noch genug Ahornsirup im Schrank stand.

Sookie, die es gewöhnlich nicht interessierte, wenn Amy kochte, außer es gab Fisch, schlängelte sich um ihre Beine. Amy bekam allmählich das Gefühl, dass die Katze während Henrys Abwesenheit die Rolle des Familienwächters übernommen hatte. Vielleicht nutzte sie die hundelose Zeit auch nur, um sich öfter im Haus aufzuhalten.

Jedenfalls war Amy froh über die Gesellschaft, auch wenn es nicht dasselbe war wie mit Henry. Zum einen ging Sookie nicht gern spazieren, und Amy vermisste die tägliche Dosis frischer Luft und Nachdenkzeit. Natürlich hätte sie auch ohne Hund spazieren gehen können, aber dazu fehlte ihr die

Lust. Einmal hatte ihr Luke sogar Daisy für einen Spaziergang in der Mittagspause ausgeliehen, allerdings war die Dalmatinerhündin nicht annähernd so interessiert an Eichhörnchen und Düften wie Henry. Außerdem hatte Amy ständig befürchtet, dass sie den Hund verlieren könnte, was nicht gerade zu ihrer Entspannung beigetragen hatte.

Luke hatte gelacht, als sie ihm ihre Sorge anvertraut hatte. »Dann muss ich wohl das nächste Mal mitkommen«, hatte er geantwortet, was Amy ein Lächeln ins Gesicht zauberte.

»Abgemacht, wir haben ein Date«, hatte sie erwidert und sich die darauffolgenden drei Stunden den Kopf darüber zerbrochen, wie er diesen Versprecher deuten würde.

Sie schüttelte den Kopf. Sie musste sich aufs Kochen konzentrieren. Sie hatte keine Zeit, von einem geschiedenen Arzt zu träumen, der nur nett zu ihr war, weil er wusste, was sie gerade durchmachte.

»Oh, Pfannkuchen!« Claire schob sich auf einen der Hocker an der Küchentheke, und ihre Begeisterung heiterte Amy sofort auf und lenkte sie von ihrer unüberlegten Bemerkung zu Luke ab.

Sie hörte, wie Jack die Treppe hinuntertrampelte, und wenig später tauchte er in der Küche auf. Er musterte sie einen Augenblick lang, aber er wirkte nicht so mürrisch wie sonst. Gespannt hielt Amy den Atem an und wartete darauf, was er ihr zu sagen hatte. Würde er wieder über seinen Vater meckern? Oder – der Himmel steh ihr bei – sich sogar bei ihr entschuldigen?

Keins von beidem, wie sich herausstellte.

»Ich hole die Sonntagszeitung, soll ich?«, fragte er und griff schon nach seinen Schuhen.

»Das wäre wunderbar«, meinte Amy liebevoll. »Sobald du zurück bist, backe ich die Pfannkuchen.«

Die Sonntagszeitung war eine weitere lieb gewonnene Familientradition. Jim hatte es vorgezogen, am Sonntag eine echte Zeitung in der Hand zu halten, statt die Nachrichten auf dem Handy oder Tablet zu lesen wie in der restlichen Woche. Jack mochte die Cartoons und die Film- und Musikrezensionen, Claire schaute sich gern die teuren Fotos im Farbteil an. Und Amy gefiel es, dass alle eine halbe Stunde lang ruhig und glücklich zusammen am Frühstückstisch saßen.

»Wir haben seit Monaten keine Sonntagszeitung mehr gehabt«, sagte Claire, als Jack die Tür hinter sich zuschlug. »Nicht seit … na ja, seit Dad ausgezogen ist.«

»Nein«, bestätigte Amy. »Das stimmt. Aber es ist nett, dass Jack die Zeitung holen will, findest du nicht? Sonst ist er ja immer zusammen mit …« Sie brach ab, bevor sie den Namen »Henry« aussprechen konnte.

Weil Jim nicht der Einzige war, der im perfekten Familienporträt fehlte.

Seufzend wandte sich Amy wieder dem Pfannkuchenteig zu. Eines nach dem anderen.

Jack kam mit der Zeitung – und einer Musikzeitschrift, wie Amy auffiel – zurück. Er und Claire vertieften sich darin, während Amy die Pfanne erhitzte und den ersten Schwung Teig hineingab.

»Oh, schau nur!« Claire hob den Fototeil für Amy hoch. »Weihnachten in Windsor Castle! Ich wette, der Weihnachtsschmuck ist grandios. Noch schöner als die Weihnachtsbäume, die wir vor dem Buckingham-Palast gesehen haben.«

Und ganz bestimmt schöner als der winzige Kunststoffbaum und die halbe Girlande, die ihr Wohnzimmer schmückten, dachte Amy. Sie hatte nicht einmal das Drahtrentier von Claire herausgekramt. Und es war auch gut, dass die Kinder den Schokoladenbaumschmuck aufgegessen hatten. Sie hatte den Baum betrachtet und festgestellt, dass es ohnehin nicht genügend Äste für die Dekorationen gegeben hätte. Und die unechte Stechpalmengirlande, die sie immer ums Treppengeländer schlang, hatte bereits die Hälfte ihrer Blätter verloren, was vermutlich Henrys Schuld war. Beim Anblick der halb kahlen Girlande, die ihre Blätter verlor, musste Amy immer an Henry denken und vermisste ihn dann so sehr, dass sie ganz rührselig wurde. Und wegen einer Kunstgirlande in Tränen auszubrechen war einfach lächerlich.

Claire äußerte sich immer noch begeistert über die Fotos von Windsor Castle. Amy beugte sich über ihre Schulter, um einen Blick darauf zu werfen, als sie den ersten Teller mit Pfannkuchen auf den Tisch stellte.

»Oh, schaut euch die Corgis an!« Sie sahen Henry so ähnlich, dass es Amy einen Stich versetzte. »Und die Dorgis sind auch süß.«

»Der Hund mit der Krone ist so niedlich!« Claire deutete auf die Seite und runzelte die Stirn. »Moment mal …«

Sie blätterte schnell weiter, bis sie eine Nahaufnahme von dem Corgi mit der Krone fand. Er saß mit heraushängender Zunge auf einem kleinen Thron.

»Schau mal. Jack, schau her! Das ist Henry!«

Amys Herz machte einen Satz, weil Claire so sicher klang. Konnte das wirklich möglich sein?

Nein. Das war verrückt. Henry war weggelaufen, so viel stand fest. Aber wie sollte er denn nach Windsor Castle gekommen sein?

»Das ist ein Corgi, Claire«, sagte Jack herablassend. »Natürlich sieht er Henry ähnlich.«

»Er sieht ihm nicht nur ähnlich. Das ist Henry«, erwiderte Claire stur. »Er trägt sogar das Halsband, das ich ihm letztes Jahr zu Weihnachten geschenkt habe!«

Das Halsband, musste Amy zugeben, war sehr auffällig. Eine rote Krokodillederimitation mit einer goldenen Schnalle und einer goldenen Marke, auf der der Name »Henry« eingraviert war. Claire hatte gespart, weil sie es ihm selbst kaufen wollte, damit er am Weihnachtsmorgen auch ein Geschenk auspacken konnte. Henry hatte sich natürlich mehr für die Hundekekse von Jack interessiert, aber der Gedanke zählte.

Und in diesem Fall die Ähnlichkeit.

Amy beugte sich dicht über das Foto, doch leider hatte sich die Marke verdreht, sodass sie den Namen nicht erkennen konnte. »Er sieht ihm wirklich sehr ähnlich …« Bis aufs Haar sogar. Andererseits hatte sie noch nie gut einen Hund vom anderen unterscheiden können, wenn sie nicht direkt nebeneinanderstanden. Als Henry klein gewesen war, hätte sie einmal fast den falschen Corgi aus der Welpenschule mit nach Hause gebracht. Daher war sie sich auch jetzt nicht sicher.

Amy schüttelte den Kopf. »Er kann es nicht sein, Claire. Unmöglich.«

»Warum nicht?«, fragte Claire. »Das sind die Corgis der Queen, und wir haben ihn vor dem Buckingham-Palast verloren. Natürlich könnte er es sein!«

»Denkst du nicht, dass die Queen gemerkt hätte, wenn sie plötzlich einen Hund mehr hat?«, fragte Jack.

»Vielleicht nicht. Der Palast ist groß …« Claire klammerte sich an Strohhalme, und alle wussten es.

Alle, bis auf Claire.

»Ich werde ihr schreiben und sie bitten, mir meinen Hund zurückzugeben.«

»Wem willst du schreiben?«, fragte Amy. »Moment mal, du willst der Queen schreiben?«

»Ja, klar!« Claire sprang auf und lief zu der Kramschublade, in der sie Umschläge und Briefmarken aufbewahrten, zusammen mit gebrauchten Batterien, kaputten Taschenlampen und halb abgebrannten Geburtstagskerzen. »Nein, das ist dumm.«

»Ziemlich dumm«, stimmte Jack zu, während er einen Teller mit Pfannkuchen verschlang, die im Ahornsirup ertranken.

Claire warf ihm einen finsteren Blick zu. »Ich meine, es ist dumm, weil ein Brief viel zu lange dauert, bis er gelesen wird. Jetzt, wo so viele Briefe und Päckchen verschickt werden. Ich habe eine viel bessere Idee.«

»Und die wäre?«, fragte Amy alarmiert.

»Ich werde das tun, was alle tun, wenn sie die Aufmerksamkeit eines großen Unternehmens oder eines Promis auf sich lenken wollen«, sagte Claire mit leuchtendem Gesicht. »Ich werde ihr einen Tweet schicken.«

Ich wollte David gerade in den Knöchel beißen, als Sarah ihn wegschob.

»Nein!« Sie wischte sich über den Mund und machte mehrere Schritte zurück. Ein paar Strähnen hatten sich aus ihrem sonst so ordentlichen Pferdeschwanz gelöst, und ihre Wangen liefen dunkelrot an, aber eher vor Wut als vor Leidenschaft, stellte ich fest.

Ich hätte mehr Vertrauen in Sarah haben sollen. Natürlich würde sie diesen Idioten nicht zurücknehmen. Warum auch? Vor allem, da Oliver und ich ihr gezeigt hatten, dass sie so viel mehr wert war.

»Nein? Was soll das heißen?« David wirkte baff. Auch seine Wangen waren gerötet, aber wohl eher ausgelöst durch Scham. Geschah ihm recht.

Ich setzte mich vor Sarahs Füße, um David davon abzuhalten, ihr noch einmal zu nahe zu kommen, und grinste ihn an.

Sarah gehörte ihm nicht mehr. Sie gehörte uns.

»Nein heißt Nein«, entgegnete Sarah nachdrücklich. »Ich will dich nicht küssen. Ich liebe dich nicht mehr. Und ich bin mir nicht mal sicher, ob ich dich je geliebt habe. Wie könnte ich jemanden lieben, der mir weismachen will, dass ich nicht gut genug für ihn bin, dass ich fett und nutzlos und eine Zeitverschwendung bin?«

»Ich hab nicht …«, warf David ein.

»Doch, hast du«, erwiderte Sarah barsch. »Ich weiß das, weil es sich in mein Gehirn und mein Herz gefressen hat. Ich erinnere mich an jede Gemeinheit, die du je zu mir gesagt hast. Und das tausend Mal besser als an Komplimente, weil du mir schlicht keine gemacht hast, an die ich mich erinnern könnte.«

»Ich wollte dir nur helfen!«

»Mir helfen?« Sarahs Augenbrauen schossen so weit nach oben, dass sie fast unter ihren Haaren verschwanden. »Wie in aller Welt sollten mir deine Beleidigungen helfen?«

»Na ja, du weißt schon … Ich wollte dich motivieren. Ein wenig Ehrgeiz in dir wecken. Ich wollte dich nicht runtermachen«, versuchte David sich zu rechtfertigen. Aber selbst ich konnte sehen, dass es vergebliche Liebesmüh war. Sarah würde ihm diese Ausrede nicht abkaufen. Sie lachte ihn sogar ganz unverhohlen aus.

»Siehst du nicht, dass du es damit nur noch schlimmer machst?! Du hast so wenig von mir gehalten, dass du all diese schrecklichen Sachen zu mir gesagt hast. Und du hast dir nicht einen einzigen Moment lang Gedanken darüber gemacht, ob du mir damit wehtust.« Sie schüttelte den Kopf. »Du liebst mich nicht, David. Du fühlst dich bloß in deinem Stolz verletzt, dass ich mich von dir getrennt habe und hier mein eigenes Leben führe. Dir geht es gegen den Strich, dass ich mir meine eigene Zukunft aufbaue und all die Dinge tue, von denen du behauptet hast, dass ich sie nicht schaffen würde. Du hasst es, dass ich dich Lügen strafe, jeden Tag aufs Neue, indem ich mein Leben so führe, wie ich es will.«

Sarahs Gesicht war von der Kälte gerötet – oder auch vor Wut, da war ich mir nicht sicher. Auf jeden Fall sah sie bezaubernd aus. Ihr blondes Haar umrahmte ihr Gesicht wie ein Heiligenschein, und ihre Augen blitzten vor Selbstvertrauen.

Während Davids wässerige blaue Augen mit jedem Moment unsicherer wirkten.

»Aber deine Karte …«

Sarah schnitt ihm das Wort ab. »Ich habe deiner Mutter eine Weihnachtskarte geschickt, weil sie, im Gegensatz zu dir, immer nett zu mir gewesen ist. Ich wollte nicht, dass sie denkt, ich hätte sie vergessen, nur weil ich weggezogen bin. Ein solcher Mensch bin ich nicht.«

»Und du hast mir keine geschickt, weil …?« So eine dusselige Frage.

»Um ehrlich zu sein, David, habe ich seit meiner Ankunft im Buckingham-Palast kaum an dich gedacht.«

Allmählich begriff er es, so viel stand fest. Dennoch startete er einen letzten Versuch. »Sarah, ich …«

Sie ließ ihn gar nicht erst ausreden. »Nein. Was immer du auch sagen willst, ich höre dir nicht mehr zu. Du hast mich schlecht behandelt, und ich weiß jetzt, dass ich etwas Besseres verdient habe. Und ich werde es bekommen. Und das bedeutet, dass es für dich Zeit wird zu gehen.«

Ich hätte gern applaudiert, wenn ich gekonnt hätte. Da ich es nicht konnte, bellte ich nur glücklich und sprang auf.

Unvermittelt erinnerte ich mich an Jessicas schadenfrohes Gesicht, als sie zum Palast zurückgelaufen war, und mir wurde klar, dass meine Arbeit noch nicht erledigt war. Eine andere Sache musste ich auch noch in Ordnung bringen.

Ich überzeugte Sarah, mich von der Leine zu lassen und zum Palast zurückzugehen, indem ich sie zum nächsten Eingang zerrte. Kopfschüttelnd löste sie die Leine und ich rannte hinein und überließ es ihr, David den Ausgang zu zeigen. Und das hoffentlich schnell.

Ich wollte ebenso wenig noch einen Moment länger in seiner Gesellschaft verbringen wie Sarah.

Ich raste die Treppe hinauf und lief zum Personalflügel. Ich musste Jessica finden und sie von Oliver fernhalten. Mir wurde ganz bange bei dem Gedanken, was sie Oliver erzählen würde. Hoffentlich war er beschäftigt, und sie hatte noch keine Gelegenheit gefunden, mit ihm zu sprechen.

Ich kam jedoch zu spät. Das erkannte ich sofort, als ich den Personalflügel erreichte und ihre Stimme hörte.

»Du hättest sie sehen sollen, Oliver«, meinte Jessica angewidert. »Sie haben sich geküsst, im Palastgarten! Sie haben sich ganz offen zur Schau gestellt. Stell dir nur vor, wenn sie jemand aus der königlichen Familie gesehen hätte …« Sie erschauerte.

»Das geht mich nichts an, Jessica.« Olivers Stimme klang schroff.

»Bist du sicher?«, fragte Jessica. »Ich hatte den Eindruck, dass du Sarah sehr nahe stehst. Ich kann mir vorstellen, dass dich diese Nachricht verletzt, aber ich dachte mir, du solltest es unbedingt erfahren.«

»Und warum? Warum um alles in der Welt?« Er lehnte sich an die Wand und zerraufte sich das ordentlich frisierte Haar.

»Weil sie dich hintergangen hat, Oliver!« Jessica drückte sich an seine Seite. »Sie hat dir weisgemacht, dass sie eine von uns ist und hierbleiben würde. Aber das war eine Lüge. Sie hat die Stelle bloß angenommen, um ihren Freund eifersüchtig zu machen. Und jetzt, wo ihr Plan funktioniert hat, wird sie kündigen und zu ihm zurückkehren.«

»Hat sie das gesagt?«, fragte Oliver. »Hast du sie das wirklich sagen hören?«

Jessica schüttelte mit mitleidvoller Miene den Kopf. »Oh, Oliver, das musste ich gar nicht erst hören. Für jeden, außer für dich, ist offensichtlich, dass sie hier nicht reinpasst. Vielleicht wollte sie das ja auch nie. Vielleicht hat sie sich nie die Mühe gemacht, sich mit uns anzufreunden, weil sie genau wusste, dass sie nicht lange bleiben würde. Das gehörte zu ihrem Plan.«

»Sie hat hart gearbeitet, um die Stelle zu bekommen«, widersprach Oliver. »Sie wollte diese Stelle unbedingt, das weiß ich.«

»Möglich. Aber vielleicht will sie ein Happy End mit ihrem Freund noch mehr.«

Plötzlich erinnerte ich mich an ein Gespräch zwischen Sarah und Oliver. Damals hatte sie ihm von den Dingen erzählt, die sie sich für ihr Leben gewünscht hatte, bevor sie die Stelle im Palast angenommen hatte. Sie wollte in ihrem Heimatort ein Zuhause, eine Familie, einen Ehemann. Ich hatte das Gefühl, dass auch Oliver sich in diesem Moment an das Gespräch erinnerte.

Er glaubte ernsthaft, dass sie immer noch an diesen alten Träumen hing, die sie aufgegeben hatte, um sich als Hausmädchen der Queen zu bewerben.

Und ich wusste nicht, wie ich ihm sagen sollte, dass er sich täuschte.

»Oliver, du weißt doch, wie die Arbeit hier ist«, sagte Jessica, die für meinen Geschmack immer noch zu dicht bei ihm stand. »Dazu braucht es ganz besondere Menschen.«

»Ich dachte, Sarah wäre so ein besonderer Mensch«, meinte Oliver. Plötzlich klang er verzweifelt. »Sie ist … ich hielt sie für etwas Besonderes.«

Jessica zog eine Grimasse, was Oliver entging. »Vielleicht ist sie nicht so toll, wie du gedacht hast.«

»Vielleicht.« Oliver klang immer noch zweifelnd. Gut.

»Du solltest dich an die Leute halten, von denen du weißt, dass du ihnen vertrauen kannst. Leute, von denen du weißt, dass sie hierhergehören.«

»Leute wie dich«, riet Oliver.

Jessica lächelte. »Genau.«

Sie beugte sich zu ihm, doch Oliver schob sich von der Wand weg. »Um ehrlich zu sein, Jessica, denke ich, dass wir beide jetzt unsere Arbeit erledigen sollten. Du nicht?«

Er hob eine Augenbraue, und sie errötete. »Ja. Genau. Sehe ich dich später?«

»Kann sein.« Er sah Jessica nach und betrachtete mich dann nachdenklich.

Ich bellte und hoffte, er würde verstehen, was ich ihm nicht sagen konnte.

Gib Sarah nicht auf, dachte ich, so laut ich konnte.

Oliver verstand die Botschaft jedoch nicht.

Er seufzte. »Nicht jetzt, Henry, okay? Ich muss noch eine Weihnachtskarte schreiben. Und zwar jetzt sofort, bevor ich den Mut verliere.«

Tag 10

Montag, 23. Dezember

HENRY

Weder Sarah noch Oliver liefen mir an diesem Tag noch einmal über den Weg. Und am nächsten Morgen ging es im Palast viel zu hektisch zu. Es war gar nicht daran zu denken, die beiden für ein ruhiges Gespräch zusammenzubringen, um die Sache zu klären.

»Was in aller Welt ist denn hier los?«, fragte ich Willow. Gemeinsam beobachteten wir, wie die Bediensteten durch den Palast huschten, Möbel und Silber durch die Gegend schleppten und wer weiß was noch alles. Nach dem Frühstück wollte ich wie üblich meine gewohnte Palastrunde drehen und stellte fest, dass in den Prachtzimmern absolutes Chaos herrschte. Überall wirbelten Männer und Frauen in Palastuniform herum, putzten, deckten den Tisch oder arrangierten Stühle. Ein Mann maß sogar den Abstand der Platzdecken von der Tischkante ab. Ein anderer polierte Gläser, ehe er sie an jeden Platz stellte.

Das war ganz bestimmt kein normaler Tag im Palast.

»Heute ist ein Tag, an dem wir niemandem zwischen die Füße kommen sollten«, antwortete Willow. Sie rückte ein wenig ab, um sich an die Wand hinter uns zu setzen.

»Ich dachte, du hast gesagt, im Palast herrscht die Regel, dass das Personal *uns* aus dem Weg gehen soll«, erinnerte ich sie.

»Gewöhnlich ist das auch so, ja«, stimmte Willow zu. »Aber morgen findet das große Weihnachtsfestessen statt. Daher werden sich heute alle verrückt machen, um alles rechtzeitig vorzubereiten. Gewöhnlich ist es am sichersten, ausnahmsweise mal zu allen auf Abstand zu gehen.«

Wie zum Beweis kam in diesem Moment ein Hausmädchen mit einer riesigen silbernen Servierplatte angerannt, die mich an die Platte erinnerte, der ich an meinem ersten Tag im Palast das Fliegen beigebracht hatte. Die Frau wäre fast auf mich getrampelt. Ich bellte warnend und machte mich rasch aus dem Weg.

Willow und ich zogen uns an eine ruhige Stelle unter dem Bogen der großen Treppe zurück, wo wir alles beobachten konnten, aber nicht unser Leben oder schmerzende Pfoten riskierten. Von dort aus sah ich auch, wie eine Reihe Bedienstete eine Parade von Koffern hereinbrachte. Ihnen folgte ein elegant gekleidetes älteres Paar, das nichts trug.

»Wieso findet dieses Weihnachtsessen denn hier statt?«, fragte ich. »Candy hat mir erzählt, dass die Queen Weihnachten gewöhnlich im Sandpalast verbringt.«

»Sandringham«, berichtigte Willow. »Und ja, dort verbringt Sie die Weihnachtstage, gemeinsam mit uns und einigen Mitgliedern der königlichen Familie. Das hier ist eine Art Vorweihnachtsfeier für die ganze erweiterte königliche Familie, bevor Sie nach Sandringham fährt.«

Natürlich. Candy hatte ein Weihnachtsessen im Palast mit der Familie auch schon erwähnt. Das also hatte sie gemeint.

»Ich glaube, sonst hat es immer früher stattgefunden«, fuhr Willow fort. »Vermutlich mussten sie in diesem Jahr warten, bis Sie von Ihrer Reise zurückkommt.«

Die Queen. »*Sie* wird also rechtzeitig für das Festessen zurück sein?« Mein Magen verknotete sich bei dem Gedanken.

»Oh, ganz gewiss.« Willow schenkte mir einen wissenden Blick. »*Sie* hat noch nie ein Weihnachtsfestessen verpasst. Und wenn *Sie* erst einmal zurück ist …«

»Ich weiß.« Sobald die Queen sich wieder im Palast aufhielt, würde sich mein Schicksal entscheiden. Würde ich weiterhin ein Leben als Palasthund führen können? Oder würde man mich wegschicken – und wenn ja, wohin? Auf die Straße? Ins Tierheim?

Ich wagte es kaum, mir das vorzustellen.

Daher beschloss ich, eben nicht daran zu denken. Zumindest, bis mir gar nichts anderes übrig blieb.

»Gibt es für uns auch ein paar gute Happen bei diesem Essen?«, fragte ich.

Willow verdrehte die Augen. »Du kennst die Regeln. Es gibt nichts vom Tisch.«

Ich seufzte. Das wusste ich ja. Aber es war Weihnachten! Amy erlaubte mir an Weihnachten immer ein paar Extrahappen vom Tisch. Ein bisschen Truthahn, vielleicht auch mal etwas von der Füllung. Soße natürlich. Die schmeckte zwar nicht ganz so gut wie die der Queen, aber immer noch sehr lecker. Ich wusste, dass im Palast alles anders war, aber sicher wurden doch auch hier manchmal Zugeständnisse gemacht?

Und obwohl Willow darauf beharrte, dass es nichts vom Tisch gab, hatte mir Candy verraten, dass die Queen sie manchmal beim Nachmittagstee Scones naschen ließ. Ich hoffte unwillkürlich darauf, dass ich die auch mal probieren durfte, bevor ich den Palast verlassen musste.

»Wer wird denn morgen noch hier sein?«, fragte ich. Sofort fing Willow an, über ihr Lieblingsthema zu quasseln und all die ungeheuer wichtigen Menschen der königlichen Familie aufzuzählen, die ich nie getroffen hatte. Nach den ersten paar Namen schaltete ich ab. Mir sagten all diese Namen ohnehin nichts.

Da sie nun beschäftigt war, konnte ich mich ungestört auf das Treiben konzentrieren. Ich sah zu, wie Hausmädchen und Hausdiener herumrannten, um alles für dieses wohl sehr großartige Essen und die schrecklich vielen Gäste vorzubereiten. Zu Hause bei den Walkers waren wir gewöhnlich zu siebt – Amy, Jim, Jack, Claire, dann noch Oma, Sookie und ich. Hier hatte es hingegen den Anschein, als würden mindestens hundert Gäste erwartet werden!

»Natürlich sind sie in diesem Jahr nicht eingeladen«, sagte Willow tadelnd. »Nicht nach dem, was beim letzten Mal passiert ist.«

Ich hatte keine Ahnung, wovon sie redete. Allerdings musste ich mir auch um etwas viel Wichtigeres Gedanken machen. Auf der anderen Seite der Halle hatte ich Sarah entdeckt, die eilig ihrer Arbeit nachging. Ihre Augen waren gerötet, rundherum, und auch ihre Nase sah rosa aus. So wie bei Claire, wenn sie geweint hatte, weil ein Mädchen in der Schule etwas Fieses zu ihr gesagt hatte. Amy erlaubte mir aber leider nicht, dass ich das fiese Mädchen biss, auch wenn ich das gerne getan hätte. Das hielt mich aber nicht davon ab, sie anzubellen und anzuknurren.

»Entschuldige mich«, sagte ich zu Willow und unterbrach ihren Redefluss. »Ich muss noch etwas erledigen.«

Ich folgte Sarah durch mehrere Räume und an Hunderten Beinen vorbei, ehe ich sie endlich einholte.

»Oh, Henry!« Sie schaute überrascht zu mir herab, als ich mich an ihre Waden drückte. »Es tut mir leid, dass ich heute Morgen keine Zeit für einen Spaziergang hatte. Es gibt viel zu tun und ...«

»Sarah!«, rief jemand. Sie drehte sich zu demjenigen um. »Verschwendest du deine Zeit wirklich damit, dich mit einem Hund zu unterhalten? Ausgerechnet heute?«

»Natürlich nicht«, log Sarah. »Bis später, Henry«, flüsterte sie mir zu und eilte weiter.

Ich seufzte und drückte mich wieder an die Wand, um niemandem in die Quere zu kommen.

Ganz eindeutig standen Corgis heute nicht an erster Stelle. Für niemanden.

Erst am Nachmittag zur Teatime fand Sarah endlich ein paar freie Minuten und besuchte mich im Corgi-Zimmer. Sie sah immer noch traurig aus, und ich wusste, dass es mehr mit Oliver zu tun hatte als mit dem hektischen Tag und dem verpassten Spaziergang.

Sarah setzte sich zu mir auf den Boden, und ich drückte ihr tröstend den Kopf ans Bein.

»Oh, Henry. Warum ist alles nur so schiefgelaufen?«

Ich legte den Kopf in ihren Schoß und sah sie mit großen Augen an. Das war mein Erzähl-mir-alles-Blick. Bei meiner

Familie funktionierte das immer. Sogar bei Jack. Und im Vergleich zu ihm war Sarah leicht zu knacken.

»Er hat mir eine Karte geschickt, weißt du? Oliver, meine ich. Er hat geschrieben, er sei froh, dass David und ich uns wieder zusammengerauft hätten und wir wieder zusammen seien. Und dass er im Palast gern mein Freund gewesen sei. Mein Freund!« Sie schüttelte erstaunt den Kopf. »Das Schlimmste ist aber, dass ich gar nicht wieder mit David zusammengekommen bin. Nein, Moment, das ist das Beste daran. Ich habe die richtige Entscheidung getroffen, aber dennoch hat sich nichts geändert. Im Gegenteil, alles ist jetzt nur noch schlimmer geworden. Ich bin immer noch hier, allein, und Oliver geht mir aus dem Weg.«

Sie seufzte und kraulte mich dabei zwischen den Ohren, aber ich konnte die Streicheleinheiten gar nicht richtig genießen. Ich machte mir zu viele Sorgen um Sarah und Oliver.

»Ich habe wirklich gedacht, dass da mehr zwischen uns wäre, Henry. Ja, das habe ich. Aber ich hätte es wissen müssen. Ich hätte mir keine Hoffnungen machen dürfen. Menschen wie Oliver Kinchen-Williams sind einfach zu gut für mich. Mit ihm befreundet zu sein ist schon mehr, als ich erwarten durfte.«

Sie irrte sich natürlich. Das wusste ich. Aber wie sollte ich ihr das klarmachen?

»Vielleicht hätte ich die Stelle hier nie annehmen sollen.« Sarah schluchzte auf, und plötzlich war ich nicht mehr allein in ihrem Schoß. Candy sprang aus ihrem Körbchen und presste sich auf der anderen Seite an Sarah. Und zu meiner Überraschung kam auch Willow langsam zu uns herüber und legte schließlich sogar ihren Kopf direkt unter Sarahs Hand, damit sie sie streicheln konnte.

Ich linste zu dem einzig noch besetzten Hundekörbchen. Vulcan verdrehte die Augen, hüpfte aber dann doch heraus und schloss sich uns an. Und plötzlich schäumte mein Herz über vor Zuneigung zu diesen Hunden, meinen Freunden.

»Oh, ihr Lieben«, sagte Sarah mit tränenfeuchter Stimme. »Ihr vier seid meine besten Freunde im Palast.«

»Wenn das so ist, dann ist sie wirklich zu bedauern«, murmelte Willow.

»Aber das Kuscheln wird helfen«, antwortete Candy. »Wir sorgen immer dafür, dass sich die Menschen besser fühlen.«

»Wir sorgen nur selten dafür, dass sich die Menschen besser fühlen«, widersprach Vulcan mit unverblümter Aufrichtigkeit.

»Henry, aber schon.« Candy gab mir einen Stups mit der Nase. »Henry sorgt immer dafür, dass sich alle besser fühlen. Das ist sein Talent.«

»Ich weiß aber nicht, wie ich es schaffen soll, dass Sarah sich besser fühlt«, gab ich zu. Ich wünschte, ich wüsste es. Ich wünschte, ich könnte irgendwie mit ihr reden und ihr zu verstehen geben, dass alles gut werden würde. Und Oliver würde ich gern dasselbe sagen.

Willow gab ein amüsiertes Schnauben von sich. »Also für mich ist die Lösung kristallklar.«

»Wirklich?«, fragte ich. »Und wie sieht die aus?«

»Man muss in Ordnung bringen, was schiefgelaufen ist.« Willow zuckte mit den Schultern. »So einfach ist das.«

Wenn es nur tatsächlich so einfach wäre …

Moment mal.

Vielleicht war es das sogar.

Der klitzekleine Hauch einer Chance bestand …

Ich setzte mich aufrechter hin, womit ich die Aufmerksamkeit der anderen Hunde auf mich lenkte. »Ich habe einen Plan.«

AMY

»Claire, kannst du mir mal helfen?« Amy quetschte sich, die Arme voll mit Einkaufstüten, seitwärts durch die halb offene Haustür. Wo steckte Claire überhaupt? Eben noch hatte sie mit ihr im Auto gesessen, aber als Amy den Kofferraum geöffnet hatte, um die Weihnachtseinkäufe herauszuholen, war ihre Tochter im Haus verschwunden. Wann genau lernten Kinder eigentlich die Fähigkeit, sich immer genau dann in Luft aufzulösen, wenn sie helfen sollten?

»Einen Moment!«, rief Claire von irgendwo aus dem Haus.

»Den habe ich nicht«, rief Amy zurück. »Die Tüten sind schwer!«

Und wo war Jack überhaupt? Teenagerjungs gehörten von sich aus schon nicht gerade zu den nützlichsten Wesen, das lag in ihrer Natur. Sie eigneten sich jedoch hervorragend zum Tragen von Einkaufstüten – vorausgesetzt, man spürte sie auf. Auch Jack erschien gewöhnlich erst wieder, wenn sie die Einkäufe weggeräumt hatte, und blieb gerade lange genug, um einen Snack zu verschlingen, der ihm den Appetit aufs Abendessen verdarb.

Amy stellte die Taschen auf den Tisch und verließ die Küche, um noch den Rest zu holen, doch Claires Schrei hielt sie auf.

»Ich habe eine Antwort bekommen!«, rief sie den Flur hinunter.

Amy bog ins Wohnzimmer ab, wo ihre Tochter auf dem Sofa saß, den Laptop auf den Knien.

»Wer hat geantwortet? Und worauf?« Bei Claire konnte das alles Mögliche bedeuten. Von einer neuen Freundin in der Schule bis zu einem Jungen, den eine ihrer Freundinnen mochte, oder auch einem Lehrer, der ihr eine Frage zu den Hausaufgaben beantwortet hatte. Oder in diesem Fall vielleicht ...

»Die königliche Familie! Oder zumindest derjenige, der für ihr Twitterkonto zuständig ist.« Claire drehte den Bildschirm um, damit Amy die Nachricht sehen konnte. »Wahrscheinlich schreibt die Queen nicht selbst, was meinst du?«

»Wahrscheinlich nicht«, stimmte Amy zu. »Sie hat sicher viel zu viel zu tun, um zu twittern. Was schreiben sie denn nun? ›@TheRoyalFamily hat auf deinen Tweet geantwortet‹ ist ja nicht gerade informativ.«

»Moment«, sagte Claire. »Das ist nur die Benachrichtigung. Die eigentliche Nachricht ist ... hier.«

Amy verspürte unwillkürlich ein flaues Gefühl, als sie darauf wartete, dass Claire die Nachricht in ihrem Browser aufrief. Sie hoffte zwar sehr, dass der Inhalt sie irgendwie zu Henry führen würde, aber es schien auch ein wenig weit hergeholt und zu viel erwartet. Weihnachtswunder gab es dieser Tage nur noch selten. Es fiel ihr schwer zu glauben, dass ausgerechnet die Walkers so ein Wunder erleben sollten, wo doch so viele andere es noch nötiger hätten.

Wie Amy befürchtet hatte, verwandelte sich Claires Freude gleich darauf in Traurigkeit. »Sie schreiben, dass ich mich irren muss, aber sie hoffen, dass wir unseren Hund bald wiederfinden werden.« In ihrer Stimme klang keine Emotion durch, sie war völlig tonlos, aber Amy wusste, wie tief enttäuscht sie war. Denn ihr erging es ähnlich.

Oh, Henry. Wo bist du bloß?

Amy drückte ihre Tochter fest an sich, die Einkäufe im Auto waren im Moment vergessen. »Du hast es wenigstens versucht. Es bestand immer nur eine vage Möglichkeit, Schatz. Aber du hast dein Bestes gegeben. Mehr kannst du nicht tun.«

»Aber, Mum. Sie irren sich!« In Claires Stimme schwang eine Verzweiflung mit, die Amy nicht gefiel. Ihre Tochter hatte all ihre Hoffnung auf die lächerliche Vorstellung gesetzt, dass sich Henry in Windsor Castle aufhielt. Und sosehr sie sich auch darüber gefreut hätte, wusste Amy doch, dass ihr Hund unmöglich dort sein konnte. Und jetzt musste sie Claire ebenfalls davon überzeugen, und sei es nur, damit es später nicht noch mehr schmerzte, falls Henry gar nicht mehr nach Hause käme.

Amy seufzte und wünschte sich nur einen Moment lang, dass sie ihre Sorgen mit jemandem teilen könnte.

»Claire, denk doch mal vernünftig darüber nach, Schatz«, sagte sie sanft und legte ihr den Arm um die Schulter. »Der Buckingham-Palast ist eines der am stärksten bewachten Gebäude in der Welt. Selbst wenn Henry seinen Weg irgendwie hineingefunden hätte, dann hätte doch jemand gemerkt, dass er nicht dorthin gehört. Die Queen kennt doch ihre Hunde. Und das Personal im Palast sicher auch. Die Chance, dass ein fremder Hund sich in den Palast schmuggelt und dort bleiben darf, ist winzig.«

»Ich weiß aber, dass es Henry ist«, sagte Claire stur. »Und das werde ich euch auch beweisen.«

Tja, Amys Überzeugungskraft ließ wohl zu wünschen übrig.

Claire schob ihre Mutter von sich und wandte sich wieder dem Laptop zu. Einen Moment schaute Amy ihr noch zu, dann stand sie auf und kümmerte sich wieder um die Einkäufe. Allein, da alle anderen wohl andere Prioritäten hatten. Im Moment hatte sie getan, was sie konnte. Claire war ein vernünftiges Mädchen. Mit der Zeit würde sie schon einsehen, wie lächerlich diese Idee war. Und Amy würde sie trösten, wenn es so weit war.

Sie räumte gerade die letzten Einkäufe weg, als sie Jack nach Hause kommen hörte. Sie ging ins Wohnzimmer, um nach Claire zu sehen, und blieb lächelnd im Türrahmen stehen.

Auf dem Sofa saßen ihre Kinder, Claire hatte sich an Jack gekuschelt, der die Kontrolle über den Laptop übernommen hatte. Beide unterhielten sich leise und deuteten auf den Bildschirm.

Ein wohliges Gefühl ergriff Amy. Es war zwar nicht auf die Art geschehen, wie sie es sich gewünscht hätte, aber zumindest hatten die Aufregungen der letzten Monate Jack und Claire zusammengeschweißt. Sie hoffte nur, dass sie in diesen Kreis des Vertrauens auch aufgenommen werden würde.

»Was führt ihr zwei denn im Schilde?« Amy betrat das Wohnzimmer und setzte sich zu den beiden aufs Sofa.

»Beweise sammeln«, sagte Claire entschlossen. Das verhieß nichts Gutes.

»Was für Beweise?«

»Dass die Queen unseren Hund gestohlen hat«, verkündete Jack.

Amy verzog das Gesicht. »Also, das kann nicht …«

»Schau doch selbst!« Claire drehte den Bildschirm herum, damit Amy sehen konnte, woran sie arbeiteten.

Sie hatten zwei Fotos von Corgis nebeneinandergestellt. Das eine zeigte den Hund mit der Krone aus der Sonntagszeitung. Das andere war ein Bild von Henry, aufgenommen am letzten Weihnachtsfest, auf dem er die Papierkrone trug und das Halsband, das Claire ihm gekauft hatte. Dasselbe Halsband, das auch der Hund der Queen zu tragen schien.

»Wie können sie es jetzt noch abstreiten?«, fragte Claire. »Das ist eindeutig derselbe Hund!«

»Und auch andere Leute haben das schon bemerkt«, sagte Jack. »Ich habe die beiden Fotos auf der Henry-Gesucht-Seite gepostet, und die Leute teilen sie bereits und kommentieren.«

Oh-oh, das klang nicht gut. Amy wollte auch gern alles unternehmen, damit Henry sicher zu ihnen nach Hause zurückkehrte – vorausgesetzt, es brachte ihr nicht an Weihnachten die Polizei ins Haus, weil sie ausgerechnet die Queen des Hundediebstahls beschuldigt hatte. Galt das schon als Landesverrat? Sie war sich nicht sicher – aber sie wollte dieses Risiko auch nicht gern eingehen.

»Wir sollten besser keine so große Sache daraus machen«, fing Amy an, aber Jack unterbrach sie mit einem völlig untypischen Freudenschrei.

»Jawoll! Gerade hat eine Onlinezeitung, der ich die Fotos zugeschickt habe, den Beitrag aufgegriffen«, jubelte er. »Henry geht viral.«

»Oh gut«, sagte Amy matt und wünschte sich, sie hätte mehr Glühwein gekauft.

Es bestand keine Chance, dass diese Sache jetzt noch gut enden würde.

HENRY

Ich musste ein wenig warten, bis ich meinen Plan in die Tat umsetzen konnte, aber das war die Sache wert. Denn so hatte ich mehr Zeit, die anderen dazu zu überreden, mitzumachen.

Vor allem Willow schien nicht besonders erfreut über meine Idee. »Das klingt nicht sehr würdevoll«, meinte sie.

»Und ich verstehe nicht, warum wir das überhaupt machen müssen«, ergänzte Vulcan. »Können die Menschen ihre Probleme nicht selbst lösen?«

»Sarah war nett zu uns allen«, erwiderte Candy. »Wir sollten auch nett zu ihr sein.«

»Aber sie gehört zum Personal«, jammerte Vulcan. Offenbar würde er wohl nie über seinen Standesdünkel hinwegkommen.

»Sie ist meine Freundin«, sagte ich nachdrücklich. »Und wir werden ihr helfen. Und ich verrate euch jetzt wie.«

Wir beschlossen, bis nach dem Abendessen mit der Umsetzung des Plans zu warten, weil mit vollem Magen alles leichter geht. Außerdem war unsere Fütterung gewöhnlich

Sarahs letzte Aufgabe, und ich war mir ziemlich sicher, dass Oliver bis dahin ebenfalls mit seiner Arbeit fertig sein würde. Alles passte wunderbar.

Dann tauchte jedoch unvermutet ein Hindernis auf.

»Gute Neuigkeiten! Ihr alle bekommt ein schönes Bad nach dem Abendessen, damit ihr hübsch ausseht, wenn Ihre Majestät morgen nach Hause kommt.« Sarah gab sich Mühe, fröhlich zu klingen, das merkte ich, aber sie war nicht besonders gut im Schauspielern. Und meine Stimmung hob diese letzte offizielle Bestätigung, dass die Queen am nächsten Tag in den Palast zurückkehren würde, auch nicht sonderlich.

Candy und ich tauschten einen Blick, und ich schüttelte leicht den Kopf, um ihr zu bedeuten, dass wir noch warten mussten. Zumindest bis Willow und Vulcan gebadet waren. Wenn ich an der Reihe war, bot sich die perfekte Gelegenheit, meinen Plan auszuführen. Die Tatsache, dass ich dadurch eine weitere Pflegesitzung verpasste, war nur ein zusätzlicher Bonus.

Sarah brachte die anderen drei nacheinander hinaus zum Baden, Bürsten und Föhnen. Da wir erst vor ein paar Tagen im Hundesalon in die Mangel genommen worden waren, hoffte ich, dass die Sache nicht zu lange dauern würde. Ungeduldig wartete ich darauf, dass ich endlich meinen Plan in die Tat umsetzen konnte. Damit wenigstens Sarahs Leben wieder in Ordnung kam.

Endlich war ich an der Reihe. Sarah näherte sich mir, die Leine in der Hand, und ich nickte den anderen Hunden zu. »Ihr wisst, was zu tun ist.«

Sarah beugte sich vor, um mich anzuleinen, und ich wartete und wartete und wartete … Jetzt!

Genau in dem Moment, als sie in die Hocke ging, um die Leine anzuklipsen, schlug ich einen Haken und gab Fersengeld.

»Henry! Henry!« Ich hörte ihr Rufen kaum über den Lärm, den Willow, Candy und Vulcan veranstalteten. Sie bellten und beschäftigen Sarah planmäßig lange genug, um mir einen guten Vorsprung zu verschaffen. Ich wollte jedoch nicht zu weit weglaufen, sonst hätte Sarah ja nicht gewusst, wo sie mich suchen sollte. Allerdings waren meine Beine auch nicht lang genug, um ihr ohne die Hilfe der anderen zu entwischen.

Das Bellen erstarb, was mir verriet, dass mir Sarah auf den Fersen sein musste. Jetzt war es die Aufgabe der anderen, das Personal abzulenken. Denn das Letzte, was ich brauchte, war ein anderer Angestellter, der dabei half, mich einzufangen, ehe ich mein Ziel erreicht hatte.

Den Kopf gesenkt, raste ich durch die Räume. Menschen sprangen hastig zu Seite, um mir aus dem Weg zu gehen, doch ich schenkte ihnen keinen entschuldigenden Blick. Im Moment konnte ich mir darum keine Sorgen machen.

»Henry!«, rief mir einer empört nach.

»Dieser verflixte Corgi«, murmelte ein anderer. »Warum musste sie sich denn unbedingt noch einen Hund anschaffen?«

Im Blauen Salon stieß ich geradewegs mit zwei Bediensteten zusammen, die ein riesiges Gebinde aus festlichem Grünzeug vor sich hertrugen. Das führte dazu, dass weiße Kerzen und rote Stechpalmenbeeren durch die Luft flogen. Ich bellte eine Entschuldigung und lief weiter, obwohl sie mir nachbrüllten.

Es war schön, dass mich inzwischen jeder im Palast kannte. Offenbar hatte ich in den zehn Tagen, die ich nun schon hier lebte, bei allen Eindruck hinterlassen. Obwohl im Moment wohl keiner ein gutes Wort bei der Queen für mich einlegen würde.

Schließlich erreichte ich das Speisezimmer, tauchte unter Tischen und Stühlen hinweg, wieselte zwischen Beinen hindurch und versuchte zu vermeiden, dass jemand auf mich trampelte. Ich hatte keine Zeit, mir Gedanken darüber zu machen, was die Queen wohl davon halten würde. Im Moment zählte nur Sarah.

Ich schaute über die Schulter und stellte zufrieden fest, dass Sarah mir nachrannte. Sie holte schnell auf. Ich musste mich beeilen.

Ich rannte einen Flur hinunter, dann einen weiteren und noch einen, bis ich im Privatflügel des Palastes war. Ich war mir sicher, dass die Treppe, die ich suchte, hier irgendwo sein musste.

Da!

Ich war nur zwei Mal im Personalflügel gewesen, aber das genügte mir, um ihn wiederzufinden. Allerdings wusste ich nicht, wo sich Olivers Zimmer befand. Meine Erfahrung hatte mich jedoch gelehrt, dass man nur lange und laut genug bellen musste, damit jeder herauskam, um festzustellen, was los war. Eine Tür nach der anderen öffnete sich und Bedienstete streckten die Köpfe heraus und starrten oder brüllten mich an, je nach ihrem Charakter.

»Henry?« Oliver stand in der offenen Tür zu seinem Zimmer und betrachtete mich verwundert. »Was machst du …«

Ich preschte zwischen seinen Beinen hindurch und

schnappte mir einen von den Schuhen, die neben der Garderobe standen. Dann rannte ich wieder hinaus, in dem Wissen, dass er mir jetzt folgen musste. Oliver nahm es sehr genau mit seiner Kleidung, wie mir aufgefallen war, und seine Schuhe glänzten immer tadellos. Er würde das Risiko, dass ich einen davon zerstörte, nicht eingehen wollen. Genauso wenig wie Amy mich mit einem ihrer besten Stöckelschuhe entwischen lassen würde.

Ich flog förmlich die Treppe hinunter, schnell genug, dass ich an Sarah vorbeirennen konnte und wieder vor ihr war, noch ehe ihr klar wurde, was passierte.

»Henry!«, rief sie mir nach. »Komm her. Es ist doch nur ein Bad, um Himmels willen!«

Dann hörte ich einen Aufschrei und ein Plumpsen.

Ich bremste schliddernd ab und drehte mich um, um mich zu vergewissern, dass es ihr gut ging.

Oliver hatte offenbar schneller aufgeholt, als ich erwartet hatte. Er und Sarah lagen praktisch übereinander am Fuß der Treppe nach einem wohl ziemlich spektakulären Sturz.

Ich blieb lange genug, bis ich Oliver fragen hörte: »Alles in Ordnung?«

Sarah antwortete: »Wir müssen Henry einfangen.«

Ihnen ging es gut, also rannte ich weiter.

Zurück durch die Flure, die ganzen Räume, unter Tischen, Stühlen und Beinen hindurch, wobei ich auf ein paar vereinzelte Stechpalmenbeeren trat.

Ich erreichte die große Treppe und wich beim Hinauflaufen einem Hausdiener aus. Dabei verfing ich mich mit meinem Halsband in der grünen Girlande, die sich ums Geländer schlängelte.

»Henry!«, hörte ich Sarah hinter mir rufen. Ich hatte keine Zeit, mich aus der Girlande zu befreien. Daher raste ich einfach weiter, mit ihr im Schlepptau – direkt in einen großen Mann mit schütterem Haar und grauem Anzug hinein.

»Um Himmels willen!« Der Mann drehte sich nach mir um, aber leider wickelte sich die Girlande dadurch noch weiter um ihn.

»Eure Hoheit!«, rief Oliver. Er blieb stehen, um den Mann, der wohl zur königlichen Familie gehörte und einer der Gäste vom Weihnachtsessen war, aus der Girlande zu entwirren. Ups!

Ich schüttelte die Girlande ab und lief weiter. Jetzt aber etwas langsamer, damit ich Sarah und Oliver nicht versehentlich abhängte. Bald darauf waren sie wieder hinter mir.

Mein Plan war fast vollbracht. Ich hatte Oliver und Sarah wieder zusammengeführt, und sie verfolgten ein gemeinsames Ziel – mich einzufangen. Jetzt musste ich sie nur noch genau dort hinbringen, wo ich sie haben wollte.

In der Großen Halle direkt vorm Haupteingang kam ich schliddernd zum Stehen. Ich hechelte heftig von all der Rennerei, aber ich wusste, dass es die Sache wert gewesen war. Draußen fing es gerade an zu schneien, dicke Flocken glitzerten in den Weihnachtslichtern vor der dunklen Nacht. Es war ein wundervoller Winterabend – perfekt für Romantik.

Ich schaute hoch und sah genau das, wonach ich gesucht hatte. Ich hatte es bei meinen ersten Erkundungstouren im Palast entdeckt. Mistelzweige. Selbst ein Hund wusste, was das bedeutete.

Nach Luft ringend blieben Sarah und Oliver neben mir stehen.

»Henry! Was hast du dir nur dabei gedacht?«, schimpfte Sarah. Gleich darauf kniete sie neben mir und versicherte sich, dass es mir gut ging. Ich hielt still und starrte an die Decke.

»Was schaut er denn da an?«, wollte Oliver stirnrunzelnd wissen.

Beide folgten meinem Blick, und ich wusste genau, wann sie den Mistelzweig entdeckten, denn Sarahs Wangen färbten sich rot, und in Olivers Gesicht erschien ein Schmunzeln.

»Ich glaube, er will uns etwas sagen«, meinte Sarah, den Blick immer noch auf die Mistelzweige über ihrem Kopf gerichtet.

Oliver machte einen Schritt rückwärts. »Ich denke, das wäre unter den gegebenen Umständen unangemessen. Ich meine, na ja, du bist wieder mit deinem Ex-Freund zusammen …«

»Aber das stimmt doch gar nicht!«, widersprach Sarah. »Ich weiß ja nicht, was du gehört oder gesehen hast, aber zwischen mir und David ist es aus. Endgültig. Und genau das habe ich ihm gesagt, als er hier war. Mein Leben findet jetzt hier statt.«

»Wirklich?« Oliver kam näher. »Bist du sicher?«

»Sicherer als ich mir je zuvor einer Sache war.« Sarah lächelte, und Oliver erwiderte ihr Lächeln.

Ich wartete geduldig. Ich wusste, was als Nächstes kam. Es passierte in allen Filmen, die ich mit Amy und Claire angeschaut hatte. Mistelzweige plus Schnee plus Geständnisse aus vollem Herzen wurden zu …

Langsam beugte sich Oliver vor. Er legte die Hand unter Sarahs Kinn, hob ihren Kopf an, und ihre Lippen verschmolzen zu einem leidenschaftlichen Kuss.

Ich lächelte.

Deshalb war ich also im Buckingham-Palast gelandet, auch wenn ich es damals noch nicht gewusst hatte.

Meine Arbeit hier war getan. Ich konnte gehen, ohne mir Sorgen um Sarah machen zu müssen.

Ich ließ die beiden küssend unter dem Mistelzweig allein, umrahmt von den funkelnden Lichtern der drei Weihnachtsbäume, und lief zurück zum Corgi-Zimmer. Ich wollte noch eine Nacht in meinem Körbchen verbringen, in Gesellschaft der anderen Hunde, mit denen ich inzwischen befreundet war – oder in Vulcans Fall wenigstens nicht länger verfeindet.

Am nächsten Tag würde die Queen in den Palast zurückkehren.

Und was dann mit mir geschah, stand in den Sternen.

Tag 11

Dienstag, 24. Dezember, Heiligabend

HENRY

Ich schlief seltsamerweise gut, dank Candy, die bei mir im Körbchen lag, wachte aber mit Bauchgrummeln auf. Heute würde sich mein Schicksal entscheiden. Kaum war das Frühstück beendet, erschien Sarah auch schon, um uns alle vor der Rückkehr der Queen noch einmal spazieren zu führen.

Wie mir gleich auffiel, strahlte Sarah wie ein Honigkuchenpferd und wirkte für jemanden, der den Abend zuvor damit verbracht hatte, mir durch den Palast nachzujagen, ausgesprochen fröhlich.

»Oh du«, sagte sie schmunzelnd, als sie mich anleinte. »Heute läufst du mir aber nicht wieder weg, ja? Ich nehme an, du hast gestern das bekommen, was du wolltest. Oder was ich wollte.« Sie küsste mich zwischen die Ohren und führte uns alle in den Garten.

Ich musste zugeben, ich war ziemlich stolz darauf, dass mein Plan so gut funktioniert hatte. Offenbar hatten Oliver und Sarah alle Missverständnisse geklärt, und ich hatte das gute Gefühl, dass sie zukünftig nichts mehr zwischen sich kommen lassen würden – schon gar nicht so etwas Dummes. Die beiden waren füreinander geschaffen. Und ich war froh, dass ich ihnen dabei geholfen hatte, das zu erkennen.

Der einzige Nachteil war nur, dass mich jetzt nichts mehr von meinem bevorstehenden Schicksal ablenkte.

»Bist du bereit?«, fragte Candy, als wir durch den Neuschnee im Garten stapften. »Ich meine, um Ihre Majestät zu treffen.«

Ich dachte sehr sorgfältig über die Frage nach, während ich mich umschaute. Ich befand mich in dem wohl prächtigsten Gebäude, das ich jemals betreten durfte. Ich, Henry Walker, lebte in einem Palast. Ich hatte frisch gefangenen und zubereiteten Hasen aus glänzenden Silberschüsseln verspeist. Ich war gehegt und gepflegt worden, auf Schritt und Tritt. Ich hatte in einem besonderen Körbchen geschlafen, das über dem Boden thronte, damit ich mich nicht verkühlte. Ich hatte sogar eine Krone getragen! Und bald würde ich die Königin von England kennenlernen. Und die Königin würde über mein Schicksal entscheiden.

»Ich weiß nicht«, gab ich ehrlich zu. Wie konnte jemand dafür auch bereit sein?

»Vermutlich hängt das davon ab, was sie sagen wird, wenn sie merkt, dass sich ein Betrüger in ihr Haus eingeschlichen hat«, meinte Vulcan und grinste leicht.

»Henry ist kein Betrüger«, protestierte Candy.

»Eher ein … Überraschungsgast«, stimmte Willow zu. Was sehr viel netter war als die Worte, die sie an meinen ersten Tagen für mich übriggehabt hatte.

»Uneingeladener Gast«, murrte Vulcan. Was ungefähr auf dasselbe herauskam. Vulcan würde sich nie ändern, dachte ich. Für niemanden. Aber jetzt, da ich ihn ein wenig besser kannte und wusste, wen er verloren hatte, wie sehr er seine Freunde vermisste und wie nett er gestern Abend zu Sarah gewesen war, fiel es mir leichter, seine Bemerkung zu ignorieren.

»Wie dem auch sei, ich sollte gar nicht hier sein.« Ich kickte einen kleinen Schneehaufen zur Seite, der sich auf dem Weg angesammelt hatte.

Falls die Queen mich hinauswerfen sollte, würde ich gar nicht so sehr all das tolle Essen, das Corgi-Zimmer und den ganzen Luxus vermissen. Gut, die Soße vielleicht schon. Ja, die Soße ganz bestimmt. Vielleicht durfte ich ja das Rezept mitnehmen. Nein, ich würde vor allem meine Freunde vermissen, die ich hier gefunden hatte. Oliver und Sarah. Candy und Willow. Sogar Vulcan. Na ja, ihn vielleicht doch nicht.

Vielleicht war ich bereit, der Queen zu begegnen. Ich war nur noch nicht bereit, mich zu verabschieden.

Nach unserem Spaziergang brachte uns Sarah wieder ins Corgi-Zimmer, doch sie wurde von einem gehetzt aussehenden Oliver aufgehalten, der uns entgegengelaufen kam.

»Was ist denn los?« Sarah legte ihm eine Hand auf den Arm.

Oliver lächelte und schüttelte den Kopf. »Nichts, worüber man sich Sorgen machen muss. Nur der übliche Weihnachtsessentrubel. Das Wichtigste ist aber, wir haben gerade Nachricht erhalten, dass die Queen früher als erwartet im Palast eintreffen wird.« Er schaute auf seine Uhr. »Sie wird in fünf Minuten hier sein. Du sollst die Hunde zu ihrer Begrüßung direkt zum Haupteingang bringen.«

Sarahs Augen weiteten sich. »Ich? Bist du sicher? Ich habe sie doch noch nie …«

»Sie mögen dich«, unterbrach Oliver in beschwichtigendem Ton. »Und das tatsächlich mehr als jeden anderen von uns. Vor allem Henry ist ein großer Fan von dir. Bei dir werden sie still sitzen und geduldig warten. Außerdem will diese Aufgabe nach der gestrigen Hetzjagd auch kein anderer übernehmen.«

»Oh, na ja. Gut, in Ordnung«, sagte Sarah. In meinen Augen wirkte sie immer noch leicht panisch.

»Benehmt euch bitte«, raunte ich den anderen Hunden zu, worauf Vulcan die Augen verdrehte. Ich wusste aber, dass jeglicher Unfug nun Sarah oder mich in große Schwierigkeiten bringen würde.

Sarah ließ uns angeleint und führte uns zum Haupteingang. Dort herrschte bereits reges Gewusel, damit alles für die Ankunft der Queen und der anderen Festgäste vorbereitet war. Sarah hielt sich etwas abseits, und wir setzten uns alle geduldig zu ihren Füßen. Ich sah jedoch, wie ihr Blick zum Mistelzweig hoch huschte und sich ein Lächeln in ihr Gesicht stahl.

Das Herz schlug mir bis zum Hals, und ich wusste, dass mir die Ohren fast flach auf dem Kopf anlagen. Nun war er gekommen. Der Moment, den ich gefürchtet und zugleich erhofft hatte, seit ich in den Palast gebracht worden war. Gleich würde sich mein Schicksal entscheiden.

Getuschel erhob sich unter den versammelten Bediensteten, als ein langes schwarzes Auto durch die geöffneten Tore fuhr. Ohne dass ich sie bitten musste, setzten sich Candy, Willow und Vulcan vor mich. Ob sie mich nun verstecken oder beschützen wollten, wusste ich nicht so genau, aber ich schätzte ihre Bemühungen. Ich rechnete jedoch nicht damit, dass sie Erfolg haben würden.

Direkt vor dem Eingang blieb das Auto stehen, und Oliver eilte herbei, um die hintere Tür zu öffnen. Ich beobachtete, wie eine zierliche Frau mit silbergrauen Haaren ausstieg. Sie trug einen lavendelfarbenen Mantel und einen farblich dazu passenden Hut. Alle, die sich aufgereiht hatten, um sie zu begrüßen, verbeugten sich oder knicksten.

Das war sie also – Ihre Majestät Elizabeth die Zweite, von Gottes Gnaden Königin des Vereinigten Königreiches von Großbritannien und Nordirland und ihrer anderen Königreiche und Territorien, Oberhaupt des Commonwealth, Verteidigerin des Glaubens. Ja, Willow hatte mich ihren königlichen Titel auswendig lernen lassen. Nur der Himmel allein wusste jedoch, ob sie erwarten würde, dass ich ihn auch benutzte. Ich konnte die Queen ja schlecht damit beeindrucken, dass ich die ganze Liste herunterbellte.

Sie war auch so sehr beeindruckend. Nicht etwa, weil sie groß oder bedrohlich wirkte, sondern eher, weil sie es nicht war. Die würdevolle Haltung, Gelassenheit und natürliche Autorität, die sie ausstrahlte, fanden ihren Ursprung in einer eher zierlichen Gestalt, was sie nur noch imposanter machte.

In der Hinsicht gleicht sie uns Corgis, dachte ich.

Dann tat die Queen etwas, das alle verwunderte, außer uns Hunden. Sie beugte sich noch einmal in den Wagen und holte ein kleines Fellknäuel heraus. Corgi Monty, nahm ich an. Der Hund, dessen Platz ich stibitzt hatte, ohne dass es jemand bemerkt hatte.

Niemand sagte etwas, natürlich nicht, aber ich konnte sehen, wie Sarahs Blick hektisch von uns vieren zu dem Hund in den Armen der Queen flog. Oliver hielt immer noch die Autotür, doch sein Mund stand ein wenig offen.

Ja, das war definitiv das Aus für mich.

Ihre Majestät kam direkt zu uns herüber und setzte Monty, den anderen Corgi, auf den Boden. Sie begrüßte Willow, Vulcan und Candy.

Dann blickte sie mich an.

Da ich nicht wusste, was ich sonst tun sollte, erwiderte ich den Blick.

Bitte, flehte ich sie in Gedanken an. *Bitte wirf mich nicht raus. Hilf mir, meine Familie zu finden, oder lass mich bleiben. Bitte schick mich nur nicht allein in die Welt dort draußen, weg von meinen Freunden und meiner Familie. Bitte.*

Die Queen richtete sich auf und wandte sich dem versammelten Personal zu.

»Man scheint in meiner Abwesenheit einen Corgi angeschafft zu haben.«

Und danach brach das Chaos los.

Es brauchte eine Weile, bis den Menschen klar wurde, was passiert war. Die Queen nahm uns alle fünf mit in ihr privates Arbeitszimmer, während die Sache eingehend untersucht wurde. Wie es schien, sprach sich die Nachricht ziemlich schnell im Palast herum.

Inzwischen erklärten Willow, Candy und ich Monty, was in den vergangenen Tagen passiert war. Er schien von der Sache ziemlich fasziniert.

»Du bist also weggelaufen? Von deiner Familie?«, fragte er. »Warum?«

»Ich bin nicht vor ihnen weggelaufen«, sagte ich. »Es herrschte nur so viel Lärm, und ich habe eine hübsche dicke Taube entdeckt, der ich nachjagen wollte … Und dann war da dieser Garten, der zum Erkunden einlud …«

»Kurz gesagt, er ist einfach unverschämt neugierig«, schnaubte Vulcan missbilligend. Er schien von Monty genauso wenig beeindruckt wie von mir, obwohl Monty angeblich einen vorzüglichen Stammbaum besaß – oder eher gesagt, sein verstorbener Besitzer.

Schließlich wurde eine ziemlich betreten wirkende Frau in blauem Kostüm zu der Queen ins Arbeitszimmer gebracht.

»Susan Yeats, Madam«, stellte der Mann an der Tür sie vor. »PR-Managerin des Buckingham-Palastes.«

Susan knickste rasch und wartete darauf, dass die Queen das Wort an sie richtete, während ihr Blick im Zimmer umherhuschte.

Die Königin legte den Stift nieder und wandte Susan ihre volle Aufmerksamkeit zu. »Haben wir herausgefunden, woher dieser recht liebenswerte Corgi stammt?«

Ich schenkte Vulcan ein Grinsen. Ein Kompliment von der Queen machte all seine fiesen Bemerkungen wieder gut.

»Ja, Eure Majestät.« Susan trat nach vorn, ein Blatt Papier in der zittrigen Hand. »Offensichtlich hat uns vor ein paar Tagen ein Mädchen kontaktiert, nachdem sie Aufnahmen der Hunde in Windsor Castle in der Sonntagszeitung gesehen hat. Offenbar ist die Familie mit ihrem Hund vor etwas mehr als einer Woche in der Nähe des Palastes spazieren gegangen, und der Hund ist weggelaufen. Seitdem suchen sie nach ihm. Sie hat ihren Hund, Henry, auf den Fotos wiedererkannt und einen Tweet an unsere Twitteradresse geschickt, in dem sie nachfragte, ob dieser Hund ihr Hund sein könnte.«

Claire! Claire hatte mein Foto gesehen und mich erkannt! Ich wackelte vor Freude über diese Neuigkeit mit meiner Rückseite.

»Und ich nehme an, man hat ihr gesagt, das sei unmöglich?«, meinte die Queen trocken.

Susan zuckte zusammen. »Ja, Madam.«

»Ich verstehe jedoch nicht, wie es dem Personal entgehen konnte, dass wir einen Hund zu viel im Palast haben.«

»Äh, wie es scheint, gab es wohl Verwirrung wegen des neuen Corgis«, meinte Susan mit roten Wangen.

»Wegen Monty?« Die Queen hob die Augenbrauen. »Wollen Sie andeuten, das sei Montys Schuld?«

»Nein! Ganz gewiss nicht, Madam. Ich wollte nur sagen, dass das Personal noch nicht mit Monty vertraut ist. Als daher ein Corgi im Garten entdeckt wurde, hat man angenommen, es sei Monty und dass Sie, Eure Majestät, womöglich entschieden haben, ihn doch nicht mitzunehmen.«

Die Queen faltete die Hände auf dem Tisch zu einem Dreieck und musterte Susan eindringlich. »Und niemandem fiel auf, dass er eine Marke mit dem Namen Henry am Halsband trug?«

Susans Röte vertiefte sich. »Wie ich schon sagte, Madam, es gab diese Verwirrung. Sowohl bezüglich des Namens des neuen Hundes als auch bezüglich seines Aufenthaltsortes, wie es scheint.«

Da Monty uns bei seiner Ankunft informiert hatte, dass sein voller Name Montague Hercules Henry Pentrose-Smythe lautete, überraschte es mich nicht, dass sich niemand von den Angestellten daran erinnern konnte. Und immerhin war Henry auch einer seiner Namen.

»Gut.« Die Queen neigte leicht den Kopf. »Dies scheint nicht gerade eine Sternstunde für mein Personal gewesen zu sein, nicht wahr? Ich bin mir jedoch sicher, dass sie sich beim Weihnachtsessen heute Mittag wieder vollends rehabilitieren werden.«

»Ganz gewiss, Madam«, sagte Susan und nickte etwas übereifrig.

»Zunächst muss jedoch die Frage mit Henry geklärt werden, denken Sie nicht?« Sie stand auf und kam zu mir herüber. Ich hatte mich hinter den anderen Hunden ganz klein gemacht. Candy versuchte, mich mit ihrem Körper zu verstecken, aber die Queen schob sie sanft zur Seite.

Ich stand auf, bereit, mich meinem Schicksal zu stellen.

»Er ist ein sehr hübscher Hund«, meinte die Queen und streichelte mich. »Und er scheint hier viele Freunde gewonnen zu haben, wie ich höre.«

»Ja, Madam«, bestätigte Susan, ohne die Randale von tags zuvor zu erwähnen, was ich ihr hoch anrechnete.

Die Queen seufzte. »Es gehört sich jedoch nicht, einen Hund von seiner Familie fernzuhalten. Vor allem nicht zu dieser Jahreszeit.« Sie stand auf und wandte sich Susan zu. »Ich denke, Sie sollten besser herausfinden, wie Sie Henry rechtzeitig vor Heiligabend nach Hause bringen. Finden Sie nicht?«

Ich bellte meine Zustimmung. Ich kam nach Hause!

»Und überlegen Sie sich, wie Sie die Familie für diesen Hundeentzug entschädigen können«, fügte die Queen hinzu. »Man möchte schließlich nicht wegen eines Irrtums in schlechten Ruf geraten.«

AMY

Amy warf ihre Handtasche auf den Küchentisch und zog sich den Schal aus. Endlich war Heiligabend. Sie hatte die Weihnachtseinkäufe erledigt, und die Praxis blieb bis zum 27. Dezember geschlossen. Für die nächsten sechzig Stunden war sie offiziell in Urlaub, und sie hatte vor, sich in jeder einzelnen Minute davon zu entspannen.

Zumindest, nachdem sie die Geschenke eingepackt hatte.

Die Zutaten fürs Weihnachtsessen standen bereits im Kühlschrank. Es war nicht so aufwendig wie in den vorigen Jahren, aber die Kinder mochten Hähnchen ohnehin lieber als Truthahn. Wahrscheinlich. Und niemand brauchte beides, Früchtebrot und Christmas Pudding, oder? Luke hatte ihr eine Flasche ihres Lieblingsweins geschenkt, den sie zum Essen trinken konnte – eine sehr nette Geste.

Die Weihnachtsstrümpfe fielen vielleicht ein wenig langweiliger aus als in den Vorjahren, aber jeder brauchte Duschgel und Vitamine, also waren sie wenigstens nützlich. Jack und Claire hatten sich ein Geschenk ausgesucht, das sie sich am meisten wünschten. Und auch wenn sie ihren Kindern in diesem Jahr nicht mehr schenken konnte, wusste Amy wenigstens, dass sie sich darüber freuen würden. Sogar für Sookie hatte sie zu Weihnachten eine Dose eines besonderen Katzenmenüs und eine neue Quietschmaus besorgt.

Es würde ein ruhiges, entspanntes, kleines Familienweihnachtsfest werden. Ihre Mutter war zwar auf einer Kreuzfahrt mit Tante Mary, aber das war in Ordnung. Amy gefiel die Vorstellung, dass sie zu diesem Weihnachtsfest ganz unter sich sein würden. Nur sie drei. Die vergangenen Monate waren nicht leicht gewesen, und alles war ganz anders als im Vorjahr. Es fühlte sich richtig an, Zeit miteinander zu verbringen, um Reserven aufzubauen, damit sie alle ein grandioses neues Jahr verbringen würden.

Ja, ein kleines Familienweihnachtsfest war ideal.

Der Einzige, der fehlte, war Henry.

Amy schob den Gedanken beiseite, weil das Telefon klingelte. Fast zwei Wochen war es nun her, dass Henry verloren gegangen war. Wenn er bis jetzt nicht nach Hause gefunden hatte, würden sie ihn vor Weihnachten wahrscheinlich nicht wiedersehen. Oder überhaupt jemals. Sie hatte jedoch nicht vor, ihren Kindern diese Befürchtung anzuvertrauen. Weihnachten war die Zeit der Hoffnung. Und die wollte sie ihnen nicht nehmen.

»Hallo?«, sagte sie in den Hörer, in Gedanken schon halb bei den Vorbereitungen fürs Weihnachtsessen.

»Ah, hallo. Könnte ich bitte mit Miss Claire Walker sprechen?« Die höfliche Stimme am anderen Ende der Leitung klang ziemlich verlegen über diese Bitte.

Amy runzelte die Stirn, die Gedanken ans Weihnachtsessen waren vergessen. Wer würde Claire am Heiligabend anrufen? »Darf ich fragen, wer Sie sind?«

»Hier spricht Susan Yeats aus dem Buckingham-Palast.«

Oh Gott. Was hatten die Kinder nun wieder angestellt? Sie hatte ja geahnt, dass diese Internetkampagne sie in Teufels Küche bringen würde. Amys Mund wurde ganz trocken, während sie nach den richtigen Worten suchte, um das wieder in Ordnung zu bringen, was auch immer zu richten war.

»Ja. Natürlich. Hören Sie, wenn es um die Tweets geht …«

Jack steckte den Kopf aus dem Wohnzimmer, und Amy wedelte mit der Hand zur Treppe und formte wortlos »Hol Claire. Sofort!« Jack blickte sie neugierig an, rannte aber dennoch die Treppe hinauf, hoffentlich, um seine Schwester zu holen.

»Sie müssen verstehen, Ms. Yeats, meine Tochter Claire ist erst zwölf, und sie ist am Boden zerstört über den Verlust unseres Hundes«, fuhr Amy fort, in der Hoffnung, die Mitleidstour würde ihr helfen.

»Das verstehe ich, Mrs. Walker. Und genau deshalb rufe ich auch an …«

»Oh, ich weiß, ich weiß, und es tut mir so leid!«, unterbrach Amy. »Ich weiß nicht, warum sie so überzeugt davon ist, dass der Hund auf dem Foto von Windsor Castle unser Henry ist, aber es ist nun mal so. Ich habe versucht, mit ihr darüber zu reden … aber es ist Weihnachten, und sie klammert sich an diesen Hoffnungsschimmer.«

Jack und Claire polterten die Treppe herunter und blieben neben ihr stehen.

»Wer ist dran?«, flüsterte Claire.

Amy legte die Hand über die Sprechmuschel. »Der Buckingham-Palast.«

Claires Augen wurden groß.

»Ach, du Schande«, murmelte Jack. »Jetzt sind wir geliefert.«

»Das verstehe ich, Mrs. Walker«, meinte Susan in der Leitung. »Und ich versichere Ihnen, dass wegen der Tweets niemand in Schwierigkeiten ist. Zumindest nicht bei Ihnen. Wenn ich nur kurz mit Claire reden könnte, bitte? Ich würde ihr die Nachricht wirklich gern selbst überbringen.«

Verwundert reichte Amy den Hörer an Claire weiter.

»Hallo«, sagte sie mit leiser Stimme. Dann hörte sie eine Weile zu und nickte immer wieder zu Susans Worten. Sekündlich wurden ihre Augen größer.

»Was ist los?«, flüsterte ihr Amy zu, aber Claire antwortete nicht.

Jack stand direkt hinter seiner Schwester und versuchte, zu lauschen, aber so wie er den Kopf schüttelte, verstand auch er kein Wort.

Was ging hier nur vor? Konnte es sein, dass …?

In Amy blubberte eine kleine Hoffnungsblase hoch, aber sie schluckte sie hinunter. Man durfte nicht zu viel erwarten. Das führte nur zu Enttäuschungen.

Nein, vermutlich hatte die Queen von dem vermissten Hund erfahren und wollte ihnen eine Weihnachtskarte schicken, um ihr Mitgefühl auszudrücken. Mehr nicht. Und das wäre ja auch eine schöne Weihnachtsüberraschung für sie alle.

Dann klappte Claires Mund jedoch auf, und ihr Gesicht leuchtete. Sie fing an herumzuzappeln. »Vielen Dank. Danke, danke, danke!«

Sie legte auf und warf sich in Amys Arme.

»Was ist passiert?«, fragte Jack ungeduldig.

»Sie haben Henry gefunden!«, rief Claire. »Er kommt nach Hause. Noch heute Abend!«

»Oh, mir fällt es so schwer, mich von ihm zu verabschieden.« Sarah kniete vor mir auf dem Boden im Corgi-Zimmer und streichelte mich immer wieder, so als ob ich nicht gehen könnte, wenn sie mich nicht losließ.

Oliver legte ihr eine Hand auf die Schulter. »Niemandem fällt das Abschiednehmen leicht.«

»Er hat recht«, sagte Candy. Sie saß ganz in der Nähe, nicht in ihrem Körbchen, nicht direkt neben mir, aber ganz nah. »Abschied ist schwer.«

»Als wir uns im vergangenen Jahr von Holly verabschieden mussten …« Willow schüttelte den Kopf. »Sie war der letzte andere Corgi der Queen, bis Monty kam – und, na ja, du. Als sie starb, wussten wir, dass wir vermutlich keinen weiteren Bruder oder eine andere Schwester mehr bekommen würden. Dass es nur noch uns drei geben würde.« Ich vernahm den Schmerz in ihrer Stimme, und ich wusste, dass es Vulcan wohl ähnlich erging. Candy hatte mir erzählt, dass er Holly nähergestanden hatte als die anderen.

»Und dann kamst du«, sagte Candy. »Und alles war anders.«

»Es wird auch mit Monty anders sein«, sagte ich. Mir war diese Gefühlsduselei ein wenig unangenehm. Monty war noch nicht von seiner Pflegeeinheit zurückgekehrt, er wurde im Moment noch vom Personal gebürstet.

»Er ist nicht du«, sagte Candy schlicht.

Vulcan verdrehte die Augen. »Die beiden versuchen dir zu sagen, dass der Palast ohne dich nicht mehr dasselbe sein wird. Ob das jetzt gut oder schlecht ist, hängt davon ab, wen du fragst.«

Ich lachte bellend. Auf Vulcan war Verlass, er vertrieb jegliche Rührseligkeit im Nu.

»Ich werde euch auch vermissen«, sagte ich. »Euch alle.«

»Sogar Vulcan?«, fragte Candy.

»Sogar Vulcan.«

Ich legte den Kopf an Sarahs Knie und winselte ein wenig, um ihr zu zeigen, dass ich sie am meisten vermissen würde. Wir hatten aufeinander aufgepasst, als wir beide neu im Palast waren, verängstigt und unsicher. Der Gedanke, sie nie wieder zu sehen, versetzte mir einen Stich.

»Weißt du, wäre Henry nicht gewesen, hätte ich wohl nie den Mut aufgebracht, mit dir zu reden«, sagte sie zu Oliver.

»Wenn Henry nicht gewesen wäre, könnten wir keine so romantische Geschichte über unseren ersten Kuss erzählen«, erwiderte er, und Sarah lachte.

»Das meine ich ernst«, sagte sie. »Er hat mir das Selbstvertrauen gegeben, das ich nicht aufbringen konnte. Er hat mir den Glauben geschenkt, dass ich hierhergehöre.«

»Und dabei habe ich gedacht, das wäre ich gewesen.« Oliver gab vor, enttäuscht zu sein, bis Sarah seine Hand drückte.

»Hast du ja auch«, sagte sie. »Du hast diesen Ort für mich zum Zuhause gemacht. Du hast mich darin bestätigt, dass ich für die Stelle geeignet bin, und dafür gesorgt, dass ich bleiben wollte! Aber Henry … er hat mir den Glauben an mich selbst zurückgegeben.«

»Dann stehen wir alle tief in seiner Schuld«, meinte Oliver.

»Denn ich kann mir ein Leben ohne dich gar nicht mehr vorstellen. Ich weiß jedoch, dass nicht ich oder Henry es waren, die dir geholfen haben, deinen Platz zu finden.«

»Nein?« Sarah blickte ihn verblüfft an.

Oliver schüttelte den Kopf. »Das hast du selbst geschafft. Ganz allein. Du hast hart gearbeitet und warst ganz dein bezauberndes, loyales Ich, und damit hast du die Herzen der Menschen für dich gewonnen. Meins und Henrys eingeschlossen.«

Er beugte sich zu ihr, um sie leicht auf den Mund zu küssen, und Vulcan rollte sich angewidert auf den Rücken.

»Das ist unerträglich«, sagte er. »Wann gehst du denn jetzt? Und nimmst du diese Menschen mit?«

»Leider nicht«, antwortete ich. Im selben Moment öffnete sich die Tür, und ein Bediensteter erschien, bereits in einen warmen Wintermantel gehüllt und Monty im Schlepptau. »Die Antwort auf deine erste Frage lautet wohl: Jetzt.«

Sarah und Oliver standen auf. Sarah hob mich hoch.

»Auf Wiedersehen, Henry«, sagte sie in mein Fell. »Ich werde dich vermissen.«

»Vielleicht können wir ihn ja bei sich zu Hause mal besuchen«, schlug Oliver vor. »Nach den Feiertagen.«

Ich spitzte die Ohren und bellte zustimmend.

Sarah lachte. »Ich glaube, Henry gefällt der Vorschlag. Und mir auch.« Sie zog mir ein warmes Jäckchen über und leinte mich an. Dann setzte sie mich auf den Boden und reichte dem Mann die Leine.

»Tschüss, Henry.« Oliver kraulte mich zwischen den Ohren und ergriff Sarahs Hand, als ich hinausgeführt wurde.

Zu meiner Überraschung folgten mir die anderen Hunde.

»Ihr könnt nicht alle mit nach Surrey fahren«, sagte der Mann. »Ihre Majestät würde euch zu sehr vermissen.«

Dennoch tapsten sie mit mir hinunter zum Seiteneingang. Dort setzten sie sich hin und warteten.

Der Mann versuchte, mich aus der Tür zu locken, aber ich nahm mir die Zeit, um mich noch einmal zu meinen Freunden umzudrehen. Willow, die mir alles beigebracht hatte, was ich über den Palast und die königliche Familie wusste. Candy, die mich aufgemuntert hatte, als ich traurig war, und mit der ich enger befreundet war als mit den anderen. Und Vulcan, der zwar gemein zu mir gewesen war, aber nun ehrlich traurig über meinen Abschied zu sein schien. Sogar Monty, ohne dessen Abwesenheit ich gar nicht erst in den Palast reingekommen wäre.

»Auf Wiedersehen, ihr alle«, sagte ich. Meine Augen juckten. So, wie im Sommer, als ich mich im gemähten Gras gewälzt hatte. Vielleicht lag es am Schnee.

»Auf Wiedersehen, Henry«, sagte Willow.

Einer nach dem anderen traten sie vor, entsprechend ihres Ranges natürlich, und berührten mich an der Pfote.

»Viel Glück«, wünschte Vulcan. Seine Stimme klang kratzig.

»Ich werde dich vermissen«, flüsterte Candy.

Monty sagte gar nichts. Er schenkte mir nur diesen gedankenverlorenen Blick, der typisch für ihn zu sein schien.

Ich schaute hoch und sah, wie Sarah versuchte, ihre Tränen zu verstecken. Olivers Arm lag um ihre Schulter. Zwar würde ich Sarah sehr vermissen, aber ich war froh, dass sie Oliver hatte. Den beiden würde es gut gehen, jetzt, wo sie einander hatten.

Und dann wurde es endgültig Zeit zu gehen.

Mein Herz war ein wenig schwer, als ich einen letzten Blick auf den Palast warf, vom Auto aus, während wir fuhren. Er war hell erleuchtet an diesem dunklen Winterabend und strahlte wie die Lichterketten am Londoner Weihnachtsbaum. Ich wusste, dass der Palast in der ganzen weiten Welt einzigartig war. Und obwohl ich nie wieder eine Pfote hineinsetzen würde, konnte ich mein Leben lang die Geschichte von dem ganz besonderen Weihnachten erzählen, an dem ich eine Weile der Corgi der Queen gewesen war.

Bald schon lagen der Buckingham-Palast und all meine Freunde außer Sichtweite – und ich raste auf den einzig anderen Ort im Land zu, an dem ich Weihnachten verbringen wollte.

Zu Hause. Mit meiner Familie.

Endlich.

Ich war ziemlich schläfrig, als wir Redhill erreichten. Die Nacht war schwarz und kalt, glitzernder Schnee bedeckte alles. Doch als wir uns der Gegend näherten, in der wir lebten, sprang ich auf und schaute aus dem Fenster.

Da war Claires Grundschule. Ich war immer mit ihr morgens dort hingelaufen, als sie noch kleiner war. Da war die Arztpraxis, in der Amy arbeitete. Dort der Park, in dem man so wunderbar spazieren gehen konnte. Und da der Laden an der Ecke, zu dem ich sonntagmorgens immer mit Jack ging, um die Zeitung zu holen.

Und da …

Da war meine Haustür mit der glänzenden Sieben drauf.

Ich war zu Hause.

Als das große schwarze Auto hielt, flog die Haustür auf, und mein Herz hüpfte vor Freude. Dort standen sie – Amy, Jack und Claire, alle in ihren Weihnachtspyjamas vom vergangenen Jahr, und warteten auf mich.

Ich hopste hinaus, sobald der Fahrer die Tür öffnete, und raste auf sie zu. Jack hob mich hoch und drückte mich an sich, während Amy und Claire mich streichelten und mir sagten, wie sehr sie mich vermisst hatten.

Ich wünschte, ich hätte ihnen sagen können, dass ich sie auch sehr vermisst hatte, aber ich nahm an, dass sie das ohnehin wussten.

»Entschuldigen Sie, Ma'am?« Der Hausdiener wandte sich an Amy.

»Vielen Dank, dass Sie Henry nach Hause gebracht haben!« Amy umarmte den überraschten Mann. »Ich kann Ihnen gar nicht sagen, wie viel uns das bedeutet.«

»Es war uns, äh, eine Freude«, meinte der Mann. »Er hat ganz sicher ein wenig Leben in den Palast gebracht.«

»Darauf wette ich«, murmelte Amy, aber sie lächelte dabei.

»Wir haben hier auch noch etwas für Sie«, sagte der Mann. »Aus dem Palast. Ein kleines Dankeschön, dass Sie uns Ihren Hund geliehen haben.«

»Geliehen?«, fragte Jack, aber Amy machte ihm ein Zeichen, dass er den Mund halten sollte.

»Oh, danke, das ist sehr freundlich. Aber Sie hätten doch nicht …« Amy brach ab, als der Fahrer auftauchte, fast komplett von der Hüfte aufwärts hinter einem riesigen Geschenkkorb verborgen. Der Hausdiener half ihm schnell.

»Wow.« Claire starrte den Korb mit großen Augen an. »Henry muss wirklich Eindruck im Palast gemacht haben.«

»Sieht so aus«, stimmte Jack zu. »Aber werden wir belohnt, weil wir ihnen Henry überlassen haben oder weil wir ihn wieder zurücknehmen?«

Amy lachte. »Das ist mir egal. Ich bin nur froh, dass er wieder zu Hause ist.«

Und ich war noch froher.

Der Hausdiener und der Fahrer stellten den riesigen Korb auf den Küchentisch und gaben Amy die strikte Anweisung, ihn erst am nächsten Tag auszupacken. Dann verabschiedeten sie sich und fuhren zum Palast zurück.

Und da waren es nur noch wir, die Walkers – ausgenommen Sookie, die ich seit meiner Rückkehr noch nicht gesehen hatte.

»Und was machen wir jetzt?«, fragte Jack und setzte sich auf die Treppe, um mich noch ein wenig mehr zu streicheln.

»Es ist Heiligabend«, sagte Claire. »Und Henry ist wieder zu Hause. Wir sollten etwas als Familie unternehmen. Gemeinsam.«

Amy grinste. »Heiße Schokolade und ein Weihnachtsfilm? Und Hundekekse für Henry.«

»Perfekt!« Claire lief ins Wohnzimmer. »Ich sichere mir schon mal den besten Platz. Komm mit, Henry. Du darfst bei mir sitzen.«

Ich bellte meine Zustimmung und trottete ihr hinterher.

Ja, es war schön, wieder zu Hause zu sein.

Tag 12

Mittwoch, 25. Dezember, 1. Weihnachtsfeiertag

HENRY

»Du bist also wieder da.«

Als ich am ersten Weihnachtsfeiertag aufwachte, begrüßte mich eine mürrische, flauschige Katze, die vor meinem Körbchen stand und mich unheilvoll anblickte. Es war so, als wäre ich nie weg gewesen. Ich schloss die Augen wieder.

»Sieht so aus. Wo bist du gestern Abend gewesen, Sookie? Du hast meine grandiose Rückkehr verpasst.«

»Du kennst mich doch«, sagte Sookie mit kätzischer Gelassenheit. »Ich verabscheue große, gefühlsduselige Szenen. Außerdem habe ich sie sagen hören, dass du zurückkommst. Und ich dachte mir, dann brauchen sie mich jetzt nicht mehr so sehr.«

»Dich brauchen?« Ich hatte gehofft, dass Sookie in meiner Abwesenheit auf unsere Familie aufpasste, aber ich hatte nicht wirklich damit gerechnet, dass sie die Aufgabe erledigen würde, und noch dazu gut.

Sookie seufzte. »Mir war gar nicht klar, wie bedürftig Menschen sind. Das weiß ich erst, seit du weg warst. Daher ist es wohl ganz gut, dass du wieder zurück bist. Denn dann kann ich mich endlich wieder um die wirklich wichtigen Dinge kümmern, statt ständig den Babysitter für die Familie zu spielen.«

Zu den wirklich wichtigen Dingen zählte Sookie, soweit ich das beurteilen konnte: schlafen, sich putzen, fressen und durch die Nachbarschaft stolzieren, als gehöre ihr alles.

»Nun, ich will dich nicht von den wirklich wichtigen Dingen abhalten. Ich übernehme gern wieder die Verantwortung für die Familie«, sagte ich.

»Das freut mich.« Sookie schlenderte zu ihrem Lieblingsplatz, dem Heizkörper im Flur.

Ich sah ihr nach und fragte mich, ob sie mich wohl auch vermisst hatte – und nicht nur, weil sie während meiner Abwesenheit die Verantwortung für die Familie hatte tragen müssen.

Amy kam als Erste die Treppe herunter und streichelte mich ausgiebig, bevor sie in die Küche ging. »Oh, es ist so schön, dass du wieder zu Hause bist. Du bist unser Weihnachtswunder, Henry.« Ich drückte mein Gesicht gegen ihre Hand, um ihr zu zeigen, wie froh auch ich war, wieder zu Hause zu sein.

»Können wir die Geschenke aufmachen?«, fragte Claire, während sie die Treppe hinunterhopste. Auch sie blieb neben mir stehen, um mich zu streicheln. »Ich bürste dich später, Henry. Und versuch nicht, mich aufzuhalten.«

Amy schenkte ihr ein Lächeln. »Dir auch frohe Weihnachten.«

Claire verdrehte die Augen. »Frohe Weihnachten, Mum«, sagte sie und umarmte Amy. »Aber ernsthaft. Die Geschenke.«

»Du weißt schon, dass es dieses Jahr nur ein Geschenk für jeden gibt, oder?« Amy klang angespannt. Sonst hatten immer haufenweise Geschenke am Weihnachtsmorgen darauf gewartet, von den Kindern ausgepackt zu werden. In diesem Jahr jedoch war alles anders.

»Ich weiß, Mum. Außerdem ist Henrys Rückkehr sowieso das Einzige, was ich mir wirklich gewünscht habe.« Claire bückte sich wieder zu mir und legte einen Arm über meinen Rücken.

»Na, das macht die ganze Sache sehr viel billiger!«, scherzte Amy.

»Das heißt aber nicht, dass ich das Geschenk vom Palast nicht aufmachen will«, erwiderte Claire.

»Oh, das …« Beide drehten sich zu dem riesigen Geschenkkorb um, der in rotes und grünes Papier gehüllt war. Eine karierte Schleife zierte ihn. Amy nagte an ihrer Lippe. »Hol besser erst deinen Bruder. Er wird uns nie verzeihen, wenn wir es ohne ihn öffnen.«

Während Claire nach oben lief, um Jack zu wecken, holte Amy die Sachen fürs Frühstück aus dem Kühlschrank. Ich nutzte die Gelegenheit, um den Korb abzuschnüffeln. Vielleicht konnte ich ja herausfinden, was sich darin versteckte.

Das Papier roch merkwürdigerweise nach dem Palast. Es roch wie die Weihnachtsbäume, gemischt mit dem Duft der Politur, die Sarah immer benutzte. Und ein weiterer vertrauter Geruch erinnerte mich an meine Zeit dort. Aber darunter nahm ich auch andere Gerüche wahr – Gewürze und Obst und Zucker und Leckereien. Ich hatte das Gefühl, dass Jack und Claire sehr glücklich über dieses Geschenk sein würden.

»Er kommt.« Claire übersprang die letzten Stufen und rannte in die Küche. »Können wir es jetzt aufmachen?«

»Wartet auf mich.« Jack stolperte kurz nach ihr an den Tisch und ließ sich auf einen der Holzstühle plumpsen. Ich sprang auf seinen Schoß. Ich wollte an diesem Tag gern in der Nähe meiner Menschen sein.

Jack umarmte mich fest, und ich wusste, dass er ebenso fühlte. Ich hatte sie alle vermisst, aber um Jack hatte ich mir die meisten Sorgen gemacht. Ein Junge brauchte seinen Hund, vor allem, wenn er fast ein Mann war. Ich war der Einzige, mit dem er offen reden konnte, und ich wollte für ihn da sein.

»Es ist schön, dass du wieder zu Hause bist, Henry«, flüsterte er mir ins Ohr.

Claire sah ihre Mutter um Erlaubnis heischend an und fing dann an, das Papier aufzureißen, während Jack über mich hinweg griff und sich daran machte, die Schleife aufzuknüpfen. Amy ließ den Kühlschrank Kühlschrank sein und zog sich einen Stuhl heran. Daher sprang ich von Jacks Schoß auf ihren, als er mit der fest verknoteten Schleife kämpfte.

Schließlich war das letzte Stückchen Papier entfernt, und wir alle betrachteten andächtig die Geschenke auf dem Tisch.

Es war nicht bloß ein Fresskorb. Oh ja, es gab Früchtebrot, Mince Pies, Pasteten, Süßigkeiten und alle möglichen anderen lecker aussehenden Sachen, aber das war noch nicht alles. Dort lag auch Frühstücksgebäck, das wie frisch in der Palastküche gebacken duftete, und Obst und Marmelade dazu. Außerdem Weihnachtsschmuck, wie er auch an den Bäumen im Palast hing – rote Kronen mit goldener Stickerei. Dann Knallbonbons, Kekse und Glocken in unterschiedlichen Tönen, mit denen man Weihnachtslieder spielen konnte. In der Mitte fand sich außerdem ein Stapel verpackter Schachteln. Amy, Claire und Jack wechselten einen Blick, dann griffen sie sich jeder ein Geschenk und packten es lachend und scherzend aus.

»Was hast du bekommen?«, fragte Claire und beugte sich zu Jack.

»Ein Brettspiel. Und du?«

»Ich auch. Cluedo.«

»Ich hab auch ein Spiel.« Amy hielt eine weitere Schachtel mit bunten Dreiecken hoch. »Wie es aussieht, ist für den Unterhaltungsteil heute gesorgt. Und wir können unser ganz eigenes königliches Weihnachtsfest feiern!«

»Da ist noch etwas drin«, sagte Claire und tauchte ganz tief in den Geschenkkorb ab. Schließlich zog sie einen großen roten Strumpf heraus, auf dem ein gelbes Schild angebracht war. »Der ist für Henry!«

Sie streckte ihn mir hin, und ich schlug mit der Pfote drauf.

»Ich glaube, du wirst ihm beim Auspacken helfen müssen«, sagte Amy lachend.

Grinsend öffnete Claire den Strumpf und zog Schachteln mit Hundekeksen in der Form weihnachtlicher Motive und ein weiches Kauspielzeug in Gestalt eines Truthahns heraus. Ich verschlang ein paar der Kekse und machte es mir dann mit dem Spielzeug in meinem Körbchen gemütlich.

»Moment, da ist noch etwas für Henry.« Jack hielt ein quadratisches Päckchen hoch. Es war schmaler und in grünes

Papier gehüllt. »Da steht ›von Sarah und Oliver‹. Wer in aller Welt ist das?«

»Keine Ahnung.« Amy runzelte die Stirn. »Warum machst du es nicht für ihn auf?«

Jack schälte das Papier ab, und zum Vorschein kam ein silbernes Rechteck. »Das ist ein Bilderrahmen.«

»Mit einem Foto«, sagte Claire. »Ich glaube, das ist das eigentliche Geschenk!«

»Das sind die anderen Hunde aus dem Palast«, meinte Amy nach einem Blick darauf. »Und das sind wohl Sarah und Oliver.«

Ich bellte laut und stand auf. Das war mein Geschenk. Ich wollte es sehen!

Amy lachte. »Hier bitte, Henry.« Sie stellte den Rahmen auf den Boden vor meinen Korb. »Aber später müssen wir das Foto irgendwo anders hinstellen, damit es nicht kaputtgeht.«

Ich legte mich wieder hin und betrachtete das Foto. Da waren Sarah und Oliver, umgeben von Willow, Vulcan, Candy und Monty. Der Himmel allein wusste, wann sie es geschafft hatten, das Bild aufzunehmen, aber ich war froh, dass sie es getan hatten. Jetzt hatte ich eine Erinnerung an meine magische Weihnachtszeit im Palast, obwohl ich diese Tage auch so bestimmt nie vergessen werde. Doch im Moment fühlte ich mich mit all den Umarmungen, den Streicheleinheiten und Versprechungen, gebürstet zu werden, genauso königlich und wichtig bei den Walkers wie im Palast.

Lächelnd knuddelte ich mit meinem Truthahnspielzeug und betrachtete dabei mein Foto-Geschenk. Um mich herum plauderte und lachte meine Familie und machte Scherze, und einen Moment lang war es so, als wäre ich nie fort gewesen.

Eines war jedoch sicher. Ich wollte hier nie wieder weg.

AMY

Lächelnd sah Amy zu, wie Jack und Claire darüber stritten, wer die Hundefigur beim Monopoly bekam. Sie hatten bereits eine Runde Cluedo gespielt und dabei das Gebäck vom Palast genascht. Claire hatte gewonnen, und danach hatte sie mit Jack eine schnelle Runde Trivial Pursuit gespielt, während Amy das Essen für den Ofen vorbereitete. Anschließend hatten sie geduscht und sich angezogen. Henry hatte in seinem Körbchen mit seinem neuen Kauspielzeug geschlafen.

Und Amy … nun, sie hatte sich vielleicht ein paar Minuten genommen, um vor lauter Erleichterung und Glück zu weinen. Alles schien sich nun doch noch zum Guten zu wenden. Henry war zu Hause, und dieser fantastische Korb aus dem Palast hatte den Mangel an Geschenken unter dem Baum mehr als wettgemacht. Und das Beste war, dass ihre Kinder zum ersten Mal seit Monaten wieder glücklich wirkten.

Dieses Weihnachtsfest entwickelte sich doch nicht so katastrophal, wie sie befürchtet hatte.

Ihr Handy piepste, und als sie nachschaute, entdeckte sie eine Nachricht von Luke. Sie hatte ihm am Morgen per SMS fröhliche Weihnachten gewünscht und ihm von Henrys Rückkehr erzählt.

Wow! Was für ein wundervolles Weihnachtsgeschenk. Ich freue mich schon darauf, alle Einzelheiten über Henrys Abenteuer mit den Royals zu erfahren. Ich bin über die Feiertage nicht zu Hause, aber vielleicht können wir an Neujahr gemeinsam mit Henry und Daisy spazieren gehen? Falls du noch nichts anderes vorhast.

Amy überlegte kurz. Die Kinder würden an diesem Tag bei Jim und Bonnie sein. Und sie hatte sich vorgenommen, im neuen Jahr einen Neuanfang zu machen und positiv in die Zukunft zu blicken …

Sie tippte ihre Antwort und las sie noch einmal durch. Konnte sie es wagen? Sie atmete tief durch und drückte dann auf Senden. *Wir haben ein Date.*

Lukes Antwort kam fast unverzüglich. *Darauf habe ich gehofft. X*

Amy grinste das Display an. Ja, dieses Weihnachtsfest hatte doch noch einen ganz besonderen Zauber entfaltet.

Das Weihnachtsessen wurde von Papierhüten und der üblichen Mischung aus schlechten Knallbonbonwitzen begleitet, selbst die Knallbonbons aus dem Buckingham-Palast enthielten keine besseren Witze. Amy schob Henry ein Extrastück Hühnchen unter dem Tisch zu, auch wenn sie wusste, dass Jack und Claire dasselbe taten. Er hatte es verdient.

Claire hatte Henry einen Papierhut aufgesetzt und machte ein neues Foto mit ihm, zu Hause bei seiner Familie, um es auf der Henry-Gesucht-Seite zu teilen. Damit jeder, der die Augen nach Henry offen gehalten oder versucht hatte, in den vergangenen Wochen zu helfen, wusste, dass die Suche ein glückliches Ende genommen hatte. Claire twitterte das Foto auch an den Palast, als Dankeschön, dass man ihnen Henry nach Hause gebracht hatte.

»Sollen wir aufräumen, Mum?«, fragte Jack, als sie den letzten Krümel Christmas Pudding verdrückt hatten.

Amy blickte ihn erstaunt an. »Äh, ja, das wäre klasse. Danke. Wir können das aber auch gern später alle gemeinsam erledigen. Ich dachte, wir könnten zuerst mit Henry einen Weihnachtsspaziergang machen. Und ich denke, wir sollten uns in diesem Jahr unbedingt gemeinsam die Ansprache der Queen ansehen. Was meint ihr?«

Jack grinste. »Unbedingt.«

»Hab ich noch Zeit, um erst mit Lucy zu skypen?«, fragte Claire. »Ich würde ihr gern den Weihnachtsschmuck vom Palast zeigen.«

Amy schaute auf die Uhr. »Zehn Minuten«, rief sie Claire hinterher, die schon die Treppe hochstürmte.

Sie schenkte sich ein Glas Rotwein ein und brachte es ins Wohnzimmer, denn sie wusste aus Erfahrung, dass Claire eher zwanzig Minuten brauchen würde. Sicherheitshalber programmierte sie den Timer, damit die Rede der Queen aufgenommen wurde, nur für den Fall, dass ihr Spaziergang doch etwas länger dauern sollte. Sie wollte Henry die Gelegenheit geben, sich ausgiebig im Schnee auszutoben. Ob der Park von nebenan es allerdings mit dem Palastgarten aufnehmen konnte, war eine andere Sache.

Es fiel ihr schwer, sich vorzustellen, dass Henry – ihr Henry – fast zwei Wochen lang im Buckingham-Palast gelebt hatte, ohne dass es jemandem aufgefallen war. Wenn sie sich vorstellte, wie er durch die Räume wanderte und die königlichen Hoheiten anbellte – ganz schön schräg. Henry schien jedoch froh, wieder zu Hause zu sein, und Amy war noch glücklicher, ihn wiederzuhaben.

Sie schaltete den Fernseher an und wollte sich gerade hinsetzen, als das Telefon klingelte. Seufzend schob sie sich wieder hoch und stellte fest, dass Jack ihr zuvorgekommen war.

»Hallo?«

Amy blieb im Türrahmen stehen, um zu hören, wer anrief. Vermutlich meldete sich ihre Mutter über das Schiffstelefon von der Weihnachtskreuzfahrt, die sie mit Tante Mary machte.

Dann bemerkte sie Jacks Miene und sah einen Sturm der Gefühle über sein Gesicht huschen. Nein, das war nicht seine Oma.

»Hallo, Dad«, sagte Jack.

Amy stockte der Atem, gespannt wartete sie darauf, wie sich das Gespräch entwickeln würde. Ob Jack seinen Vater erneut abweisen würde und gleich wieder auflegte, so wie bisher jedes Mal, wenn Jim angerufen hatte? Oder würde es noch ein Weihnachtswunder geben?

»Ja. Frohe Weihnachten«, sagte Jack. »Hey, hast du schon die Nachricht von Henry gehört?«

Und in dem Moment wusste Amy, dass alles gut werden würde. Sie legte den Kopf an den Türrahmen und trank einen Schluck Wein, während sie lauschte, wie Jack seinem Vater von Henrys Abenteuer erzählte.

»Nein, ich schwöre! Der Palast hat uns diesen riesigen Geschenkkorb geschickt, als sie ihn gestern zurückgebracht haben. Und dazu eine Nachricht, dass es ihnen leidtäte, sich unseren Hund ›geliehen‹ zu haben.«

Eine weitere Pause folgte, aber das war ein gutes Zeichen, denn es bedeutete, dass Jack seinem Vater zuhörte. Noch ein erstes Mal.

»Neujahr?«, fragte Jack und schaute Amy an.

»Deine Entscheidung«, flüsterte sie. Denn Jack hatte recht. Er war fast volljährig und hatte ein Recht darauf, selbst zu entscheiden, mit welchen Menschen er Zeit verbrachte.

Sie hoffte nur, er wählte die richtigen aus. Und das wünschte sie sich für sich auch.

Die Zukunft hielt noch viele Veränderungen und Herausforderungen bereit, das wusste Amy, aber sie fühlte sich diesen gewachsen. Sie würde es schon verkraften, dass Jim nun mit Bonnie zusammenlebte, Jack bald zur Uni ging und Claire mit jedem Tag ein bisschen erwachsener wurde. Sie würde auch mit der Arbeit, Henry und Sookie, dem Haus und allem anderen zurechtkommen, was ihr das Leben bot. Und all das würde sie schaffen, indem sie ihre Familie zusammenhielt, ihnen Liebe und Glück schenkte und sich jeden Tag daran erinnerte, wie glücklich sie sich schätzen konnte, dass sie ihre Lieben hatte.

Die Zukunft stand ihr offen, und wenn sie jetzt daran dachte, verspürte Amy keine Angst mehr, nur noch Aufregung und Vorfreude.

»Ja, ich glaube, das kann ich einrichten.« Jack lächelte. »Gut. Dann bis bald. Tschüss, Dad. Willst du noch mit Claire sprechen? Okay.«

Das Telefon in der Hand lief er die Treppe hinauf und rief nach seiner Schwester. Amy nutzte die Gelegenheit, um es sich auf dem Sofa bequem zu machen und das Fernsehprogramm des Nachmittags durchzusehen. Vielleicht lief später noch ein guter Film, den sie gemeinsam anschauen konnten.

Als sie sich setzte, hüpfte Henry zu ihr hoch und schmiegte sich an sie. Amy streichelte ihn hinter den Ohren und genoss das Gefühl, ihn bei sich zu Hause zu haben, wohin er gehörte. Er war schließlich auch ein Familienmitglied.

»Wir haben dich vermisst, Henry«, flüsterte sie. »Ohne dich wären wir an Weihnachten nicht vollzählig gewesen.«

HENRY

Claire und Jack kamen gemeinsam wieder die Treppe herunter, beide lächelnd, woraufhin sich Amy noch mehr entspannte. Ich setzte mich auf, die Ohren gespitzt, und wartete auf das Wort, das ich hören wollte.

»Spaziergang, Henry?«, fragte Claire, und ich sprang vom Sofa und bellte meine Zustimmung.

Der Schnee hatte draußen alles in eine weiße Decke gehüllt und verlieh der Welt ihren ganz eigenen Zauber. In ihre Mäntel und Schals gewickelt, lachten Jack und Claire auf dem Weg durch den Park und versuchten abwechselnd, sich Schnee in den Nacken zu schieben.

Ich trottete zufrieden neben Amy her und erfreute mich an den vertrauten Anblicken, Geräuschen und Düften meiner Heimatstadt. Amy ließ mich im Park nicht von der Leine, was ich verstehen konnte. Sie folgte mir allerdings gern überall hin, während ich mich wieder mit den unterschiedlichen Ecken und versteckten Plätzen zwischen den Bäumen und Bänken vertraut machte.

Alles schien noch so, wie ich es zurückgelassen hatte, abgesehen von dem Schnee. Ich fragte mich, ob Candy und die anderen in Sandringham auch Schnee hatten.

Und ob sie überhaupt an diesem Weihnachtstag an mich dachten.

Dann übernahm Jack meine Leine, und wir rannten gemeinsam durch den Park. Claire folgte uns, während Amy den Schnee von einer Bank schob und uns von dort zuschaute. Es waren viele andere Hunde mit ihren Menschen im Park unterwegs, und ich bellte ihnen allen »Fröhliche Weihnachten!« zu.

Als Amy verkündete, dass es Zeit war, nach Hause zu gehen, um die Ansprache der Queen im Fernsehen zu sehen, waren meine Pfoten kalt, und ich hechelte vor Anstrengung. Trotzdem hatte ich mich noch nie glücklicher gefühlt.

Zu Hause hingen Claire und Jack schnell die Mäntel auf und machten es sich dann mit mir und Amy auf dem Sofa bequem. Gerade rechtzeitig. Schon erschien auf dem Fernsehschirm die Queen. Sie saß hinter einem Tisch, den ich schon mal in echt gesehen hatte. Ein Weihnachtsbaum glitzerte im Hintergrund.

»Das ist sie«, sagte Claire. »Irgendwie ist die Vorstellung komisch, dass Henry sie tatsächlich getroffen hat.«

»Pst«, sagte Amy. »Ich will hören, was sie sagt.«

Das wollte ich auch. Das war die Frau, die meine Freunde mehr als jeden anderen liebten, und diese Tatsache war mir wichtiger, als dass sie eine Königin war. Das war die Frau, die mich nach Hause zu meiner Familie gebracht hatte. Die Frau, die unser Weihnachtsfest gerettet hatte.

Das Mindeste, was wir tun konnten, war, ihr zuzuhören.

Ich steckte die Pfoten unter meinen Bauch, um sie aufzuwärmen, und lauschte aufmerksam.

»Weihnachten ist für viele von uns eine Zeit für die Familie und für das Zusammensein. Aber wir dürfen niemals die vergessen, die keine Familie um sich haben, vor allem nicht in der Stunde ihrer Not.« Ihre Majestät sah so abgeklärt, so königlich aus, und ich wünschte mir, dass sie die Hunde bei sich hätte, damit ich sie wiedersehen könnte.

»Familie ist nicht immer bedingt durch die Geburt. Unsere Gemeinschaften, unsere Schulen, unsere Kirchen, unsere Geschäfte, unser ganzes Land – all das ist eine Art von Familie. Jeder von uns gehört zu mehr Familien, als wir zählen können, Gemeinschaften, auf die wir vertrauen können, dass sie uns unterstützen, und die wir wiederum versuchen sollten zu unterstützen. In diesem Jahr hat unser Land viel durchgemacht, in vielerlei Hinsicht. Aber ich habe Mut gefasst, weil ich in den dunkelsten Zeiten große Hoffnung gesehen habe. Hoffnung für die Zukunft und für unser Land, durch das Handeln Einzelner und unserer Gemeinschaften, durch das Handeln der vielen unterschiedlichen Familien, aus denen dieses Land besteht. Freundlichkeit und Mitgefühl haben uns zusammengebracht, wenn andere versucht haben, einen Keil zwischen uns zu treiben.«

Bei ihren Worten legte Amy einen Arm um Claires Schulter und zog sie an sich. Jack tat dasselbe auf der anderen Seite, bis die drei aneinandergekuschelt dasaßen.

Meine Familie.

Genau in dem Augenblick hüpfte Sookie aufs Sofa, und nach einem kurzen Blick in meine Richtung machte sie es sich am anderen Ende neben Jack bequem. Selbst sie spürte, wurde mir klar, wie wichtig es für uns war, an diesem Tag zusammen zu sein.

»An diesem Weihnachtsfest«, fuhr die Queen fort, »brauchen wir den Zusammenhalt wohl mehr als je zuvor. Und ich weiß, dass wir als Familie, als Land sowohl Hilfe und Hoffnung aus vollem Herzen geben wie auch empfangen. Wir halten zusammen, auch wenn die Zeiten schwierig sind. Und indem wir das tun, schaffen wir jeden Tag aufs Neue ein Land – und eine Familie –, die wir voller Stolz unseren Kindern und Enkelkindern hinterlassen können.«

Amy drückte einen Kuss auf Claires Kopf, und ich schmiegte mich an ihr Bein.

Endlich waren wir alle wieder zusammen. Und tief in meinem Herzen wusste ich, dass wir jetzt, da ich wieder zu Hause war, einfach alles schaffen konnten.

Gemeinsam.